蔚然笔记

古代诗人与植物

路 也 ◎ 著

花山文艺出版社
河北出版传媒集团
河北·石家庄

图书在版编目（CIP）数据

蔚然笔记：古代诗人与植物 / 路也著. -- 石家庄：花山文艺出版社，2022.9
ISBN 978-7-5511-6198-5

Ⅰ. ①蔚… Ⅱ. ①路… Ⅲ. ①散文集－中国－当代 Ⅳ. ①I267

中国版本图书馆CIP数据核字(2022)第120884号

书　　　名：	**蔚然笔记**——古代诗人与植物
	Weiran Biji——Gudai Shiren Yu Zhiwu
著　　　者：	路　也
出 品 人：	郝建国
责任编辑：	林艳辉
责任校对：	杨丽英
插　　图：	王沛铉
美术编辑：	王爱芹
出版发行：	花山文艺出版社（邮政编码：050061）
	（河北省石家庄市友谊北大街330号）
销售热线：	0311-88643221 / 34 / 48
印　　刷：	石家庄继文印刷有限公司
经　　销：	新华书店
开　　本：	880毫米×1230毫米　1/32
印　　张：	11
字　　数：	195千字
版　　次：	2022年9月第1版
	2022年9月第1次印刷
书　　号：	ISBN 978-7-5511-6198-5
定　　价：	38.00元

（版权所有　翻印必究・印装有误　负责调换）

自序 以植物为线索

去关注诗人

孔子说过，诗可以"多识于鸟兽草木之名"。

古代文人感性有余，博物观念较差，科学分类概念较弱，文学作品中涉及植物往往并不像客观世界里存在的那么多。与真正的自然植物世界进行比较的话，诗词中的植物其实仍嫌单调。由于民族文化心理积淀之故，出现得特别频繁的，往往会集中在一些特定植物上面。即使如此，对于一般读者来说，古诗词中所涉及的植物种类之绝对数量，也已经够多的了。

本书的大致思路是，既要从文学现象和文学批评的角度入手来谈论植物，同时也从植物角度来认识文学作品和诗人，当然，同时还得力所能及地注重这些植物的多样性以及科学辨别。

本书的划定范围是中国古典诗词，至于文和小说——由于精力不够——暂时被排除在外，或许留待以后来考察。而且，即使仅仅是古典诗词，也过于浩瀚了，只能选取其中一部分来关注，不求面面俱到，不求一网打尽……所以，这并不是一本《中国古代植物文学史》——那得是一个团队所从事的国家重点课题项目，甚至还需要文学专业与古代文献学专业，甚至与生物学专业进行横向联合才做得起来，即使按照此要求成立这样一个庞大的学术团队，若非历时五年以上，恐怕不能完成。我声明，这远非我所擅长以及所能，更不是我所喜爱的事情，况且冠之以"史"，对于我这样过于追求个人趣味的作者，很容易翻车,直接翻到沟里去。对于诗人及其作品,对于诗词中所涉植物,我只写引起我阅读兴味的,根据我的个人兴味和实际感受来决定把写作侧重点放在哪一个层面,不得不说,我的兴奋点是比较分散和随意的,这使得我写下来的这些内容更像是一份抽样调查报告,当然并不只是为了报告而报告,我希求从报告之中有所发现——文学的、哲学的、人类学的,以及人性的发现,我追求写作中的小角度大思维,写作中的自由自在与神采飞扬。

本书的主要目的并不是要在植物方面和诗词方面进行百科工作和科普工作,而是想展示这二者之间的关系,同时探究文学心理的生成。

我并不回避学术考证,却绝没有把此书写成纯粹学术著作的意图。我更喜欢让写出来的内容全都带着我私人的体温。我是想通过富有想象力和激情的文学创作形式——比如,散文和随笔的写作——来表达出我的一些个人想法。所谓个人想法,当然必须在尊重文学史实和客观自然科学知识的基础上来进行,其中不乏以现代意识去观照古人作品的意思,难免也有一些合情合理的胡思乱想。如果这些个人想法还能让读者感到挺有趣,我的目的便达到了。

我只是想以植物为主角和线索来重读一下我喜欢的古代诗

人而已。我想通过写植物来突出这个诗人，打着写植物的旗号，打着赏析古诗词的幌子，但是我写的每一篇其实最想突出的仍然是人，诗歌中的人，写作这首诗的人，我喜欢的那个诗人——无论是著名诗人还是无名氏——我最感兴趣的是那个创作主体。

书名《蔚然笔记》，"蔚然"一词取自"蔚然而深秀者"之语，指植物茂密葱郁，而"笔记"二字则有边读边产生想法并随手记的意味，暗示这里面很可能有相当多自由自在的想法，由发散式思维导致，而并非来自系统严密的学术式论证。副标题为"古代诗人与植物"，从这个副标题可以看出，我的角度偏重于诗人与植物们的关系，是的，我关注我所偏爱的诗人是怎样与植物们相亲相伴的。我想写我喜欢的诗人与那些跟他们真正相亲相伴过的植物们，是如何相互进入并渗透到对方的生命中去的。于是，我写的内容，既要关乎植物，也要关乎诗词，更要关乎人——人的存在、人的命运、人的内在精神魂魄、人的既形而下又形而上的组合，还有最终凌驾于所处时代之上，在时间中得以流传并使之进入永恒系统的那个部分，那个超越而暧昧的部分。

对于谈及不同诗人时却有相同植物重复出现这种不可避免的情形，书中根据具体情况来进行对待和处理。一是可以选择繁简有别的文字，前面出现时描述得简，再次出现时就描述得繁,反之亦然,比如对于葵以及各种叫葵的植物,在陶渊明那章写得简,到了纳兰性德那章就写得繁,关于蔓菁,在《诗经》那章简写,到了苏东坡那章就详写。还有一种方式,会根据当时语境而选择不同侧面来进行描述,比如,对于既叫川芎,又叫江离,还叫蘼芜的这种植物,在屈原那篇里紧扣本篇主题把它当成香料植物来写,而在苏东坡那篇里则根据主题而重点强调其茎叶嫩苗被当作菜蔬时的食用价值和药用养生价值……其他,以此类推。

面对中国历史上浩瀚的典籍,我望洋兴叹,但愿意尽力而为。

在本书中,我并没有明显地进行所谓中西文化比较,但是,在我的内心深处和潜意识里,我一直认为不应该在中国古典文学里面研究中国古典文学,而应该在世界文学、世界文化,以及人类文明的宏大架构之中去研究中国古典文学,方为正途。我们不应该在房子里面盖房子,而应该到旷野上去盖房子。于是,在这本书的写作过程中,我可能有意无意地——出于习惯——将我的关注对象带入一个更大的参照系之中去了。

从天性上来看,我从来都不是一个坐得了冷板凳的人,于是这次我只差用绳子把自己绑在书桌前的椅子上,才得以伏下身子并埋下头去。当然,坐冷板凳只是写作这本书的条件之一,只坐冷板凳并不能写出我心目中的那样一本书来，要写出我心目中那样一本书，更需要激情和思辨，需要以普通读者兼诗人的双重身份，带着个人生命经验，进入另一个诗人的生命经验里去。

在我看来，我所写的这些诗人，他们仍然活着，以他们的作品和人格活在我们中间，我绝不把有关他们的资料当成故纸堆来对待。谈及古代文学研究现状，我一个朋友说："有个别的中国古典文学研究者，自己作为一个虽生犹死的人，却去搞那些虽死犹生的人，请问，能搞出什么道道来？"我完全明白她的感慨。如果我写到的这些诗人在某种程度上已经被拘囿进了某种世俗刻板印象的桎梏之中，我就要凭着感性知觉和个体思考的力量把他们解救出来，将他们唤醒，使他们复活，并且返回到被误读之前的那个应当的位置上去——这至少是我努力的方向。

我并不是不知道自己的短处何在。首先，作为典型的中文系人士，我所从事的专业却并非中国古典文学，只是从小到大对中国古典诗词一直不分青红皂白地喜欢着而已，为了弥补这方面的欠缺，只好把自己围困在了书本砌成的墙体之内，任书墙越筑越高；其次，我并不是专门的植物学者，只是一个业余的植物爱好者，从小喜爱种花植草，当然它们在我手中均不得善终，好在满腔热爱可以弥补笨拙，本书中所涉及植物，除了资料查证，我还比较看重个人经验以及实地考察——尽量做到资料与实物对号入座。我当然知晓避重就轻和扬长避短的可贵与机智，同时也愿意体会知难而上开辟新畛域的兴奋与快乐……无论如何，我愿把耳朵竖成天线，随时接受来自专业人士和读者的批评指正。

本书目录基本上是按照诗人所在朝代以及在世时间的先后顺序来排列的。实际上，在具体写作过程中，我是从中间下手逐渐往两头写的。我第一个写的是陶渊明，接下来又写了宋朝的四位诗人、词人，然后是唐朝诗人，再然后才是其他的，最后一篇写的则是《诗经》。这个顺序约莫反映了我的个人主观趣味。

在写作此书的过程中，不可避免地会遇到很多不甚明白的具体问题，有时候查书搜网，要么模棱两可，要么纯属谬误，甚至还有相当多——比我原本想象的要多得多——的细节干脆查阅不到，无处可查。每当此时，我就直接向四川美术学院倪志云教授请教，他都一一为我解惑。倪老师系考古专业出身，长期从事中国古典文学研究以及中国古画鉴定研究。当年他在山东大学中文系任教时，深得牟世金先生激赏，那时候，倪老师给我们上古典文学课，讲授陶渊明。没想到这么多年过去了，我又借了当下通信便利把千里之外的老师当成辞典来随时查阅，对于我这个当年只埋头写现代诗歌而置其他方面于不管不顾的"二百五"学生，倪老师竟不厌其烦地指教。我得承认，一涉及中国古典，倪老师本人就是一部好辞典，还是珍本善本孤本级别的。承蒙老师不弃，愿意做此书的古典文献顾问，使我找到了学术支持系统，似可狐假虎威矣。在此，深表谢意。

我从2021年秋天开始动笔写作此书，足不出户，日以继夜并夜以继日，写到了2022年春节过完，写到校园里的蜡梅凋谢，白玉兰毛茸茸的花芽鼓成了花苞，终于写完了。愿这本书真的如书名所示，是一本蔚然之书，甚至是一本葳蕤之书吧。

路　也

2022.2. 济南

目录

《诗经》爱情花草状	1
屈原式嗅觉审美	25
陶渊明的草木乌托邦	49
李白与仙界植株	83
杜甫草堂草木深	103
高岑之白草沙蓬者流	129
园艺学家欧阳修	151
苏东坡的菜篮子	169
李清照的花	233
辛稼轩的树	261
百草替纳兰惆怅	295
苔之静绿弥漫	323

《诗经》爱情花草状

一到情人节，大街小巷似乎都填满了玫瑰，像土豆和大白菜那么多的玫瑰。是的，用卡车运来玫瑰，用火车运来玫瑰，用波音飞机运来玫瑰，用轮船运来玫瑰。可是一年又一年的，难免会审美疲劳吧。当看到国产电影《孔雀》里那个有智力障碍的哥哥举着一大朵向日葵等在工厂门口向自己喜欢的女孩子示爱的时候，我禁不住为他的创举而笑了起来。他举的并不是当今花店里的观赏性微型向日葵，而是那种产葵花籽并可榨油的实用型向日葵，一枝颀长粗硬的麻毛茎秆被高举过头顶，上面有着人的圆脸庞那么大的一个辉煌的花盘。这世界上有谁想到过用向日葵来表达爱情，献给心上人？这无异于说，我要像向日葵崇拜太阳那样崇拜你，我要像向日葵追随太阳那样追随你，我要像向日葵忠诚于太阳那样忠诚于你。

其实我想说的是，我们原本有一个丰饶的植物世界，为何当代人用来表达爱情的时候却偏偏失去了灵感，总是没完没了的玫瑰、玫瑰、玫瑰……呢？现实生活与诗歌写作有着相同的道理，对于那些已经渗透进深层文化心理层面的意象，应该保持警惕，倘若总是反复地使用同一个意象同时作者又缺乏推陈出新的能力，那么，这个意象就已经褴褛了，诗歌也往往是失败的。

《诗经》里有至少一半的篇目里是含有植物的，涉及种类有

150 多种，其中相当一部分则与爱情或间接或直接地发生过关联。在阅读《诗经》时，会发现竟有那么多野泼泼的植物可以拿来不拘一格地表达爱情，它们比玫瑰更朴拙也更有趣，不应该被忘记。

无论把玫瑰还是把向日葵献给心上人，都是用植物的花朵部位来表情达意。《诗经》时代人们其实很少将注意力和兴奋点集中于植物花朵本身，人们把生存放在重要位置，往往着眼于植物的实用价值，更喜欢写果实。似乎从汉代开始，人们才开始将花朵或者说某一部分花朵放在了观赏位置，在汉代出土物里，才开始出现了头上戴着花朵的陶俑。

在《诗经》里那些情诗或者含有爱情意味的诗篇中，直接写到花朵本身的，当然是有的，只不过没有想象的那么多。

《郑风·山有扶苏》是一首颇有戏谑色彩的情歌，女子称情人"狂且"和"狡童"，说自己没找到美男子，却遇上了你这傻瓜和坏蛋，被说的男子听了感到心里甜蜜，诗中有"山有扶苏，隰有荷华"之句；而《陈风·泽陂》是一首触物伤情之诗，由眼前之物联想到所思之人，里面有"彼泽之陂，有蒲菡萏，有美一人，硕大且俨"之句……这两首诗里的起兴之句之中出现的"荷华""菡萏"，指的都是荷花。

《周南·桃夭》是一首祝贺女子结婚的诗，其中"桃之夭夭，灼灼其华"，写了桃花的明艳动人，衬托出了喜庆和活力的气氛，还有新娘的青春美貌。

《郑风·有女同车》里写到"有女同车，颜如舜华""有女同行，颜如舜英"，舜华和舜英指的是木槿的花朵或花蕾，木槿花朝开暮落，在人看来只有瞬间之荣，故称之为舜，这首诗写一位男子与心上人同车而行，这个经历让他难以忘却，他觉得那位姑娘的容貌就像木槿花正在开放。

《郑风·出其东门》里有"有女如荼"之句，荼在《诗经》出现不止一次，所指植物并不相同，此处的荼，说法也不一，我倾向于指白茅花，这诗说的是春天在东门外男女集会时，一个小伙子对心上人表达忠贞，走出城门，即使姑娘们像茫茫的白茅花那么众多，他也不为所动，心中眼中只有一人。

《陈风·东门之枌》是一首写男女青年参加盛会互相赠答的诗，其中"视尔如荍"写的是姑娘在小伙子眼中像锦葵花一样美丽，荍指锦葵，直立茎秆上成串簇生着中型的五瓣粉紫色花朵。

《郑风·溱洧》写的是春日青年男女的水边盛会，诗中出现"士与女，方秉蕳兮""赠之以勺药"，蕳应该是泽兰属的佩兰，菊科植物，勺药就是芍药——有种观点认为这里是草芍药，不同于当今的木芍药，佩兰和芍药都可以开出好看的花来，花朵或全植株具有香气,二者出现在此诗中,应该都是被当成香草类来相握或相赠的。

《召南·何彼秾矣》写的是显赫的贵族婚礼,里面写到"何彼秾矣,唐棣之华""何彼秾矣,华如桃李",是用唐棣之花和桃花、李花相加在一起的花朵繁盛来表达婚礼的隆重与喜庆,至于这里的唐棣究竟是现在的什么植物,众说纷纭,没有定论,一说就是开粉红花的郁李,与樱花近亲;一说是开黄色花的榆叶梅;一说是扶移木,一种小乔木,花瓣白色细长,能结出紫红色小果。

《卫风·伯兮》是一首妇人怀念征夫的情真意切之诗,"焉得谖草?言树之背"。谖草,可以确定就是萱草,也叫忘忧草,诗中这位女子思念丈夫而忧伤,以至于想到北堂下面去寻找忘忧草——萱草属百合科,开出的花朵跟百合花很像,这种花草后来又渐渐演变成了中国的母亲花。

一些植物的果实,也出现在《诗经》中的那些爱情以及婚恋诗篇中,这些果实大都用来表达情投意合,同时还或多或少地包含着祈愿生育的目的。

在《陈风·东门之枌》里在写完了小伙子把姑娘看成美丽的锦葵花之后,姑娘做了什么?"贻我握椒",就是说把一把芬芳的花椒赠送给了小伙子,作为定情之物。《唐风·椒聊》也提及花椒,"椒聊之实,蕃衍盈升。彼其之子,硕大无朋。椒聊且,远条且",说的是花椒结籽累累地挂在树上,那个丰满高大的人像花椒一样香气远飘……关于此诗存在一点儿争议,有人认为是赞美男子多子孙,有人认为是赞美女子多子孙,有人认为写的是女子在采摘花椒。在上面这两首诗中,都是用结籽甚多、香气四溢的花椒来或暗或明地喻指子孙繁盛。闻一多在谈到《椒聊》这首诗时,明确指出,古人因椒类多子而常用来比女人,椒类中有一种是结实聚集成房的,一房椒叫椒房,汉朝人以"椒房"来称呼皇后居所以表达多子祝福,当然,除此之外,关于椒房,也有说以花椒和泥涂抹宫殿墙壁,可起到保暖、留香和杀菌保健之用,同时也表达生育祝愿的……总之,在古代,花椒这个意象是有很强的生殖崇拜意味的。

《卫风·木瓜》也是一首恋歌,里面写到女子男子之间在相互示爱,全诗似以男子口吻来写的,女子先主动投瓜,男子再以佩玉还赠,"投我以木瓜,报之以琼琚""投我以木桃,报之以琼瑶""投我以木李,报之以琼玖",分别提及植物木瓜、木桃、木李,似在表达人们期待获得像果实一样的不息的生命力和累累的繁衍力,特别注意,出现在此诗中用以投掷的木瓜,并不是那种橙红果肉间裹一堆可引起密集恐惧症的籽粒的木瓜——那是产于热带区域的番木瓜科番木瓜属的木瓜,这首诗中用来相赠的木瓜是指几乎全国各地南北东西各温度带都能生长的那种皱皮木瓜——蔷薇科木瓜属的木瓜，也叫贴梗海棠或者铁脚梨……那么木桃和木李又是什么呢？根据李时珍的记载，木瓜在压枝嫁接过程中，长成之后，有津润味不发木的就是木瓜，味发涩发木同时体积偏小的就是木桃，味发涩而体积大于木桃者就叫木李，看明白了吧，不必管那么多了，古人本来就没有多少科学分类的头脑，瓜、桃、李在他们看来区别不大，一言以蔽之，木瓜、木桃、木李就是长相差不多的三胞胎姐妹。

《召南·摽有梅》中出现的"梅"，指的是梅树结出来的果实梅子，而不是梅树开出来的花朵梅花，这是一位女子一边采收梅子一边在唱歌，有以梅子自比之意，呼唤小伙子来与她相爱，表达得很直接，"摽有梅，其实七兮。求我庶士，迨其吉兮"，我扑打梅果收梅子，还有七成留在树枝上，想来追求我的小伙子们，趁着时光美好不要犹豫啊，后来又说梅子还有三成在树上，最后又说梅子全都收进筐里了，层层递次，似乎在催促着时不我待，别辜负青春快快来找我恋爱吧。

《陈风·泽陂》写的是一位男子或女子在水边思想情人，其中一段"彼泽之陂，有蒲与茼。有美一人，硕大且卷。寤寐无为，中心悁悁"，意思是说，池塘四周是高高的堤坝，莲蓬与蒲草长在那里,有一个俊美的人儿身材修长容貌姣好,我日夜思念难以入睡真难熬啊……这首诗写了荷的各种形态,其中这一段落中出现的蕑,指的是莲子,莲子作为多子植物,繁衍意味相当明显,鱼戏莲叶间,本为民间的性爱隐语,结出莲子则是对于恋情的最终结果的祝愿。

《周南·桃夭》除了写桃花,还写了桃子,"桃之夭夭,有蕡其实。之子于归,宜其家室",用桃树果实累累来祝愿这位新娘能儿女满堂。

《小雅·杕杜》写闺中思念久役不归的丈夫,诗句中有"有杕之杜,有睆其实",还有"陟彼北山,言采其杞",这里的"杜"指的就是赤棠,也是杜梨、甘棠或棠梨,是一种野生的梨树,果实有些发红,而"杞"就是枸杞,茄科植物,结小小红果,这两种果实在这首诗中用来起兴,引出思绪。

至于《卫风·氓》,写的是一出家庭悲剧,女子一直在埋怨自己悔不当初,其中有"于嗟鸠兮,无食桑葚!于嗟女兮,无与士耽"之句,提及桑树的果实桑葚,这里是以斑鸠不该贪吃桑葚,来劝告年轻女子不要对男子过于痴情,弄得自己不好脱身了。

从《卫风·硕人》里可以看出那个时代是以高大白胖为美的,诗中记述的女主人以及她的男女随从都是足够高大的,这位女主人公就是来与卫庄公成婚的齐国公主——据说也是中国最早的女诗人——庄姜,这位大体积的美人富有动感,形神兼备,她具体长什么模样?请看,"手如柔荑,肤如凝脂,领如蝤蛴,齿如瓠犀,螓首蛾眉,巧笑倩兮,美目盼兮",其中"齿如瓠犀"说的是牙齿像葫芦籽那样洁白整齐,瓠就是葫芦,瓠犀就是葫芦籽。另外,在那首女子求偶盼婚的诗《邶风·匏有苦叶》里,也出现了葫芦,女子在济水河边等着男朋友过来找她成亲,望着河水想入非非,"匏有苦叶,济有深涉,深则厉,浅则揭"。匏就是葫芦,葫芦瓜长到一定时候叶子就变苦了变枯了——这意味着葫芦足够成熟了,葫芦瓜外皮渐硬,可以挖空了漂浮水上来作渡河用具,济水深处有一个渡口,这个女子站在河边猜想着河水的深度,水深呢就身上挂上空葫芦横着泅渡过去,水浅呢就直接提起衣裳涉水而过……诗的结尾,有船夫邀她上船,她拒绝了,决定等男朋友从河的那边过来找她。那么,古人如何使用空葫芦来渡河呢?我发挥了一下想象力,认为可能就像很多个空羊皮袋子绑上木排扎成羊皮筏子横渡黄河一样,想必在身上绑上一大串空葫芦也可以起到浮力作用,由此漂渡济水吧——那得需要多少个空葫芦呢?从《卫风·硕人》《邶风·匏有苦叶》来看,葫芦既可以是"瓠"也可以是"匏",另外再补充上"壶",这三个名称在古代互为别名而通用，当然也可写作"瓠匏"或"匏瓠"，指的都是攀缘藤本的葫芦科葫芦属，其实可以到此为止，不必再继续加以区别了，如果非得追究一下不可，大致上匏指可以从中间一劈两半做成舀水之瓢的那种圆球形葫芦吧，瓠则大致上可能指的是长柄形葫芦吧，可以当蔬菜吃的瓠子是不是比较典型呢？还有一种说法，葫芦形似子宫，古人或许用它来暗示生命力和生殖力，那么用此观点来理解《邶风·匏有苦叶》里女主人公使用匏的意象来抒情，或许是有着一点儿这方面的暗示意味的。

当然，《诗经》那些涉及爱情的诗中，与花朵和果实相比，禾草类本身、藤本类本身，以及树木本身出现得则最为频繁。

先说说大致的乔木和灌木。

《诗经》里不止一首与男女情感有关的诗涉及了桑树。《卫风·氓》中写到"桑之未落，其叶沃若""桑之落矣，其黄而陨"，先后写了桑树繁茂时的桑叶滋润以及桑树落叶时桑叶的枯黄，分别来代表诗中女主人公刚结婚时的青春貌美以及历经磨难之后的憔悴衰老；《小雅·隰桑》中也写到桑树，"隰桑有阿，其叶有难""隰桑有阿，其叶有沃""隰桑有阿，其叶有幽"，男女主人公在生长着桑树的低洼湿地相见欢，难抑喜悦之情，那桑树的叶子啊多么茂盛多么光亮多么清幽；《魏风·汾沮洳》作为一首情诗，比较特别，女子赞美情人"美无度""美如英"

"美如玉",关键是"特异乎",以至于任何王公贵族子弟都比不上,"彼汾一方,言采其桑,彼其之子,美如英",在汾水边采桑时,见到那个人儿啊,美得像花儿一样;《鄘风·桑中》是以男子口吻写的恋歌,诗中女子热情主动而男子欢欣鼓舞,里面反复出现一句"期我乎桑中,要我乎上宫,送我乎淇之上矣",意思是说,约我到桑树林里来,邀我到宫室里来,送我送到淇水上。为什么爱情诗多与桑树或桑树林发生关联呢?这应该是由于古代的农业生产多以植物采集为主,并且桑蚕业发达,采桑养蚕又基本上由女性来承担,于是桑园或桑树林成了女性的重要劳动场所,同时也是女性情感的寄托和放歌之地,慢慢也成了男女集会和幽会的重要区域,弥漫着浪漫和自由,成了最佳的爱情发生地。

至于《陈风·东门之杨》,写到了杨树,"东门之杨,其叶牂牂""东门之杨,其叶肺肺",这是一首人约黄昏后之诗,具体地点是陈国东城门外的白杨树下,结果呢,一个早到了,另一个却迟迟不来,只听着杨树叶子沙沙响,看着星星闪闪亮,令热恋中的人心生惆怅。

《郑风·东门之墠》写的是在郑国城东郊外平坦之地的一场约会,可能是男女在对歌,应该是两相情愿,"东门之栗,有践家室。岂不尔思?子不我即"。东门外的栗子树掩映着安宁的家舍，难道我不想你嘛，是你不来与我亲热嘛！情爱表达得赤裸裸……栗子树在这里是起兴，同时栗树与住宅相连，可见当时种植普遍，栗子树长得高大，雌雄同株，细长荑似的雄性柔荑花序的基部，生长着单朵或数朵的壳斗状总苞的雌性花序——准备生长成"刺猬球"，到了秋天，树枝上每一个"刺猬球"都会像胎衣炸裂似的蹦跳出颗颗棕色栗子果来……最终变成街头的糖炒栗子。

《秦风·晨风》似写一位女子正在林中焦急地等待恋人的到来，发出"如何如何？忘我实多！"这般六神无主之叹，这个清晨，周围环境是这样的，"山有苞栎，隰有六驳""山有苞棣，隰有树檖"，一下子出现了四种树木：栎——栎树，现代认为，栎树、橡树、柞树，这三种不同称呼的壳斗科栎属植物可以看作同一种树木，不必区别，这种树可以非常长寿，生长得无比高大粗壮，特别优美，上古人们以橡子充饥，后来只有灾年实在饿极了才肯吃它，杜甫为避安史之乱而携家逃难至陇南时，就曾在山中与猿猴争抢捡拾橡子为食，"有客有客字子美，白头乱发垂过耳。岁拾橡栗随狙公，天寒日暮山谷里……"驳——梓榆，因树皮青白如驳而得名"驳"；棣——郁李，果实发红，像梨子；檖——山梨树，果实接近梨而比较小，味道发酸。《陈风·东门之枌》中有"东门之枌，宛丘之栩"之句，其中提及两个树种，枌——白榆，它的树皮是白色的，是中国北方最常见的榆树树种，直接叫榆树就行，当然，榆树还有一些其他的品种；栩——栎树，就是前面刚刚讲到的栎树属。

《小雅·我行其野》似乎是一位离异女子重返故土途中唱出的悲歌，三节对称复沓，均以类似"我行其野，蔽芾其樗"这样包含植物的句式开头，其中"樗"，指的是臭椿树，与我们春天吃的香椿看上去长得很相像，但闻起来大不一样，臭椿不能吃，生长迅速但材质差，只能当柴烧，于是诗中女主人公就用这中看不中用的臭椿来为自己代言，有间接暗指丈夫之意，表达自己所遇非人。

再说《周南·汉广》，这首里的主人公似乎是一个正在砍柴的樵夫，由于爱而不得难遂心愿而抒发起了望江兴叹般的怅惘，他一度产生了美好幻觉，"翘翘错薪，言刈其楚。之子于归，言秣其马"，在乱蓬蓬的柴草之中去收割那长长的荆条，那个姑娘愿与我成婚，我这就把马儿喂饱了去迎接她……这里出现的"楚"，是马鞭草科牡荆属的灌木或小乔木，可以是黄荆，也可以是黄荆的另外两个变种：牡荆、荆条——这三种同科同属，甚至近似同种，却又有所种别的植物，不太容易区分，在有些地区比如山东，干脆统统叫荆棵或者荆条，可用其茎条来编织筐子、篓子、篮子等容器，当然还可以"负荆请罪"。

再说说大致的禾草类和藤本类。它们在《诗经》爱情诗中出现时，往往是在采摘现场或者其他相聚场所以及独处情境。

《周南·关雎》写男子对一位女子的向往和追求，"参差荇菜，左右流之""参差荇菜，左右采之""参差荇菜，左右芼之"，这里的荇菜，也叫莕菜、水荷，是一种浅水植物，分枝的茎细长柔软以致匍匐生长，根在泥中或漂在水上，圆圆叶片浮在水面上，像缩小了的睡莲，开出似纸绢质感的鲜黄花，与绿叶相映衬，密集成片地排列在清水面上，很是好看，全草可入药，茎叶可当野菜来吃，也可当饲料，诗中的"左右流之"等动作既是实写采摘，同时也是写了恋情的变动和不确定性。

《秦风·蒹葭》在我看来，可以是一首爱情诗，也可以与爱情无关，反正要不顾水远路长而去上下寻找，而要找寻的那个朦胧伊人，或者说要找寻的那个像伊人一样的缥缈理想，是那样地充满了不确定性，整首诗的意境是恍惚的，这种恍惚之感用在茫茫水波之中的苍苍芦苇来表达，最合适不过，"蒹葭苍苍，白露为霜""蒹葭萋萋，白露未晞""蒹葭采采，白露未已"，芦苇有许多种类，而均以蒹葭来称呼之，大致不会出太大问题。这是一首产于秦地的诗歌，我曾经去过号称《蒹葭》产生地的西汉水上游的陇南礼县，那里是秦文化发源地，今人在野外种植了大片大片芦苇来模拟《蒹葭》意境，可见诗歌力量之大。无独有偶，与情爱有关的《卫风·硕人》里面也出现了芦苇意象，"葭菼揭揭，庶姜孽孽，庶士有朅"，黄河边的芦苇啊细细长长，陪同庄姜一起到来的姑娘们个个身材高挑，小伙子们那么强壮。

《王风·采葛》写的当为热恋中感受，一日不见的思念程度，在层层递进，如三月、如三秋、如三岁，男子在思念着那位既采葛又采萧还采艾的女子，其中所采之物，葛就是葛藤，豆科草质藤本，外皮纤维可织葛布，茎可作绳编织，根部可提供食用淀粉，也可入药；萧和艾二者均为菊科，萧是白蒿或者牛尾蒿，艾是艾蒿，采摘萧和艾，或作饲料，或作药用，或熏香杀虫，或作辟邪及祭祀之用。

《唐风·葛生》疑似一位妇人悼念亡夫之诗，"葛生蒙楚，蔹蔓于野。予美亡此，谁与独处。葛生蒙棘，蔹蔓于域。予美亡此，谁与独息。"这里也提及了葛这种藤本植物，同时还提及一种叫作"蔹"的攀缘藤本，蔹可以理解成野葡萄类，它们与黄荆和酸枣树枝交织并覆盖，这里用杂乱在一起的各种藤生蔓生植物来写亡人长眠之地的景象，同时也暗示自己的思念也是如此这般地蔓生着、漫延着，并弥散开来。

《周南·樛木》一诗有多解，它可以被看成一首贺新婚的诗，"南有樛木，葛藟累之"，樛木指的是弯着腰的树木，葛藟是一种葡萄科葡萄属的蔓生藤本，这里是用葛藟蔓延缠绕樛木来起兴，指引读者联想婚后二人之间亲密和谐的关系。

《周南·卷耳》写的是一位女子一边采摘卷耳一边想念远行的丈夫，幻想着丈夫走到了哪里以及此刻正在做什么，她心不在焉，怎么也无法用卷耳把筐子装满，"采采卷耳，不盈顷筐。嗟我怀人，置彼周行"，这里的卷耳，大都一直认为就是全国各地极其常见的带钩状硬刺的菊科植物苍耳——虽说有毒，却可药用，古人还将其嫩叶当作蔬菜来食用——其实，还有一种石竹科卷耳，分布以北方部分地区为主，名字就叫卷耳，一直存在，有人认为那才是真正的卷耳，那么《诗经》里的这个"卷耳"究竟指的是原来本名就叫卷耳的呢，还是被后人解释成了苍耳的呢？或者也许还有第三种可能？

而《小雅·采绿》与《周南·卷耳》在立意上颇有相似之处，都是女子因思念远行丈夫而在采摘时走了神，怎么采也采不满，"终朝采绿，不盈一匊""终朝采蓝，不盈一襜"，这里的绿，也叫菉，指的是荩草，细弱丛生，神似竹叶；这里的蓝，指的蓼蓝，是蓼科蓼属下面的一种，或许是红蓼的一个变种吧，在浅水挺立，直茎分枝上长出穗状花序……这位女子为什么偏偏要采绿和蓝？因为荩草和蓼蓝都是染料植物，可以用来给衣服上色，荩草可提供黄色和绿色，蓼蓝可以染蓝和染靛——据说我们见到的蓝色主调的扎染印染布就是现今西南少数民族用蓼蓝印染。

像这样一边做着采摘工作一边思念正在远方的爱人的诗，还有《召南·草虫》，"陟彼南山，言采其蕨；未见君子，忧心惙惙""陟彼南山，言采其薇；未见君子，我心伤悲"，蕨在这里应指蕨菜，就是初萌而尚未成叶的攥成小拳头形状的蕨芽，薇是野豌豆，嫩叶可食，二者均属于山野之菜，对于这位女子，不知登高远望盼爱人归和登上山顶采蕨采薇，哪个行为是真正目的，哪个行为是顺便而为。

《陈风·泽陂》的标题即表示出写的是水边之事，"彼泽之陂，有蒲与荷""彼泽之陂，有蒲菡萏"，诗中除了前面提过的荷花，另外还写了蒲，蒲就是水生植物香蒲或曰蒲草，轻盈盈地挺立在浅水或沼泽之中，花序像一支支棕红色蜡烛，蒲草是编织和造纸的好原料，嫩茎还可以食用，人们还常用蒲草之坚韧来比喻爱情之忠贞。

《卫风·伯兮》是一首思妇诗，"自伯之东，首如飞蓬"，自从丈夫离家之后，就很少梳头了，头发乱得像飞蓬草，飞蓬就是菊科的飞蓬草，遇风之后被吹散乱跑，常用来表示无根随风漂泊不定。

在《周南·汉广》这首表达爱而不得的诗中，还出现了

"翘翘错薪，言刈其蒌"，蒌就是菊科的蒌蒿，也就是现在常说的可食嫩茎的芦蒿。

《邶风·谷风》是一首写得如泣如诉的弃妇诗，爱情里面除了甜蜜成分，当然也包含了痛苦甚至绝望元素，诗中有如此句子"采葑采菲，无以下体。德音莫违，及尔同死""谁谓荼苦，其甘如荠。宴尔新昏，如兄如弟"，一共提及四种植物，葑是蔓菁即芥菜疙瘩，菲是萝卜，荼是苦荬菜，荠是荠菜，诗中女子用蔓菁和萝卜来对负心汉发出质疑：难道对爱人的评判只注重叶子好看而不管地下根茎大小吗，那不求同生但求同死的海誓山盟都忘光了吗？接下来这位被抛弃的女子要离去了，她觉得自己的命比苦荬菜更苦，相比之下，都吃不出苦荬菜的苦味了，她控诉道：新人笑旧人哭，你们新婚多么甜蜜，谁说苦荬菜味道苦，如今我吃起来却像荠菜那样有了甜味呢。

《陈风·防有鹊巢》是一首失恋之诗，"防有鹊巢，邛有旨苕""中唐有甓，邛有旨鹝"，苕和鹝应该都是生长在背阴湿处的草，苕是一种蔓生的草，有可能是紫云英或凌霄花；鹝即虉，绶草，属于兰科，开花时，紫粉花序在直立花茎上螺旋状排立。诗中用河堤上筑喜鹊窝以及山坡长出湿地草木来掂量着违背自然之事发生的概率应该不大吧，其在疑虑中坚固着对爱的信念。

《郑风·东门之墠》"东门之墠，茹藘在阪"，这里的茹藘，又叫茜草，一种根部可以作红色染料的攀缘草类。

《魏风·汾沮洳》里的女子借汾水边上的湿地植物来抒情，"彼汾沮洳，言采其莫""彼汾一曲，言采其藚"，莫，常生长在沟洼荒地的一种野菜或药材，现在叫酸模，名字听上去怪异，其实遍地都是，估计人人都见过，貌似菠菜的宽长大叶子从基部直立着向上长，中间茎上黄白色细碎花穗排成狭长圆锥状，酸模扎堆生长，能长到一米高；至于藚，就是泽泻，是一种水草，绿叶白花，清新可人，可入药可当菜。

《鄘风·桑中》里的那位男子反复借植物来起兴抒情，"爰采唐矣？沬之乡矣""爰采麦矣？沬之北矣""爰采葑矣？沬之东矣"，这里出现了几种植物，唐，就是女萝，也叫松萝，也叫菟丝子，是一种吸附缠绕在其他植物上的寄生草本；麦，就是麦子；葑，就是蔓菁。麦子的出现很重要，这几乎是使得一个民族得以存续的最基本农作物，除此之外，还有一种几乎与麦子同等重要的农作物稻子也出现了，出现在一首与男女感情相关的《小雅·白华》中，"滮池北流，浸彼稻田。啸歌伤怀，念彼硕人"，以北流的滮池灌溉稻田来起兴，引人联想池水之泽使稻田获得浸润而生殖，从反方向上指出薄情寡义的丈夫对待妻子甚至连一池水的义务都不曾尽到，还移情别恋，太没良心了。

《小雅·我行其野》中在三节复沓的第二节和第三节里，出现了另外两种草本植物，"我行其野，言采其蓫""我行其野，言采其葍"，蓫是羊蹄菜，也俗称牛耳大黄，正式名称叫皱叶酸模，与酸模是近亲；葍是小旋花，也叫面根藤儿，就是分布极其广泛且四处蔓延的打碗花……蓫和葍，以过于旺盛的长势来攻城略地，侵害庄稼，就像此诗第一节提及的中看不中用的樗一样，同样被当作有害草木，这里也被女主人公拿来暗示那变了心的丈夫。

《邶风·静女》是一首欢快的男女幽会之诗，"静女其娈，贻我彤管，彤管有炜，说怿女美。自牧归荑，洵美且异"，"彤管"和"荑"究竟是什么，各理解相去甚远，关于这方面的论文之多，都可以编成几本大厚书了，我个人比较认可下一种解释：彤管和荑是同一物的两个不同部分，管是一种紫红色的管状茅草，这种草外红内白；而荑就是外面紫草叶包裹着的内部的柔软白色部分，像《卫风·硕人》里面的"手如柔荑"，指的就是指女人的手嫩白滑柔像这种管状茅草的内芯或初生之芽。

在《诗经》中常用到一个固定句型"山有……隰有……"，这个句型构筑了一个典型的隐喻世界。山往往是向阳高坡，隰指的是阴湿低地，山与隰相对，山上往往生长着阳刚挺拔的树木，而隰处往往生长着柔美秀气的禾草类植被，这就仿佛男与女、阳与阴，形成了对称和对偶……爱情意味自然呈现。

《郑风·山有扶苏》"山有扶苏，隰有荷华""山有桥松，隰有游龙"，其中，扶苏是长在山上高地的一种小乔木，具体指什么植物已不可考，有人说是扶桑木，此说未必，扶苏在现实中见不到，据说倒是在武侠小说中开起了大红花；荷华就是荷花，生长在水中；桥松，可写作"乔松"，指高大的松树；游龙就是红草，现称红蓼，跟蓼蓝应同为蓼科蓼属之下的品种，粗茎高挺茂盛，淡红细密碎花组成穗形总状花序，常生于浅水或沼泽……就这样，山上的扶苏与湖池里的荷花相对，山上的松树与水洼里的蓼草相对，大自然中本来就隐含着一曲曲恋歌。

《邶风·简兮》大概写一宫廷女子在观看盛大舞蹈时爱上了英俊的领舞者，"山有榛，隰有苓。云谁之思？西方美人。彼美人兮，西方之人兮"，其中榛，是桦木科榛属小乔木，其果实就是我们常吃的坚果榛子；苓，据说就是甘草，我国北方各省几乎都能生长，尤其以西北地区的为佳，是一种多年生豆科草本，羽状复叶总状花序，根及根茎是现在我们用来止咳的甘草片或甘草止咳糖浆的主要成分……高处的山上生长着榛木，而平坦低地上则生长着甘草，二者遥相呼应，刚柔相济，可以产生不言自明又似有若无的某种意味，联系文本具体内容，草木似乎有意无意地在为男女情爱作着注脚。

周代婚礼离不开"薪"，迎亲和结亲都需要燃薪照明，举起火把，婚礼上还要以薪来烧烤食物，燃薪进行祭祀祷告，婚后夫妻关系的好与坏，还可能需要将束薪放到溪水中进行占卜……于是"束薪"便成为婚姻的一个隐语。《诗经》里多次出现"薪"，基本上都或近或远、或直接或间接、或明示或暗示地与婚姻有着关联。薪并不是指具体的哪一种植物，而是草本禾本木本植物都有成为薪的可能性。《周南·汉广》"翘翘错薪"，《齐风·南山》"析薪如之何？匪斧不克。取妻如之何？匪媒不得"，《唐风·绸缪》"绸缪束薪，三星在天。今夕何夕，见此良人"，《豳风·伐柯》"伐柯如何？匪斧不克。取妻如何？匪媒不得"，《王风·扬之水》"扬之水，不流束薪，彼其之子，不与我戍申"，《郑风·扬之水》"扬之水，不流束楚""扬之水，不流束薪"……全都与婚姻有关联。最有新意的恐怕还是出现在《小雅·白华》里的"薪"，诗中有"樵彼桑薪，卬烘于煁"之句，诗人们习惯于拿"薪"来比喻婚姻关系，这首诗中也不例外，只是拐了一个弯儿来表达，桑树是女人劳作分工之中最珍贵树种，那么，这里把桑树砍了来当成柴薪，放进炉灶烟熏火燎地烧了起来，这是把贵与贱彻底地颠倒了啊，容易让读者联想到这种是非颠倒的命运恰恰也发生在了女主人公身上，她的美德不被丈夫欣赏，自己位置被他人取代，旧时代女性无法掌握个体命运，她只有痛心疾首，长歌当哭。

《诗经》中的爱情诗有着向度非常丰富的内容，有钟情、有兴奋、有期盼、有相思、有忐忑、有猜疑、有幻想、有痴情、有甜蜜、有背叛、有嫉妒、有绝望、有诀别、有永别……爱情是人性的演练场，人性中最美好和最丑陋的部分几乎全都可以在这个场地鲜明地表达出来。通过阅读《诗经》中的爱情诗，会发现原来竟有那么多野泼泼的植物可以用来全方位地展现出爱情的各个层面。如果将《诗经》中这些属于汉文化的爱情原型植物重新寻找并开发出来，让它们与现代生活相连接相适应，被重新激活，那么，爱情意象库存就会大大增加，到了节日，就不至于一窝蜂地去排队买玫瑰送玫瑰了。那些商品化的玫瑰，那些平均主义的玫瑰，怎么能够经年不变地表达出一个独一无二的个体对于另一个举世无双的个体的情与爱呢？

　　我希望2月14日这一天，有人能给我送来玫瑰之外的植物当作节日礼物，比如一枝硕大的向日葵，比如几枝蜡梅，再比如几条萌芽的柳枝，还可以是一束迎春花……假如能收到《诗经》的爱情诗里所写过的植物，当然是再好不过了，比如，送我桑树枝，送我桃花，送我芍药，送我葫芦，送我白茅花，送我蒲草……或者干脆就扔给我一只木瓜吧。

屈原式嗅觉审美

在那鲜艳而热烈的南方，有一个叫屈原的人。

屈原遣词造句基本上离不开花草树木，尤其是香草香木。这与他当时所置身的楚地的亚热带植物资源有关，同时也跟当时的楚巫文化和香文化有一定关联。重视香草香木的缘由，除去植物具有药食功能、祭祀功能和观赏功能之外，最后的理由可能是，人类喜欢美好气味，其实更是出于一种本能。

很多的花香和草叶气味里，含有像多巴胺、血清素、内啡肽这样的人体神经细胞之间用以传递快乐信息的物质，可以让人感到愉快、舒服和安详，还可以调动情绪，甚至催情。植物气息确实可以通过神经生物学机理从而对人的心理产生影响，香气分子能引起情绪、经验、记忆等方面的一系列反应。从古代的饰香、佩香、熏香、赠香等日常习俗到如今风行的以植物萃取精油进行"芳香疗法"，其中的物理原理和化学原理应该是类似的。

我手边有一本《离骚草木疏（外一种）》。里面收录了宋朝人吴仁杰所作的《离骚草木疏》，以及明朝人屠本畯所作的补记之书《离骚草木疏补》。这两种有关楚辞植物的专著，都是简约古文，竖版并由右向左排，两书合一书，也仍然只是一本薄册子。此书虽由浙江人民美术出版社出版，却不肯迎合"美术"二字，里面竟一张图片也没有——仅有文字，倒也清爽。没有植物图片的好处是，植物的古名一旦对应上了今名，我脑海里就会根据个人生活经验而自动浮现出这种植物的大致模样，相当于自己补图了。凡是我不能用脑子补图的植物，基本上就是没有在实际生活中见过的或者见过了却没有留下什么印象的，凡是能够补图的，基本上算是认识的了，好在认识的竟属于绝大部分。

虽然屈原爱香草香木，在相当程度上是受了时代风习和楚地风习影响，但是，"香草美人"模式，则确实肇始于屈原。汉代王逸《离骚经序》说："《离骚》之文，依《诗》取兴，引类譬喻，故善鸟、香草，以配忠贞……灵修、美人，以媲于君。"将植物人格化，以香草香木来代指高洁品格和好的政治，以美人来自喻，或指代君王，或以美人所涉爱情关系来表达君臣关系……对于上述这一切，进行歌吟和咏叹，这正是屈原所做的。与此同时，又以恶草恶木来暗示像卑劣、邪恶、奸佞等品行以及具有这些品质的人，并对此大发感慨，这也是屈原所做的。植物们就这样被人格化了，进入了一个天网恢恢的比德系统。代表君子的香草香木与代表小人的恶草恶木，如此两大植物阵营，就这样建立起来了。这样的二元对立，就像小孩子把人类分成了好人和坏人两个群落，非此即彼，非黑即白，泾浊渭清，爱憎分明。运用比德原则，屈原当然不是第一人，而以香草香木和恶草恶木这样的划分原则来建立起一个完整而庞大的比德体系，屈原无疑是第一人。

仅以鼻子的感受为标准来对事物进行判断，鼻子是检验真理的唯一标准，这实在是太有趣了。这是一种典型的嗅觉审美。有人是颜控，有人则是气味控。屈原对气味如此敏感，用鼻子嗅一下，就知道是君子还是小人。

同一种植物，在屈原的不同作品中会不止一次地出现，为避浩繁，现只谈论《离骚》这一篇当中所涉及植物，为了突出主题，在《离骚》所涉及植物里面又进行更进一步的限定，专门谈一下那些被作者从主观角度明显地划分了善恶美丑归属的草木们。

《离骚》中的香草香木阵营主要有：茝、江离、䖀、茹、菊、兰、蕙、杜衡、宿莽、留夷、揭车、荃、胡、椒、樧、薜荔、木兰、桂……《离骚》中的恶草恶木阵营主要有：䕡、蓈、蒫、艾、萧、茅……

在《离骚》中，那个被视为香草香木的正面形象的植物群落里，有相当一部分散发强烈香气的草本植物——茝、江离、䖀、茹——均属于伞形科，它们有很多鲜明的共同特点，比如，植株具体形态在细节上略有差异，但大体模样全都与我们日常生活中见到的同属伞形科的芹菜存在着一定的相似性，略带香辛的幼苗全都可以拿来当菜蔬吃，叶子以分裂或多裂的互生单叶为主，叶柄底部有叶鞘，叶面有茸毛或膜质，茎部一般是直而中空的，开花大多为顶生或腋生的白色复伞形花序，像撑开来了一把把小伞，另外，它们的根部或全株皆可入药，最后，还有关键一点，这些植物体内大都含有挥发油，使得整株散发出香气，于是也被当成香草香料来看待——这正是屈原用它们来比德的最重要原因。待分别细说来。

茞，有时也叫芷，指的就是白芷，白芷因根又白又长而得名，白芷生长得比较高大，据说它的叶子香得都可以泡在水中用来洗澡，白芷在《离骚》里既称芷也称茞，两个不同名称都分别出现过多次，比如，"扈江离与辟芷兮，纫秋兰以为佩"，再比如，"杂申椒与菌桂兮，岂维纫夫蕙茞""既替余以蕙纕兮，又申之以揽茞"，前面句子是说，把江离、白芷、佩兰这些美好的东西都戴在身上，后面两组句子本不相连，却可以联在一起来理解，就是说，忆往昔，三代明君之时，芬芳的花椒与桂树层层相间，哪里仅仅有蕙草和白芷在散发着香气啊，而到了如今呢，那些人看到我把蕙草当作佩带就来攻击我，又由于我喜欢采集白芷而定我的罪。

再说说江离吧，江离还有好几个其他的名字，比如蘼芜，比如川芎，这三个汉字组合，看上去都很有诗意，幼苗为菜，块根为活血化瘀药材，以蜀地的此物质量最好，故叫川芎，江离或者蘼芜、川芎，不管叫什么，这种植物那翠绿的全株——

尤其是叶子——长的模样实在是太像芹菜了,尤其像水芹,大概是伞形科植物中最像水芹的了,当然江离的香气是芹菜香气的好几倍……至于《离骚》中含有这种植物的诗句,除了前面提及的"扈江离与辟芷兮,纫秋兰以为佩",还有"览椒兰其若兹兮,又况揭车与江离"——世事就是这样,大都在随波逐流,思量到花椒、兰草都已然退变成了这样,更何况那揭车和江离呢。

再说说叫绳的植物吧,《离骚》里有"矫菌桂以纫蕙兮,索胡绳之纚纚"之句,说的大约是把好几种美好植物的枝条花叶连缀编织在一起,这里的绳,并不是指绳索,而是指植物名称,一个怪怪的名字,其实所指植物很普通很常见,就是蛇床或蛇床子——这个名字里有个"蛇"字,令人不太舒服,一说由于茎直立或伏倒在地时如蛇状而得名,一说来自某个传说,最初采此药者为疗治全村人的奇痒怪病,勇登海岛,从蛇身底下采来此种植物。

另外,还有一种叫藁本的伞形科植物,没有在《离骚》和屈原其他作品中出现,却被当作香草类出现在了其他人的楚辞作品中,可以拿来作一下对比参照,藁木的茎叶模样跟白芷、川芎、蛇床也是相似的,都或多或少地接近着水芹,植株香气接近川芎,没开花时的外表接近禾本科。上面提及的这几种伞形科香草类的外形彼此长得太像了,需要加以辨别。

再说说茹,《离骚》中有"揽茹蕙以掩涕兮,沾余襟之浪浪"之句,大致意思是说用一种香草来擦拭眼泪,热泪汹涌把衣裳都打湿了,而这里使用的什么香草呢,用的是茹,茹就是柴胡,同样作为伞形科植物,跟白芷、川芎、蛇床、藁木相比,它可能是长得最不像水芹的了,茎上多有分枝和曲折,叶子椭圆或倒披针形,略微类似竹叶,开出的复伞形花序——竟不是白色的——是黄色的,鹅黄花与墨绿叶相互映衬得非常好看,据说柴胡整株散发出淡淡的香,根部则香味浓烈,香辛幼苗在柔软之时可吃可吞咽——即"茹"字之本义,一解释为"吃",一解释为"柔软"——而成年硬化后则可当柴烧,于是名字就叫了柴胡。记得有一种中药制剂叫柴胡注射液,小时候感冒尤其是发烧时,既可以拿来输液又可以直接当药剂饮用。

该说说菊了。

菊在《离骚》里也是作为香草类而存在的。"朝饮木兰之坠露兮,夕餐秋菊之落英",早晨我啜饮木兰上的露滴,晚上我用菊花残瓣来充饥。现在可知的一个事实是,至少在唐宋以前,菊花的衍生品种还很少,以紫茎黄色小朵的菊花为主体和正宗,同时菊花的药用价值和食用价值远远排在其观赏价值之前。

与这句屈原诗句相关联的,还有一个争执千年而无果的"秋菊落英"公案,发生在欧阳修和王安石之间,到了后来竟然还有人将人物进行了更换，变成了发生在苏东坡与王安石之间。原先的记载文字比较浅显，大致如下：欧阳文忠公嘉祐中见王文公诗："黄昏风雨暝园林，残菊飘零满地金。"笑曰："百花尽落，独菊枝上枯耳。"因戏曰："秋英不比春花落，为报诗人仔细吟。"公闻之，怒曰："是定不知《楚辞》云'夕餐秋菊之落英'。"欧阳公不学之过也……好了，故事就是这样的，那么，王安石真的写过这样一首诗吗，欧阳修王安石之间真的发生过这场对话吗，《离骚》中"落英"这个"落"字到底应该怎么理解呢，甚至菊花这种花究竟是凋落花瓣的呢，还是——所谓"宁可枝头抱香死"——花朵枯萎在枝头也不会落地，正如顶级专家李时珍所认为的那样呢……于是"秋菊落英"竟弄成了公案和悬案，上千年来争论不休却一直无有定论，至于"落英"的"落"，有人理解成"落在地上"，有人理解成"初开"，那么，问题来了，屈原吃的到底是落在地上的菊花花瓣呢，还是初绽的菊花呢？于是又有人进一步解释"落"其实是采摘之意，可仍不太通，于是又有人说这里有可能是外力——比如大风——把菊花花瓣给吹落了，当然同时还有人认为屈原笔下菊花有可能与后来菊花不是同一品种，甚至还有可能是，屈原误将另一种植物当成了菊……其实有这样一个公案也挺好的，让它永远悬在那里，可以给很多人继续写论文的理由。

轮到来说说兰了。

作为香草，兰很重要。《离骚》提到兰的地方有多次，除了前面提及的"扈江离与辟芷兮，纫秋兰以为佩""览椒兰其若兹兮，又况揭车与江离"，还有"兰芷变而不芳兮，荃蕙化而为茅""余以兰为可恃兮，羌无实而容长"。《离骚》中的这种兰，指的应该是泽兰中的佩兰，这是一种菊科的秋草，枝茎可生长到一米高，开放的像是头状花序，若单凭花的姿色样貌，似介乎丁香和紫楝之间，佩兰的叶、茎、花、实、根……全身都能散发出浓郁香气，而草叶比花儿还要香，草叶比花儿更受到重视，这种植物的叶子香到可以用来沐浴，屈原在《九歌·云中君》有"浴兰汤兮沐芳，华采衣兮若英"之句，指用佩兰泡的香气浓郁的水来洗浴全身，然后穿上颜色华丽的衣裳。这种泽兰属的佩兰在晾干之后香气会保持很久，古人佩兰以为饰，估计是制作成香囊带在身上吧，当然就是把新鲜植株直接插在衣服上也很风雅呢，另外这种兰的香气还有驱虫之效。

此处有必要提醒并强调一下，屈原以及唐朝之前的人所歌咏的兰，大都是这种泽兰属一类，跟我们今天常说常见的兰花或春兰之类不可以混为一谈。相比之下，如今的兰则属于兰科——据考证也有两千年历史了——只有花儿略香而叶茎等其他部位均不香，而且植株都是比较矮小柔弱的，低低地生长在地上或花盆里，直到宋代，可能是南宋时期，才开始被当成重要观赏性植物来对待，并且变得越来越有名了……以至于后来，很多不明就里的人把这种几乎没有什么香味的伪兰误当成了古时候诗人常常歌咏的那种兰了。这实在是一件冒名顶替案。

《离骚》中还有一种香草类植物出现的次数特别多，那就是蕙。据说"蕙"在《山海经》里已经有记载了。蕙是什么？有人认为只要植物的一条茎上长出了一竖长串细密碎花的植物，都可以叫作蕙，而比较普遍的认识是，蕙指唇形科的罗勒，也叫薰草、九层塔。"杂申椒与菌桂兮，岂维纫夫蕙茝""余既滋兰之九畹兮，又树蕙之百亩""矫菌桂以纫蕙兮，索胡绳之纚纚""既替余以蕙纕兮，又申之以揽茝""揽茹蕙以掩涕兮，沾余襟之浪浪""兰芷变而不芳兮，荃蕙化而为茅"……这些《离骚》中的句子之中，均出现了"蕙"。如果蕙就是罗勒，那我确实见过它。曾经有人指着畦里的一簇植株对我说："看，这就是蕙。"我失望地想，大名鼎鼎的蕙，怎么看上去这么普通？蕙或者说罗勒，猛地看上去跟薄荷很相像，二者都能食用，但是罗勒的叶子比薄荷的叶子要大、颜色要深，也更光滑，另外，罗勒的香气不太容易描述，不像薄荷的香气那么有个性并且容易识别。

我还比较关注著名的杜衡或曰杜蘅。《离骚》中这样提及它,"畦留夷与揭车兮,杂杜衡与芳芷",就是说,在圃中分垄种植了留夷和揭车,顺便还把杜衡和白芷夹杂点缀着种植其间了。在这里顺便也提一下《离骚》之外的屈原作品吧,他在《九歌·湘夫人》里也写过杜衡,"芷葺兮荷屋,缭之兮杜衡。合百草兮实庭,建芳馨兮庑门",说的是,对于那已建在水中央并遮了荷叶的屋顶,再用白芷来覆盖,还要用杜衡缠绕四周,各种花草布满庭院,建造了芬芳的门廊。杜衡,我不止一次见过这种植物,还依稀记得它在园圃之中或者野外阴湿地及枯草败叶丛里的那一小簇一小簇的绿模样,起初不知它叫什么名字,只是它的叶片形态让我想起了马蹄,它有长叶柄,有心形或肾心形的叶片,绿色叶片的中轴线两边分布着白色泼墨效果的图案,它那小小的三瓣紫花被自己的叶片大面积遮挡着,紧贴着泥地而绽放,据说只靠叶丛偶露出来的那么一点儿缝隙与外界交流,凭借花心中央的一个小黑洞来进行授粉……简直像地下工作者。据说这种叫杜衡的植物——不知为何姓了杜,又叫杜衡,听上去很像一位学者的名字——是一味具有多种疗效的重要药材,可是,在中国,又有哪一种植物不是药材呢?当然,相比其他药材,杜衡的特异之处在于,它既是在《山海经》出现过的仙草,同时又是在楚辞里出现过的香草,之所以当作香草,是因为杜衡全植株都有芳香油在挥发出来,辛香气味刺激神经，可以使人兴奋。

《离骚》中出现的其他香草类植物还有宿莽、留夷、揭车、荃、胡，将这些古代的名字更换成后来的名字或者今天的名字，对应如下：宿莽——茵草，一种生在水边的经冬不死的草叶含香的草类；留夷——芍药，视这种牡丹科植物为香草，主要由其花之香气馥郁而定；揭车——珍珠菜，一种南北方都有的报春花科的香料药材；荃——也称"荪"，荃和荪，还可拿来喻指君王，指的应该是生于浅水边的那种叶片状如剑且散发香气的天南星科的菖蒲，而不是同样生于浅水边的有蜡烛般穗状花序的香蒲；胡——大蒜，百合科大蒜自古以来就被当作香辛的调味品，于是也被划进了香草类。

说了《离骚》中的香草们，再来说说《离骚》中的香木们。

这些香木中有不少是属于芸香科的，比如，椒、樧、橘、柚。这一科的植物全部都含有可挥发的芳香油，油腺发达，在叶片上有透明的油点，体内通常含有储油细胞，这类植物有时还会具有枝刺。屈原在《离骚》里并未涉及橘，而在其他篇目里写过橘，还专门写过《九章·橘颂》，至于柚——也称为文旦——在其他诗人的楚辞篇目里出现过，似乎从未出现在屈原笔下。

屈原很喜欢写"椒""申椒"，指的就是花椒，光在《离骚》一篇里就出现过五次之多，"杂申椒与菌桂兮，岂维纫夫蕙茝""苏粪壤以充帏兮，谓申椒其不芳""巫咸将夕降兮，怀椒糈而要之""椒专佞以慢慆兮，樧又欲充夫佩帏""览椒兰其若兹兮，又况揭车与江离"。小乔木花椒全株香味浓郁，生着三角形的刺儿，深红色的小小的花椒粒，籽实累累，串串簇簇地挂在枝头，它从古至今都是重要的调味品，可以添香并且去腥，还可以提炼出花椒油来。花椒给我的童年留下了恐怖的记忆，为了增加饭菜的香味，家里人炒菜时，总喜欢先抓一把干花椒粒扔到热油锅里去，花椒粒被加热时，散发出一种四溢的香气，麻香麻香的，紧接着再把菜放进锅里去炒，导致每次吃饭时都得将花椒从一盘菜中挑拣出来，这成了一项必需的工程，若偶尔不小心把花椒粒吃进嘴中，又麻又辣，我就咧嘴龇牙，吐了又吐，恨不得把舌头也一起吐出来。我的家乡在泰山余脉往西北延伸着的山间，在那里的山坡上，很容易见到花椒树，偶尔还会在城市住宅小区里见到它的影子，长大后不再害怕花椒了，甚至学会了享受那特异之香——已经不介意在吃菜时吃到花椒粒，每年春天还要趁着花椒叶子柔嫩之时采摘了来吃上几天，凉拌花椒叶、干炸花椒叶、花椒叶炒鸡蛋……当然，不管在哪里，一见到花椒树，舌尖仍然会条件反射般地发麻，形成大约50赫兹的振动，据说花椒之麻正是来自其中所含的柠檬烯对于人的感知振动神经纤维的激活。

至于椒，《离骚》中与此相关的诗句是"椒专佞以慢慆兮，樧又欲充夫佩帏"，在这里，"椒"与"樧"——作为相似之物——相对应地出现了，樧，在古籍里也称作"榝"，李时珍曾明确指出榝就是艾子，其实就是一种跟花椒相仿佛的香辛料植物食茱萸，二者同科同属不同种，食茱萸有时甚至可以冒充花椒出售——两者都是香辣的，食茱萸则缺少了花椒之麻味，据说食茱萸树也像花椒树那样浑身长满了刺，并且更加尖利，连鸟都不敢落在上面呢。《离骚》里与花椒和食茱萸有关的这两句诗，大意是说，从前那些代表了美好情操的香草类，面对世态习俗，意志都不够坚定，竟一一变节了，在这种风气里，花椒也变得傲慢起来，食茱萸则似椒非椒似贤非贤地钻进了香袋。

香木里还有木兰。《离骚》里这样涉及木兰："朝饮木兰之坠露兮，夕餐秋菊之落英""朝搴阰之木兰兮，夕揽洲之宿莽"，这里的木兰，毫无疑问是一种有香味的树木，很多人将这里的"木兰"解释成"白玉兰"，我在想，为什么不是紫玉兰——即辛夷或木笔呢？紫玉兰属于木兰科木兰属木兰种，而白玉兰属于木兰科玉兰属玉兰种……如果此处理解成紫玉兰，可能从字面上更接近"木兰"这个称呼吧，可是，屈原又在《九歌》里有好几次使用了"辛夷"之名，"桂栋兮兰橑，辛夷楣兮药房""乘赤豹兮从文狸，辛夷车兮结桂旗"……那么，现在就存在两种可能,一是屈原将"木兰"和"辛夷"用作同物异名,就像他在《离骚》里既用"芷"又用"茝"来指白芷一样,二是屈原使用"木兰"和"辛夷"来指示着两种不同植物——倘属于这第二种情形,那么既然在《九歌》里已经直接出现了"辛夷",那么在《离骚》里出现的"木兰"可能就不是辛夷了,而是与辛夷相近的另一个树种,那就有可能是玉兰了,也就是更加高大的白玉兰……二者反正都属于木兰科,如果从广义上来理解,把玉兰即白玉兰叫成木兰,也算说得过去,屈原和读者都不能算错吧。

再说一下薜荔,它在《离骚》里是这样出现的,"擥木根以结茝兮,贯薜荔之落蕊",大意是说,找来香木的根株系上了白芷,还把薜荔的花心穿起来连成了一个花串。薜荔是一种可以像藤一样攀缘或匍匐的灌木,往往缘墙壁而生,四季常绿,叶片厚实并接近革质,结出的果子被称为木莲,可用来加工成凉粉食用,其实这种树木并无多少香味,但不知为何竟被屈原当作香木来对待了。

另外,在《离骚》诗句"杂申椒与菌桂兮,岂维纫夫蕙茝""矫菌桂以纫蕙兮,索胡绳之纚纚"里面,还出现了"桂",此处关于"菌桂"的"菌"字,争议不断,各样说法都有,在古代早期时候,这个字的含义并不像今天这么单一,其实有着更多的含义，我倾向于将"菌桂"理解成"芳桂"，就是有香气的意思。这里的桂，指的是樟科的肉桂，而不是木犀科的桂花树——二者均主产于亚热带，常见程度应该相近。肉桂是高大乔木，树叶、树皮、树枝、树干、花梗、初花、果实——几乎是全身——均具有强烈的香味，可泡"桂酒"，可入药，可作食用香料，也可提炼桂油用于医学和化妆等方面，另外，肉桂的树材细致坚实，是很好的制作器具的木材，古人在诗词中提到用名贵香木打造的舟船时，常会出现桂棹、桂舟、兰枻、兰舟……这样的词语，指的就是用肉桂材质或木兰材质制造而成的船或者桨，相比之下，桂花树虽也可算成是香木，但除了那细小的桂花是喷香的，其他部位均无香味，同时桂花树大都只是灌木或顶多勉强算得上是小乔木，在打造舟船方面，桂花树用材的可能性显然不如肉桂树用材的可能性更大。

最后来看一下《离骚》这一篇中的恶草恶木阵营。

这个阵营主要有：蒉、菉、葹、艾、萧、茅……其实，单从品种的多寡来看，这个恶草恶木的阵容远远没有香草香木的阵容更强大，但是这些恶草恶木总是茁壮地丛生、蔓生、乱生，侵略性很强，若以绝对数量来论，它们组成的队伍则要比香草香木组成的队伍要庞大得多，况且还有屈原在诗中所表达出来的另一个非常值得担忧的因素：香草香木还可以因意志不坚定而退化变节为恶草恶木,也就是说,君子贤人为了生存下去而向世俗价值观低头,变得随波逐流,最终甚至有转变成奸佞小人的可能,于是大趋势就成了劣币驱逐良币……于是屈原深感"国无人莫我知兮",于是孤独,于是跳江。

屈原如此感慨:"薋菉葹以盈室兮,判独离而不服。众不可户说兮,孰云察余之中情。世并举而好朋兮,夫何茕独而不予听?"满屋子都堆满了像薋菉葹这样的污秽的花草,唯独你不肯屈服佩戴它们,谁也无法去挨家挨户地去向庸众说明情况,到了这时候谁能体察我们的内心?世人都在结党营私,没有人愿意倾听我说的话!薋菉葹,在这里指的是三种恶草,薋是蒺藜——多在干旱荒凉之地伏地平铺着蔓生茂长的草本,果实带刺,很易伤人,故被当成了恶草;菉是荩草——一种叶子仿佛竹叶的禾科植物,长得其实还算清新可爱,可用来草编、用来染色,但由于分布太广和过于常见而显得普通了,可能还会侵犯良田,故也当成了恶草;葹是苍耳——当然苍耳还有其他的称呼,可食用药用,却因浑身小刺猬般粗糙凶狠的粒粒果实到处粘扎着四处传播,终招人嫌弃,被当作了恶草。

屈原继续感慨:"兰芷变而不芳兮,荃蕙化而为茅。何昔日之芳草兮,今直为此萧艾也?岂其有他故兮,莫好修之害也!"兰草和白芷都失掉了芬芳,菖蒲和蕙草也变成了像肆意蔓生的贱草白茅那样了，还有，为什么从前的这样那样的香草，今天全都成了像萧和艾一般的荒野之杂草呢，难道还有什么别的理由吗，无非就是不讲修为、不肯洁身自好而造成的祸害罢了！于是，接下来呢，屈原感慨世人偏好本来就不相同，可是那些结党之人也太荒诞和过于倒行逆施了吧，"户服艾以盈要兮，谓幽兰其不可佩"，他们竟然无知地把艾草这样的杂草挂满了腰间，同时又说兰草是不可以佩戴的了，就是这样，谗佞得幸得宠，而贤人君子遭到了离弃。上面的诗句之中，出现了茅、萧、艾。茅就是白茅，这种常常成片生长且有着白色花穗花絮于风中摇摆出一片苍茫的禾本科植物，可以形成一道美丽风景，算是既可爱又可恨吧，它那横卧地下的根状茎就是可以入药的白茅根，抗氧化并解毒，它的茎叶可制成绳索，它的整体植株可以铺盖成茅草屋顶，杜甫所写"卷我屋上三重茅"指的就是这种茅，可是它几乎在任何一个温度带，任何一种地理环境，任何一类或肥沃或贫瘠的土壤，都能蓬蓬勃勃地生长，繁殖方式既可以靠风传播种子又可以靠地下根状茎萌发扩张，是怎么除都除不尽的草，侵略性极强，可谓攻城略地，"野火烧不尽，春风吹又生"想必说的就是它了，于是也被当成了令人头疼的恶草。再说说萧与艾，有人认为萧和艾其实是同一种蒿类植物，也有人则认为萧和艾可以细分为两种不同的蒿，萧是白蒿或者牛尾蒿，艾是艾蒿，也是由于太过常见、太过普通，并且常常蔓延于荒凉之地而被视为恶草了。萧、艾，以及上面提及的苍耳，均属于菊科——没料到，恶草恶木里面竟然还有这样那样的菊科植物。

诗人的精神人格值得景仰，可是他为了表达价值观而选择意象时，是不太有理性的，甚至还是任性的。有些草木，仅仅由于气味闻起来不太讨人喜欢，模样或许不够好看，或者由于生命力太过顽强，就被一票否决了。可见，屈原并不像惠特曼那样在众生平等之理念下去歌颂那代表着芸芸众生的所有草叶们，即使他写了"长太息以掩泣兮，哀民生之多艰"，也并不影响他在价值立场和审美趣味上其实是贵族而精英的，他是阳春白雪而不是下里巴人，他是曲高和寡的而并不是喜闻乐见的。

屈原延续并发展了儒家的"比德"审美原则，比德于香草美人，将自然界的花草树木与人的品格精神更加密切地连接在一起，将二者所具有的同值性更进一步地加以强调，并推向了极致，同时于无形之中对于植物实行了完全与自然科学无关的简单二分法。这一般看作是屈原的一大贡献，这个方法确实是具有开创性，属于屈原个人的一大发明创造。可是，这个创造在客观上影响过于深远了，具有一定的原型意义，以至于进入了民族文化心理积淀，使得后世文人们在创作上受到了一定的禁锢，一涉及植物就必定要比德，不比德就难以下笔写植物了，造成了某种程度上的思维套路和思维停滞。后世的文人们和诗人们走在屈原开创的这条道路上，基本不偏离左右，大都喜欢将自己主观意绪投射到植物上，将人类伦理运用为植物伦理，少有人愿意把植物世界作为一个相对独立而客观的领域来对待。

席勒有一个理论，当理想作为一种现实被表现并且理想成为欢乐的对象之时，人们就写牧歌，反过来，当理想在现实中已经找不到了并且理想成了引起悲哀的原因之时，人们就写哀歌。从这个角度来讲，当时的楚国，对内修宪未果，对外联齐抗秦失败，屈原个人则从受君王信任演变到遭受排挤诽谤，以致遭到流放，"美政"理想彻底破灭了……这使得诗人具有了写作哀歌《离骚》的条件。这哀歌具有史诗的广度，具有哲学的深度，这哀歌又是忧愁的和追忆的，这哀歌表现为人格上的永不屈从以及对理想的永不放弃。一个有着孤傲、自负、狂放和激烈之性格的人，一个不肯生活于瞒和骗之中同时一定要对真理穷根究底的人，像哈姆雷特一样追问着"生存还是毁灭"，最终摈弃了儒家，也背离了道家，而是以一个伟大孤独者的超越姿态去拥抱了一个人类哲学的根本问题：自杀。屈原用自己的死告诉世界：他曾经多么热爱这个人间，而如今这已经成了一个不值得活下去的人间。那使得哀歌《离骚》从文本上获得支撑并最终得以完成的,正是那个缤纷的"香草美人"体系,这个体系里既有香草香木般的理想也有恶草恶木般的现实。

2016年和2017年,我行走湖北和湖南,去过一些与屈原有关联的地点,然后写下了一首诗,叫《屈原评传》。现将此诗抄录在这里,作为此文的结尾吧:

> 他的一生自始至终
> 都与一条大江和它的那些支流有关
> 生在秭归,长于西陵峡两岸
> 游香溪、至鄂渚、流浪汉北,居郢都,涉沅水,住溆浦,抵洞庭
> 他以流放路线图划定属于诗人的国土
> 他在江岸的一个个山冈上徘徊
> 情绪在抑郁和躁狂之间切换
> 他说话爱用"兮",相当于现代人用"啊"
> 他是一个迷路的孩子
> 走得越远越想家
> 他人长得好看,像一棵橘树
> 一个人的才华大于楚国,压过中原
> 他与渔父聊天

谈论英雄末路

他像哈姆雷特一样昂首追问

对上帝一口气提出173个问题

其中一些属于天文学

倘若有一架观测天象的望远镜

他可以担任天文台台长

他写下绝命书

拟订完整的死亡计划

怀揣仅有的凶器：沙子和石头

在一个草木繁茂的夏日

孤独地走向江边

他在那里最后一次想到香草美人

这位业余植物学家

辨认自己水中倒影，像某种湿地草木

他有些晕眩，但去意已决

形销骨立的身体

依然在水中激起巨大浪花

汨罗江是柔软的床铺，供他长眠

他的眼泪流进洞庭，汇入大江，直至大海

最终注入文学史

经过光谱化学分析

产生爱国说、殉情说、弄臣说、谋杀说

叛逆说、个人尊严说、特立独行说

他死得其所，催生出一个节日

伴随着一种叫粽子的食品

一项赛龙舟的体育运动

一个国家法定假期

更使一条普通江水成了"蓝墨水的上游"

继他之后，又有陈天华、朱湘、王国维、老舍

诸位同行投了水

我去过他的两个祠堂

一个在出生地一个在辞世地

全都建在江边，形状峨冠博带

纹饰奇诡，色泽绚丽，有楚辞之风

诗人们从车上下来

报到、注册、签名、合影

找到基因源头

凡骚客路过必留诗文

今天轮到我来作一首

我很想学他纵身一跃，又恐有东施效颦之嫌

陶渊明的草木乌托邦

陶渊明时仕时隐，最终从做了八十一天的彭泽县令位置上彻底辞职，去往他的故里和归去之地，那里叫"柴桑"。有一位刘姓朋友因做过柴桑令而被称为刘柴桑，还从朋友陶渊明那里以此名得到过酬赠之诗。柴和桑，这两个汉字，都含有木字旁，放在一起，有人间烟火气，有农耕意味，有素朴的植物气息。

当同时期的官二代和富二代诗人谢灵运住在大兴土木建造起来的始宁别墅的时候，陶渊明这个时仕时隐而又最终隐逸的小官吏兼平头百姓，无论殷实还是贫困，都是住在故乡那简朴的茅草农舍里的。无论住在上京里，住在园田居，还是住在南村，陶渊明在那些描写乡村日常生活的诗文里，都喜欢有意无意地显示出东西南北的方向，以及前后左右、远近距离等相对方位来。

关于东面的描述："月出东岭""青松在东园""东园之树，枝条再荣""轩裳逝东崖""静寄东轩""闲饮东窗""啸傲东轩下""素月出东岭""采菊东篱下""始雷发东隅""薄言东郊""戮力东林隈""登东皋以舒啸，临清流而赋诗"……

关于西面的描述："寒云没西山""将有事于西畴""白日沦西阿""流目视西园，晔晔荣紫葵""庚戌岁九月中于西田获早稻"……

关于南面和北面的描述："开荒南野际""往昔闻南亩"

"种豆南山下""悠然见南山""去岁家南里""倚南窗以寄傲""新葵郁北牖，嘉穟养南畴""北窗下卧""南窗罕悴物，北林荣且丰""南山有旧宅""南圃无遗秀，枯条盈北园"……

与前后左右以及远近距离等相对方位有着直接或间接关联的描述是这样的："蔼蔼堂前林，中夏贮清阴""幽兰生前阶""草庐寄穷巷""狗吠深巷中""榆柳荫后檐，桃李罗堂前""方宅十余亩，草屋八九间""荣荣窗下兰，密密堂前柳""柳梅夹门植，一条有佳花""青松夹路生""三径就荒""灌木荒余宅""荒草没前庭""花药分列""衡门之下，有琴有书""宅边有五柳树""拥褐曝前轩""送我出远郊。四面无人居，高坟正嶕峣""舫舟荫门前""绕屋树扶疏"……

有文学创作经验的人，都会知道，诗中所提供的这些事物的方向和方位，未必均为写实：有时诗人会根据语感和音响的效果来进行遣词造句，让内容服从于形式的需要；有时还兼或涉及他人及历史人物的境遇；有时干脆写的就是家园之外的某个情形；还有特殊语境里的方向感与方位感，与诗人居住地并无关联；而且，即使写的都是归隐地的田园生活，这些诗句的写作时间也不尽相同，表现的当然并不全都是同一个时间同一地点的场景。然而，无论如何，它们绝不会全无依据，应该大致还是有所依据的吧，其主要的所依所据，难免不与诗人个人生活经验发生关联。

作为读者，不妨将诗文里这些表达方向感和相对方位的具体句子来进行一下综合和归整，从诗句提供的情境入手，允许自己发挥一下想象力，按图索骥并且妄加揣测，还要穿凿附会，由此构想出一幅以陶渊明宅院为中心和原点的大致环境的示意图，于是，诗中的园林田舍就显现出了依稀样貌。

那么，就让我来想象一下吧：陶渊明的归隐地，据他自己曾经暗示过的，似应在柴桑城的郊外。村庄应该位于一个山坳里吧，至少三面环山，一面或半面临河。陶渊明的园田林舍大约位于村巷的尽头，是一个十余亩的大园子，由于度量单位的计算差异，东晋时代的十余亩当比今天的十余亩要大很多。这个大园子包含了居住区域、种植区域和未开垦的荒地，三块区域交错混杂在一起，在荒地和家宅区域之间象征性地拦上了一道长长的篱笆并设有柴门，在篱笆内外生长着或野生或人工种植的各类花草，其中挨着篱笆内侧的一个不大不小的池塘里生长着一些水生植物，而不远处的药圃和花圃则是明显地划分开来的，花草点缀着各个角落，其中菊花尤为显眼。在这个十余亩的大园子之中，东园和北园种着一些高大乔木，还有大片的竹林，南园则是种着各类农作物，而西园是一个种着各类菜蔬的菜圃。用以居住的八九间茅草房当位于这个大园子的一角，从风水上来讲，很可能是建在北面中间或者东北位置，大门当是朝南开的，房子有宽大的屋顶房檐，同时有南窗和北窗，并附带了走廊和轩，另外，在这几间茅草屋的背后，紧挨着北窗下面，还零星栽种了一些喜阴蔬菜，作为对西园菜圃的补充。而紧紧环绕着这几间茅草房屋，也栽种了高矮不齐的各类杂树，或遮阴或观赏或实用，就连房屋台阶两边也见缝插针地点缀上了低矮花草。在这个大园子最南面，刚刚出了园子，有一条东西延伸着的河流，河里似乎有绿意盈盈的沙洲，陶渊明有时从这条河里乘船前往更远处的村西头和村东头，到西畴和东林的外田去躬耕，当然他乘船出去有时也并不单单是为了耕田，他在劳作之余，有时会跑到东边某个临着溪水的高地上去，在那里长啸或吟诗。如果从这个柴桑城郊外的村庄走出去，往更加僻远的地带走，在荒无人烟之处，则有一大片隆起的坟地……

　　南北朝时期的居住庭院已经开始趋向小型化和精致化，陶渊明大多数时候都是穷困的，可这并没有阻止他对林园田舍进行一番布局，这从他的诗中可以约略看出眉目。有一点是毫无疑问的，诗人的居住地及其周边，虽有人工开垦的痕迹，但总体上仍然算是处于荒野之中，植物是相当繁盛的，诗人得以每天与植物亲密接触。家园被乔木笼罩着，又被灌木及草本所簇拥着，植物从诗人的住宅门口绵延开去，一直通向苍翠的远方。

陶渊明从官场归隐田园之后，一个身上原本就没有多少社会性的人，得以完全变成了一个自然人，从此他的生命完全像草木一样顺从，从此以后，他顺从的只是天道。那些环绕着陶渊明的植物，不仅为诗人提供了最基本的日常生活的物质需求，而且还激发着他的写作灵感。另外，这些植物以及与植物相关的体力劳作，其实还大大有益于陶渊明的身心健康。的确，有些民族的古代巫术之中就有利用植物中的化学成分和灵性本质来对人类身心进行疗愈的做法，现代科学和现代心理学则提倡"康复花园"和"园艺疗法"，利用园艺活动来疗救身体和心灵上的疾患。人处于植物包围之中，会得以提神醒脑，缓解压力和不安，植物的不同色调又可以激发热情抑或安抚情绪，而亲自栽种和收获更可以使人获得满足感和成就感。没错，陶渊明在这方面已经做了人类的先行者了。面对当时"八表同昏，平路伊阻"的社会现实，陶渊明这个让自己置身于草木乌托邦里的诗人，除了清贫一些，其他方面都还好，基本上算得上是幸福的了。可以说，是植物帮助陶渊明完成了真正的隐逸，并且实现了个人意义上的自由。

陶渊明在诗文中总是不经意地写到植物，他的笔下要么郁郁葱葱，要么枝柯横斜，只不过大多数时候都是笼统提及，并不涉及植物的具体名称。像"东园之树，枝条再荣"并未点名是什么树种，像"翩翩飞鸟，息我庭柯"并未交代那鸟究竟栖落在庭前的一棵什么花树上了，像"平畴交远风，良苗亦怀新"也并未说明那茁壮生长的是什么秧苗，像"欢然酌春酒，摘我园中蔬"也没具体指明是哪一种蔬菜，像"果菜始复生"并没有交代是什么果什么菜，至于"孟夏草木长，绕屋树扶疏""众蛰各潜骇，草木纵横舒""贫居乏人工，灌木荒余宅"更是总体印象的写法……当然，涉及具体植物名称的诗句和文句也是有的，我在陶渊明诗文中总共查找出了有四十多种。

陶渊明的诗中提到过一些神界植物：丹木、扶木、三珠树、凌风桂。陶渊明读完了《山海经》这本书，想写个读后感，于是就有了《读山海经》十三首，并提及这四种在《山海经》中出现过的植物。这些植物在现实里是莫须有的，有时只是书中某个故事中的角色，有时是用以寄托某种愿望的载体，反正都是以一点儿人类现实经验为基础又充分发挥了想象力而主观虚构出来的神话植物。

当然，陶渊明写到的绝大多数植物都是与他的日常生活息息相关的，毕竟这是一个在穷困潦倒之际想方设法存活下去，在刚刚解决温饱之时就尽可能达成诗意栖居的诗人。

陶渊明具体提及的乔木和灌木有：木槿、榆树、柳树、桃树、李子树、松树、柏树、黄荆、酸枣树、梨树、栗树、梅树、柳树、桐树、木兰、白杨。

至于竹子,属于禾草类植物,却可以长成高大乔木状,又由于竹子茎秆的质地似接近木质,把它归为草类时,总有些许的不甘心,"竹林翳如""桑竹残朽株""愿在竹而为扇"……可见,在中国的南方,在当时陶渊明住宅及其附近,竹子想必是司空见惯的了,那个时代已经有了纸,不必使用简帛来写字了,虽然竹子不必做竹简了,但用处依然很大,有了竹子,可以乘凉,可以吃竹笋,可以编制竹器,可以做篱笆与柱杖,可以作垒筑房舍的材料,可以做乐器,人在竹林下可以发幽情,遥想一下竹林七贤。

说到乐器呢,古时琴瑟多是用桐木来做的,于是陶诗人有了"愿在木而为桐"之语。

白杨树叶会在风中发出如同悲鸣的萧瑟之声,古时百姓多在坟墓边栽种白杨做封树,故陶渊明写有"荒草何茫茫,白杨亦萧萧"之句——其实,我很怀疑在陶渊明生活的南方地带究竟有没有白杨,或许是有的吧,应该不会太多,中国南方气候其实是不适合白杨树生长的,诗人在这里大概只是在附和一下古诗十九首中写到墓地时的名句"白杨何萧萧"和"白杨多悲风,萧萧愁杀人"吧,这里提及白杨,应该只是借用一下来烘托气氛而已。当然坟墓间常见的封树还有松树和柏树,尤其以柏树为多，松柏大约属于贵族阶层的封树吧，这在陶渊明诗中也有体现，比如，像"感彼柏下人，安得不为欢""松柏为人伐，高坟互低昂"。诗人在写到坟墓时还有"荆棘笼高坟"之句，荆棘肯定不属于封树，而是随意野生的，这里把"荆"与"棘"联合起来提及了，在古时候它们分别指示着两种植物，二者常常一起生长在荒野。"棘"，就是北方漫山遍野的野生酸枣树，茎枝上带着长长短短的刺儿，比较密集，易扎手。"荆"指的是灌木或小乔木的黄荆，也可以指黄荆的变种牡荆、荆条，无论哪一种，都面貌相似，四处可见，开淡紫的细密小花，古时可用其枝条作刑具，故有"负荆请罪"之说，另外，其柔软枝条还可以编织坐垫、筐子、篓子和篮子等容器，"荆"还在陶渊明的其他诗句中出现过："班荆坐松下"，指以荆的枝条或以荆为柴草来铺地——在地上布草——然后，坐在了松树下，似涉"班荆道旧"的成语。

诗人写过四首关于"荣木"的诗，前两首均以"采采荣木"起兴，荣木其实就是今天常见的木槿，它在整个夏天都花开不绝，但每一朵花则是朝开夕败，诗人用它来感慨时光太快，人生易逝。"栖木兰之遗露"之句涉及"木兰"，木兰比玉兰矮小，跟玉兰并不相同，却也有相似之处，算是同一科族下的不同属不同种。在《诗经》里木槿花叫作"舜"，是可以吃的，在一些古籍记载里，木兰开花，多为紫色或粉色，也是可食的。"榆柳荫后檐，桃李罗堂前"，还有"梅柳夹门植，一条有佳花"，还有"通子垂九龄，但觅梨与栗"，一下子提到了这么多日常生活中非常熟悉，以致不必多加注解的植物，但需要说明的是，这些树木——无论种植还是野生——在当时人们眼中存在的主要价值并不是观赏，而是供食用，更不必说除了果腹，在医学不发达的年代，它们很可能还发挥了相当重要的药用价值……其中，即使看上去最不可能食用而只被看作"离别"意象的柳树，嫩叶也是可以吃的，古代某些地方就有清明吃柳叶的习惯，古人还早早认识到了柳树身上的成分可以用来消炎止痛，至于陶渊明对柳树的喜爱，不仅有诗为证，还另有他的《五柳先生传》这篇文章为证；至于榆树，从古至今，榆树皮下层因淀粉含量极高而成为救荒食物，当然，榆树叶子也可以吃，榆钱则更是鲜美无比，无论怎样的吃法，都是真正的春天味道；至于桃树、李子树、梨树、栗树可以提供很好的果实，是毫无疑问的，就是诗中提及的家门口的"梅"，种植的真正目的也并不是为了看佳花，而是为了收获果实。

梅树的果实叫梅子，绿绿的青圆果，在醋发明出来之前，因其酸味而被用作汤羹调料，同时开胃的梅子果本身，直接吃或腌制成果脯，都是不错的，另外，似乎还可以"青梅煮酒"

呢。当然，陶渊明既然在这里使用了"佳花"二字，想必在主观上也是带出了那么一点儿审美意味的，算是给梅花拍摄了一个既笼统又模糊的背影。对于梅这种植物的书写虽然自先秦时期就有了，但是基本上都是着眼于梅的实用价值而不是审美价值，还算不上对于梅花的吟咏。到了南北朝时期，对于梅花从纯粹审美角度去观赏吟咏的作品也是罕见的，至于陆凯将梅花称为"一枝春"，何逊写梅花"衔霜""映雪"，已经大致算得上是中国历史上最早的咏梅花的诗了，还有萧统的胞弟萧纲——也就是梁简文帝——为梅花写了赋，让梅花与宫闱佳丽之间产生对应关系，似感叹美的短暂易逝……这些直接从正面吟咏梅花的南北朝诗人，其实也都是生活在陶渊明之后的人了。确实，人们对于梅花的认识，有一个从实用到审美的渐进过程，对于梅花的吟咏，在相当漫长的历史时期里，都远远不够主动，也不够普及。至于观赏梅花、诗咏梅花、画梅花，这样的具体行为方式进入文人们的日常生活之中，蔚然成风，大面积地践行，甚而至于重梅花而轻梅子，那都是进入宋朝以后的事情了。

陶渊明具体提及的农作物有：桑树、麻、菽（豆）、麦、粟、谷、苕、稻、粳（秔）、秫。

"鸡鸣桑树颠""但道桑麻长""桑麻日已长""种桑长江边""所业在田桑"，均提及桑和麻，看来陶家是要自己种桑养蚕来取茧的，是要自己植麻来取纤维的，然后还要自己纺织，这样就解决了穿衣问题，应该算得上是小型的家庭手工制造业吧。作为织物，蚕丝绸毫无疑问要比麻布昂贵得多。这里的麻，看上去像草，其实是茎秆木质化的亚灌木，有可能是苘麻，也有可能是苎麻。二者相比，苎麻更受到了人类的青睐，从人类早期一直到今天，苎麻的种植和利用都相当广泛和普遍，苎麻质地衣裳，轻盈透气，尤其是做夏衣，既凉爽又舒适。至于苘麻，人类在相当长的时期里，也是用它来纺织做衣物的，但是由于它的纤维质地粗糙，后来就渐渐用来做绳索之类了。而我对苘麻印象深刻，这种廉价植物，想必经历了一个由野生到人工种植后来又返回到野生——算得上既心酸又自由——的过程吧，在房前屋后和坡沟荒野都很容易见到它那一米多高的身影，最有趣的是，在那开过黄花的枝头上，会擎出一个个有着几何刻度般细致纹线的绿色小磨盘，我小时候管它们叫作"小馒头"，我和小伙伴们到处跑着采摘这种"小馒头"，掰开来，里面有白细的小颗粒，可以吃，味道青涩。嗯，无论陶渊明在诗中写的是哪种麻，在他那个时代的乡村，这样那样的麻，总归都是有着大大的经济用途的。

"菽麦实所羡"，菽和麦，涉及的分别是豆的总类以及麦子，"种豆南山下"当然指的是豆子，后面那句"草盛豆苗稀"令人捧腹,这个豪迈地宣称"所业在田桑"的诗人,原以为是个种田小能手,不料他竟起早贪黑地把田种成了这般模样,真让人哭笑不得啊。"瓶无储粟","粟"就是谷子,颗粒去皮后叫小米;而"旧谷既没,新谷未登"中的"谷"既可以特指粟即小米,同时也可以指稻米即通常所说的大米,同时还可以作为谷物的总称。"采荁足朝餐"中的"荁",是古代对于"芋"的别称,指芋头、芋艿,富含淀粉的块茎可食,至于芋生长在田间的样子,可能会让不明就里者纳闷:荷花怎么长在了旱地里?

"于西田获早稻""嘉穟养南畴""但愿饱粳粮",写的都是稻子,"早稻"对应晚稻,"嘉穟"指刚刚生长得饱满的稻穗,"粳"也叫"秔",是一种晚稻,是黏性弱的一般稻子,这种稻子适合当作日常口粮,却不适合用来酿酒。"春秫作美酒"中的"秫",一说是黏性强的糯米,另一说是黏高粱,无论"秫"指的究竟是哪种谷类,反正秫的种植成本高,产量低,很珍贵,用来当口粮吃是很不划算的,可是,这种黏黏的秫有一个特点:非常适合用来酿酒。关于粳(秔)与秫,在陶渊明那里还有一个小故事。酒鬼陶渊明做彭泽令时,要把公田全部都种上秫,以供酿酒,并说:"吾常得醉于酒,足矣。"而他的妻子坚决要求种上一部分粳,以保证口粮,不至于挨饿,这样才使得他以大部分土地来种秫,分出来一小部分土地种上了粳。此例足以证明陶渊明是多么爱酒啊，宁愿饿肚子，喝西北风，也不能没有酒喝。古人是多多少少掌握着一点儿家庭酿酒技术的，陶家一定有一个简陋的酿酒小作坊，无论看上去多么粗浅，毕竟也算得上是生化工程，属于小型轻工业了。

再来看一下陶渊明在诗文中提及的明显可以归入蔬菜瓜果野菜之类的吧，其中或许包括有个别蔓生的，主要有：瓜、蕖、冬葵、藜、薇。

看到"邵生瓜田中"之句，根据秦末汉初有关邵平的典故，这瓜田里的瓜，又叫邵平瓜或东陵瓜，没点明瓜的品种，反正这里肯定不是西瓜，西瓜在秦朝还没有传入中国呢，西瓜又叫寒瓜或灵瓜，原产非洲，在南北朝末年才经西域而初进中国，种植一点儿都不普及，一直到了五代时期，大约10世纪了，有人重新带回了瓜种，才得以渐渐大面积种开来，因来自西边而称作西瓜了……那么，这里这瓜，既然不是西瓜，想必是甜瓜吧，甜瓜在春秋战国时期就有记载了，这里就权且把陶渊明在诗中引用的邵平瓜或东陵瓜，当成甜瓜好了。

"昔为三春蕖，今作秋莲房"，"蕖"指芙蕖，就是已经开放的荷花，还可以叫菡萏，一般指含苞待放的荷花，还可以叫芙蓉或水芙蓉，还叫藕花……这种植物的称呼实在太多了，似乎有姓名、表字、别号、室号、雅号、乳名等一大堆，只说在口语里吧,一会儿叫荷,一会儿叫莲,不知它自己究竟更愿意被叫成哪一个名字,至于莲的叫法,是不是跟佛教传入中国有些许关联呢?"莲房"就是莲蓬,里面有莲子,荷既可作水生观赏植物,同时它的莲子和莲藕又都可以食用,当菜当药亦当粮,就是荷叶也可以用来做荷叶茶、荷叶粥以及包裹蒸制食品……

"新葵郁北牖""好味止园葵""晔晔荣紫葵",这里的"葵"——并不是向日葵,也不是当下吃果实的那种秋葵——指的是葵菜,也就是冬葵,主要吃其茎叶,属于锦葵科锦葵属,有些地方还有管葵菜叫冬苋菜的,当然与那种属于苋科的苋菜不是一回事,也得加以区别开来。葵菜早就在《诗经》《古诗十九首》"汉乐府"里多次出现,在古代尤其是隋唐之前是人们的主打菜蔬,属于百菜之首,就像后来的白菜那么普遍,它的茎叶果实充满黏液,吃起来滑腻可口,怎么吃都可以,可惜后来由于菜蔬的多样化,葵菜的地位渐渐没落,到了现当代,已沦为极小众的存在,人们对它的认识很少了,20世纪80年代汪曾祺先生专门为此写文章进行过辨析并表达过遗憾。

至于"藜羹常乏斟"之句提到了"藜",就是灰条菜或灰灰菜,一种极其常见的遍地乱长的野草,古人常常把它与米浆一起制成羹,就是藜羹,当然还可蒸食,还可炒食、凉拌,属于穷人吃的粗菜。至于"饥食首阳薇"中的"薇",当然与伯夷、叔齐的传说有关，薇就是野豌豆，这里把它当野菜，吃它的鲜嫩茎叶。

菜蔬，无论种植的还是野生的，毫无疑问，均可进入陶家的菜篮子工程。

在农作物以及可明显划归蔬菜瓜果野菜的植物之外呢，陶渊明还具体提及了其他一些禾本科植物或草本植物，甚至菌科植物：紫芝、兰、菊、藁木、蒿、蓬、萧、艾等。这些植物的存在，当然首先是自然景观的组成部分，然而，即使没有明确说出用途，在中古时代，也未必不拿来食用，也未必不拿来药用，也未必不拿来作熏香之用，也未必不拿来作辟邪之用，甚至祭祀之用。"紫芝谁复采"中的"紫芝"就是灵芝，往往生长在深山中的朽木上，它是菌科植物，是中药草，也是传说中的仙草。"荣荣窗下兰""兰枯柳亦衰""幽兰生前阶，含薰待清风"，这里的"兰"，应该不是当下经常出现在国画中以及养在盆中圃里的那种观赏性的兰花，在唐朝以前，"兰"往往指的是可佩戴的香草类，此处的"兰"——从大概率上来讲——想必是泽兰属的佩兰吧，这种兰通体有香，阴干之后香味愈浓，可佩在身上或挂在家里以驱散异味，嗯，还可用来驱虫呢，尤其是书中的蠹虫。再说到菊花，它因色泽、清香、形态和风致以及各项功效而获得了人类的青睐，它在古代，颜色单一，基本为黄色，所以也称为黄花,至于陶渊明写过的菊花,既具体又抽象,从形而下到了形而上,已经活过了魏晋,在时间里获得了永恒,这已经属于人人皆知的事体。"刍藁有常温","刍藁"这里指喂牲口的干草,很可能是稻麦秸秆,当然"藁"本身又可以指一种叫作西芎的中药。"绕宅生蒿蓬",这里的"蒿",泛指蒿属植物,可以细分成很多种,而最典型、最常见的应该是青蒿,作为中药材,它就是让屠呦呦获得了诺贝尔奖的那种植物,这里的"蓬",指的是飞蓬,有细小黄白花,有似柳的叶子,毛茸茸乱腾腾的样子,大风一吹,能连根拔起。蒿和蓬,作为两种不同植物,由于都生长在荒凉的空地上,所以常常在文字中一起出现。"清风脱然至,见别萧艾中","萧"和"艾",也都是蒿属植物大家族里的品种,萧可能是白蒿也可能是牛尾蒿,艾是艾蒿,两种野蒿在这里都被看作低贱杂草,二者放在一起,有衰败萧索的意思,陶渊明在此诗中自比幽兰,用萧艾喻世俗,风吹来时,幽兰和萧艾就自动显现出了高低贵贱之区别,很明显,陶渊明这句诗似跟随了屈原《离骚》中"何昔日之芳草兮,今直为此萧艾也"中对于萧和艾的鄙夷态度……可是,曾几何时,萧和艾在《诗经》里出现多次,往往被用来指示有防病、避灾、通灵、祭祀之用,还可以指代贤臣明主,甚至还可以有思念之意,比如"彼采葛兮,一日不见,如三月兮。彼采萧兮,一日不见，如三秋兮。彼采艾兮，一日不见，如三岁兮"。看呢，萧和艾原本都是多么美好的草类啊——唉，都赖那个爱憎过于分明的屈原，他那么情绪化，硬将无辜草类赋予了不好的寓意，拿它们当反面教材，甚至用它们来暗喻小人，与君子搞起了对峙，从此以后，名声就渐渐败坏了。

  在陶渊明的园田林舍甚至包括周边山野，在有意或无意之中，每一棵树都不是白种的，每一棵禾苗都不是白栽的，每一株花花草草都不是白白生长的，如此自给自足的小农经济，全方位支撑并成全着诗人归隐之后的生存。陶渊明生存的这个草木乌托邦，与其说是空想，是寄托，是个人理想国，倒不如说是一个符合农耕时代经济学原理的具体而现实的私有制家园。今人若学陶渊明，恐是学不来的，城里人想跑到山里乡下去躲避起来，由于宅基地的确权所属，实在没有办法去弄上这么大个园子来种植这么多能提供生存最低保障的植物，即使住进了山中，那也得隔上一段时间开车出山去超市购买生活必需品，刷信用卡付款或打开手机支付宝及微信来结账，还得保证智能手机有互联网流量……那就实在是归也归不了，就是归了也隐不成了。

  在以上芸芸众植物之中，我们还要把菊花单独列出来，隆重地讨论一番。

陶渊明采菊，无论采的是篱边菊、谷中菊、林下菊、垄边菊、崖上菊，无论采的是野生菊花还是人工种植的菊花，当然都不能排除有赏花之意，毕竟他在《饮酒·其七》里说了"秋菊有佳色"嘛，可见采菊行为里肯定有审美的因素在里面了。但是，紧跟着这一句在下面又来了另外一句"裛露掇其英"，就是说诗人是早晨早起，去采摘带露水的菊花的，那么，问题来了，为什么偏偏要采摘带露水的菊花呢？继续看下面，来了答案，"泛此忘忧物，远我遗世情。一觞虽独尽，杯尽壶自倾"，看吧，这里已经将采菊泛酒的行为直接说了出来，就是让刚刚采来的带露水的菊花漂浮在酒杯里，即用菊花泡酒，一饮而尽，通灵致仙，使得我那遗情远世的心境更为高远了。也就是说，他采菊的目的，大概率是用来食用的，用来泡菊花酒的。他为什么要这样把菊花当作食品呢，或者说，他为什么要用这种方式来吃菊花呢？他在另外一首写于重阳节的诗《九日闲居并序》里清清楚楚地回答了这个问题，给出了一个标准答案："酒能祛百虑，菊解制颓龄"，饮酒能消除百般忧虑，品菊又可以使年寿增加。菊花确有平肝、明目、清风、散热之效，加之一般在九九重阳开得最好，九九，取长长久久意，从字面和节令上也都与长寿意味发生了关联。到了陶渊明那个时代，各种典籍中已经有了不少对于菊花养生延寿的记载，看来在诗人的认知里，菊花是对身体有益处的，而古人还认为晨露也是有助于健康的，于是带着晨露的菊花瓣就会双倍地有助于养生了。

陶渊明其实是注重养生的，这与他从小到大一直身体病弱有关，病恹恹的诗人曾经写诗表达过对"东方有一士"的向往，他想象自己翻山越岭去找寻那个在三十天只吃了九顿饭却保持好容颜的人——那人很可能是在辟谷养生。那么，问题来了，陶渊明这个写过那么多诗文来表达对死亡之旷达态度的人，找到"纵浪大化中"这条出路的人，还那么怕死吗？当然怕，而且他的死亡敏感和死亡焦虑比一般人似乎更加严重。一个人老是念叨一件事情，反复论证一件事情，老是预习一件事情，在这件事情发生之前就让自己时刻准备着必须做到不忧、不惧、不悲、不伤，只能说明这件事情对于他来说太强大了，"死"这个字眼被画了下划线，点了着重号，并且加黑加粗了。陶渊明想象自己死后入殓、出殡、下葬的具体情形，提前为自己写下《拟挽歌辞》，强调"死去何所道"，他这样做了，还嫌不够，又为自己提前写下了向死而生的《自祭文》，大喊"死如之何"……如果在我们身边的朋友和同事里面，有人像陶渊明这样，活得好好的，就开始写诗作文悼念自己，大家一定会认为他在发神经。陶渊明对死亡过于重视了，不用"怕死"二字简直解释不通。他不喜欢社会的黑暗和官场的疲累，最终辞职回家了，他只是不想继续委屈自己了,然而,他对于这有着山水田园和家眷亲情的人世间则从来都是一往情深的。归去来兮,归园田居,不过是在一道多项选择题中选了自己内心想选的那一个而已,他回到了最眷恋的大自然和亲人之中。他归隐,他遗世,不再被乱世俗事所裹挟,这是个人自由意志的胜利。接下来,一直过着普通农人的躬耕生活,保持平常心和正常人类体温,从来不自我标榜,从来不想成为不食人间烟火的得道高僧,从来没有摆出一副太上忘情的范儿,其实,陶渊明这样的人才是情之所钟。他表示过,仅仅为了喝酒也得活着,死了就没有酒喝了。诗人与大自然里的草木一起喜悦一起悲愁,还将不得不像大自然里的草木一样从荣走向枯,他清醒地看透了结局却依然热爱生活,这就是深情的诗人为什么要养生,为什么想延长寿命。因为爱,所以眷恋。

对于陶渊明究竟为何采菊,还可以用反证法来进一步理清逻辑。如果陶渊明只是为了赏菊而有了"采菊东篱下"的行动,那么,显然是不合情理的。他自己已经在《九日闲居并序》里很明确地说了"秋菊盈园",也就是说在他生活的环境里,菊花开满了整个家中的园子,抬头即是,睁开眼睛就看到了,如果只是为了赏菊,完全没有必要专门跑到这菊丛里去进行这样一个"采"的动作。一个乡野之人,整日守着房前屋后的野花或家花，闲草或种草，这些统统属于他自己，想怎么看就怎么看，如果他竟还要像现代城市人那样亲自跑过去把花枝折断，弄成一束或一担，举在手中，运回到居住的屋檐底下去，进一步插进灌了清水的陶罐之中，在屋檐之下盯着那花儿一晌发呆，方才算得上赏花——那也未免太搞怪了吧，要么是在搞行为艺术，要么是过于矫情了……所以，陶渊明采菊，当然不排除在采花过程之中已经有意无意地包含进了赏花的因素，但是，其审美目的当在其次和再次，他采菊的真正目的和首要目的，其实是为了实用。估计陶渊明在采菊之时，应该很少去采摘菊的叶与茎，他采摘的只是菊花的花朵或者花瓣，采菊是为了服食之用。

确实，起初的时候，菊花并不是用来观赏的，而是用来食用的。除了酿酒之外，菊的茎叶和花朵均可食，有各式各样的吃法。把菊花说成是接近于一种口粮，肯定夸大其词了，但是食用菊花，千真万确。中国第一个有记载的吃菊花的人应该是屈原吧，有诗为证呢，"朝饮木兰之坠露兮，夕餐秋菊之落英"，那时吃菊花，除了果腹和养生，可能还与巫术有关，用以与神灵沟通。到了汉代，就有了农历九月初九登高、佩茱萸、饮菊花酒的习俗了。菊花酒，既可以泛菊而酒，也可以酿菊成酒。至于酿造方式，据说是在头年重阳时节来做，取完全开放的菊花花瓣，再加上一点儿菊花的青翠枝叶，捣碎并掺杂进准备酿酒的粮食之中，接下来大概通过类似蒸馏过程获得汁露，最后封存起来发酵，待到第二年重阳时节，就可以开封并饮菊花酒了。到了魏晋南北朝，服食菊花已经演变成了一种风气了。

从陶渊明的诗中来看，他平日里是要摘那带晨露的菊花来泡菊花酒喝的，而到了重阳节似乎应该更加郑重其事一些，最好是畅饮酿造的菊花酒，有酒无菊或者有菊无酒，都是遗憾。《九日闲居并序》这首诗就写了自己"空服九华"的故事。九华是菊花的别名。在某年农历九月九日重阳佳节这一天，诗人只有菊花却没有酒，于是不得不跑到园子里惆怅地对着满园菊花。"尘爵耻虚罍，寒华徒自荣"，没有酒，酒杯不得不积满灰尘，酒樽也感到羞耻，就这样让菊花徒劳地开放着，诗人心中得有多么大的遗憾啊。在这首诗的文本内外，其实有着一个故事背景，在沈约和萧统笔下均有所记载，记载文字都差不多，相比之下萧统因为加了几个字，似乎使得情境更灵动一些："尝九月九日出宅边菊丛中坐，久之，满手把菊，忽值弘送酒至，即便就酌，醉而归。"当时史学家檀道鸾的记载是："陶潜九月九日无酒，于宅边菊丛中摘盈把，坐其侧久，望见白衣至，乃王弘送酒也，即便就酌，醉而后归。"有一种说法，前一年重阳时节酿下的菊花酒，本来是要待到今年重阳时节才能开封来喝的，不料还没等酒酿好，就被贪杯的陶渊明提前喝了个精光，结果真正到了九月九这一天，他却无酒可喝了，于是跑到菊花丛里去，把弄着菊花，空自悲叹，有菊而无酒，就在这时，来了一个白衣人，原来是铁杆"粉丝"省部级官员江州刺史王弘送酒来了，这真是及时酒啊，让陶渊明喝了个一醉方休。几个记载中都有"即便就酌"的描写，在我目前所读到过的现代汉语版本中，几乎都译成"立刻就喝""随即就喝""索性马上喝起来"，这里的"就"字被当成表示连接前后紧接着发生事情的一个副词，或者理解成了"接近""靠近"之意，我认为这些理解都欠妥。联系上下文语境，这里的"就酌"应该理解成"就着菊花喝酒"，这里的"就"字有"两者搭配着吃或喝"之意，跟现在我们常说的"就着咸菜吃馒头""就着盐水鸭头喝酒""以花生米下酒"属于同一种用法。"即便就酌"，这个"就"字在这里，强调菊花也参与了这场对酒的狂饮……同样的例子还有孟浩然的"待到重阳日，还来就菊花"之句，这里的"就菊花"，本意也是"就着菊花饮酒"或者"喝菊花酒"，很多人把这里译成"赏菊"，其实也不合适，这样译法既不对也不错，只能算是引申义，勉勉强强，马马虎虎。

话说陶渊明这个有菊无酒的诗和故事，对后世影响甚大，并发展成了有菊无酒不行，有酒无菊也不行。比如，杜甫写重阳节的《九日》诗，"竹叶于人既无分，菊花从此不须开"，这个地方的"竹叶",类似于我们今天说的竹叶青酒,杜甫上了年纪患了肺病,不得不戒酒了,他的意思很任性乃至于霸道:既然我没有了喝酒的福分,那菊花你也就不要再开了吧!杜甫这是典型的条件反射,看见菊花就忍不住想喝酒啊。再比如,李商隐还写"曾共山翁把酒时,霜天白菊绕阶墀"。也是将酒与菊紧密相连了,另外,他还写过一首《野菊》,写到自己小径徘徊,感慨野菊寂寞无伴,同样也条件反射地提及"清尊相伴省他年",他是在意念之中给野菊配上了酒。相比之下,辛弃疾反其道而行之,强调不能有酒而无菊,"明朝重九浑潇洒,莫使尊前欠一枝"。辛弃疾比陶渊明富有,人家从来不担心没有酒喝,只是担心菊花开放得不够凑巧,可不要缺了菊花啊……重阳节的故事,菊花与酒的故事,就这样一代又一代地发扬光大起来。

　　陶渊明所写植物,几乎全都有实用价值,这跟那个时代的经济特点和物资匮乏有关,但陶渊明毕竟是一个诗人,他对于植物的观照,已经渐渐地进入了审美和伦理范畴。在这方面,也算得上领先时代了。阅读陶渊明诗文,还会发现里面出现了两种植物意象并称的现象,这样的植物意象并称的用法在唐朝以前还是比较少见的,直至唐朝以后才大量流行起来,这情形恐怕同样即使算不上最先,至少也算得上领先吧。最典型的例子如下:"三径就荒,松菊犹存"和"梅柳夹门植",很显然,

"松菊"并列,"梅柳"并列,把两个植物意象合并,仿佛当成一个固定词语来使用。当然,像荆棘、松柏、萧艾、蒿蓬,似乎也算得上是将两个植物意象并列吧?但是,它们这种仅仅是合并同类项的并列法跟"松菊""梅柳"的并列法其实还是不一样的,有着内在的不同。"梅柳""松菊",除了合并同类项之外,明显还有强调季节性的成分并且充满了延伸的动感,"梅柳"代表春天,确切地说,表达的时间节点应该是冬去春来,梅花绽放了柳树绿了,含有时间递进感和先后次序感,把"梅柳"颠倒过来说成是"柳梅",就讲不通了;"松菊"也是同样道理,不能说成"菊松",这里表达的时间节点应该是秋去冬来,松是四季常青的,在秋末冬初的风霜里,松树绿绿的,岿然不动,而菊花则迎着这严寒绽放了,这里面也隐含了时序和次序呢。陶渊明隐居的庐山地区的松树,大概率应该为马尾松。另外,像"梅柳""松菊"这样两种植物意象并置,其实已经隐含了比德的成分了,梅与柳,松与菊,是品格上应该属于同一个档次的。跟人以类聚物以群分一样,植物客观属性再加上人类赋予它们的主观品性,不知不觉就形成了一套价值判断的标准体系,而在这个标准体系里,格物致知显得不怎么重要了,人类主观意愿一直占领着相当大,甚至绝大的比重,于是植物们在不知不觉之中就进入了一套植物特性与人类品格相连接的比德审美系统。大概是屈原发明了或者至少是屈原正式注册了这个系统，后来的诗人们又步步跟进，承袭并完善了这个系统。陶渊明把松树和菊花并置在一起之后，并没有沉默，而是直呼它们为"霜下杰"，比德之意旗帜鲜明。

另外，陶渊明还几次提及"桑竹"，"有良田美池桑竹之属""井灶有遗处，桑竹残朽株"，从"桑竹之属"来看，意思该是桑树和竹子之类，似无疑问，陶渊明只是将两种植物放置到一起来讲了而已。可是，中国竹子有非常多的品种，有异形竹子，有散生竹，还有丛生竹，而丛生竹里面有一个品种，就叫桑竹。陶渊明写到的桑竹，会不会跟桑树一点儿关系也没有，而只是某一种竹子呢？陶渊明在写到竹子时态度比较客观，看不出有把它当成君子来歌颂的打算。让竹子成为君子的工作，还需他的同代人以及后世文人继续努力来完成。陶渊明只管菊花，不管竹子。

即使是陶渊明爱喝酒，而酒又与菊花是绝配，然而，细细数来，其实陶渊明在诗文中对于菊花的描写并不多，直接写和正面写的，也就仅有上面提及的那么两次，而间接地漫不经心地仅仅让"菊"这个字眼在诗文里倏忽闪现一下的，似乎还有那么三次……加在一起，总共也就只有五次吧。而且，在陶渊明那里，也并没有明显表现出对于菊花的偏心，并没有将菊花的位次排列得比松、柏、兰、木槿、荷花、梅、柳、竹之类更高一等，陶渊明并没有将菊花列为他那个草木乌托邦的头牌。

在陶渊明之前，菊花似乎已经被人们从实用角度不知不觉地赋予了尚不太明确的吉祥和长寿的意义。自从菊花与陶渊明发生了联结，在陶渊明之后的那些时代里，一千多年里，菊花那不畏风霜、性微寒、味甘苦、色亮丽、香气淡雅、外貌风神优美洒脱又具有亲和力的自然特征竟渐渐地转化成了高洁肃穆的象征，菊花通过与陶渊明发生连接，进一步增添了隐逸的意味，正式被赋予了孤标傲世的品格。就这样，菊花，这种原本普通的草本植物，在实用价值、吉寿符号和审美意义之外，人们对它的认知，又进入了更高一层的精神乃至灵魂的境界，菊花成为君子之花，是一个像陶渊明那样既在污世中保持清洁同时又不失亲切的君子，菊花形象和陶渊明形象叠印在一起，错落又重合，见菊就想起陶渊明，提陶渊明便想起菊，菊花终于成为一种文化之花，可以被拿来励志了。

最后，陶渊明和菊花竟牢牢地捆绑在了一起，再也掰不开了。似乎是陶渊明发现了菊花，菊花又发明了隐逸。或者说，陶渊明"被菊花"了，菊花又"被隐逸"了。诗人自己并没有想过要这样做，他完全是无意的，就像"悠然见南山"的那个"见"的举止和结果一样是无意的，然而从接受美学来看，后世读者无疑在这场长达千年的阅读过程之中,参与完成了陶渊明诗歌的最后创作,让陶渊明的诗获得了新的生命力,同时也形成了一个将陶渊明的人与诗进行简单化、符号化处理的固定模板。

这其实是一个传播学现象。这个固定的模板,在传播学里叫作"刻板印象",刻板印象是偏见产生的根源和本质,诱导人们对事物以偏概全。在对陶渊明的刻板印象里,菊花成了陶渊明的专用标签,这个标签的作用在于让大家对可以感知到的陶渊明这个人物的其他方面细微特征全都充耳不闻和视而不见,包括他在作品中对于另外其他植物的感受和书写。同时,大家对"菊花"也产生出了刻板印象,对菊花在世俗生活场域的刻板印象是:它必定代表着吉祥长寿。对菊花在文人墨客那里的刻板印象是:它必定代表了隐逸、高洁,甚至冲和深远、坚贞不屈……同时,菊花是陶渊明的花,谁也抢不走,大家当然可以咏菊,但即使写得比陶渊明好,菊花依然也还是陶渊明的。陶渊明与菊花及隐逸之间的紧密关系的形成,并不是在陶渊明时代就完成了的,而是后代人们再接再厉的结果,跟"二次传播"有关,当然并不是任何人的传播都是有效的,是谁在进行这样的二次传播最为关键。对于陶渊明与菊花及隐逸之间的紧密关系的二次传播者们,基本上都是各个时代具有相当知名度的公众人物,其当时世俗地位不一定高,人数并不多,也不需要多，但是这少数人可以将个人加工过的阅读理解信息传递出去并且左右多数人的态度倾向，传播学上称这类人为"意见领袖"，用现在的网络行话来说就是"大V"。是大V们想借陶渊明的菊花酒来浇自家块垒。具体到这件事情上，意见领袖或者大V是：王勃、李白、杜甫、元稹、白居易、杜牧、李商隐、周敦颐、苏轼、王安石、李清照、辛弃疾、元好问、马致远、汤显祖、郑板桥、龚自珍、林则徐……以上全都是进入了史册并且想逃都逃不出来的人物，他们菊陶并提，言菊必隐，甚至还有如辛弃疾那般蛮横直言"自有渊明方有菊"者，与此同时，因陶渊明采菊东篱下，故后世之菊——不管种在东西南北哪个方位的篱笆旁——也都称是种在东篱了……并不是来自理性探讨的那么一种意见气候就这样渐渐营造而成了，于是人们自觉或不自觉地采取了一边倒的趋同行动，于是，认同"陶—菊—隐"关系的声音越来越大，而与此同时，持不同态度或有其他层面认知的人们由于担心被孤立而变得越来越沉默了，本想说说陶渊明还是很积极进取的，其实并不那么平淡冲和，这下子，也不太敢说了，说了也没用，于是人人从众，口径一致起来，这就应了传播学上的"沉默的螺旋"理论。好在到了现代，又冒出来一个更大的意见领袖，一个在中国文化史上数一数二的超级大V，他用陶诗中的"猛志固常在"去压"悠然见南山"，干脆把陶渊明划入"金刚怒目"类型,并说这一方面才算是陶渊明的伟大之处——嗯,说者自己也有金刚怒目的一面——这位意见领袖就是鲁迅先生。

一个事物,一旦进入文化基因,那就很难被颠覆了,改变基因排序那可是一个极其复杂的工程。对于一个诗人来说,这是幸也是不幸。幸运在于,当他的形象中某一层面按照社会风俗和文化心理定式被放大之时,会从平均主义立场上来配给读者,最大限度地吸引受众中的绝大多数,使得更多人来接受他,影响力得以扩大;同时,不幸的是,他的作品从此以后被按照某个谁也左右不了的既定模板来理解,掩盖并消解了人与作品的丰富性、复杂性和多样性。不管陶渊明自己愿不愿意,反正由不得他了,菊花成为一个稳定的符号,进入中华文化基因之中了,甚而至于已经进入整个东南亚文化基因之中,以至于二战当中美国人为了对付日本而去研究日本民族性格时,把"菊花"作为了这个民族性格中的一个重要元素,写出了《菊与刀》。

到如今,谁也没有力量将菊花和陶渊明之间的纽带进行松绑了。就是陶渊明自己,对这个问题,也已经失去了发言权。退一万步说,如果陶诗人转世或者复活,写一篇创作谈,声称自己并不特别爱菊花,至少爱菊花没有超过爱其他花草,我们是绝对不会答应的。就是他声称因写过《五柳先生传》而愿意将自己跟柳树紧密捆绑在一起，以柳树来代替菊花的地位，我们也是不会答应的。为了保护陶渊明胸前的这个菊花徽章，我们会不惜再把这个诗人按回到棺材里去，找钉子来把棺材板钉死，不要让陶渊明来质疑我们对他的理解。如果这个理解被否定了，那么，后果不堪设想，一千七百年来，多少文章都白写了，多少情感都白白抒发了。是的，我们已经把陶渊明形象固定下来了：用酒压住苦闷，让菊花成为知己。我们绝不允许"陶渊明与菊花"的关系成为一个骗局。

我曾经写过一首跟菊花有关的诗，叫《野菊来函》，也不能免俗地把菊花跟陶先生连接在了一起：

诗人你好，我已在村路和山崖开放
一朵朵，一簇簇
毫无疑问，我姓陶

我的清香已渗进秋天的动脉和静脉
石头和石头受香气牵连
结为了兄弟

我已有了一件风的罩衫

还缺一件薄雪的外套
在秋天和冬天的门槛上,我才开得最好
倘若你肯为我写首诗,我就什么都不缺了

你何时到南山来
我想请你指挥一个漫山遍野的乐队
在这里写诗,写坏了也值

是的,我已得到天空的允许
成为一丛野菊,不进入任何园圃

佳期如许,恭候诗人到来
南山野菊敬上

  我承认,"毫无疑问,我姓陶"这个句子,并没有经过思索,完全像是不小心从身体里自动冒出来的,似乎是潜意识在指挥我这么干。同样,当我写下"成为一丛野菊,不进入任何园圃"时,也是丝毫不费气力的,在不经意之中,似乎有那么一个瞬间,一个仿佛陶渊明的影子于眼前隐隐约约地闪现了那么一下,然后又消失了。

李白与仙界植株

贺知章最早称李白为"谪仙人"。杜甫对此紧紧跟随，他写李白"天子呼来不上船，自称臣是酒中仙"，还说李白"昔年有狂客，号尔谪仙人"。同时代还有很多其他人也在诗文里把李白描写成喜欢与仙界仙人相往还。关键是，李白自己非常配合，亲自参与了这场"造仙"运动，他很喜欢"谪仙人"这个称呼，忆及贺知章时，得意地提及"长安一相见，呼我谪仙人"，他还干脆以此自居，"世人不识东方朔，大隐金门是谪仙""青莲居士谪仙人，酒肆藏名三十春"……通过同时代人对李白的仙化、李白自己在诗文中自我仙化、后世人继续对李白进行仙化——以至于有李白骑鲸升天之传说……已经使得李白不太像一个现实中人了，倒更像一个神仙。

读李白的诗，总感觉唐朝已经盛不下这个人了，地球也盛不下这个人了，现实世界的狭小空间容不下这样一个人的豪情满腔和逸兴遄飞了，他在大唐生活的同时，似乎又从我们这个时空里逃脱出去了，从人类生存的三维空间进入了四维空间，甚至异次元世界，通晓或参透了人世之外的那个仙界的秘密。在这位诗人的诗歌里，儒、释、道全都有，但他并没有停止下来，而是从儒、释、道一直不停地往前走，向前走，企图进入神学。

李白终生不变的执着行为就是学道求仙炼丹，他真诚地相信人是可以长生不老和成仙的,他一门心思地要上天,"安得不死药,高飞向蓬瀛"。这个想法比做一个诗人和实现政治理想都更加强烈,也更长久地吸引着他。于是,这个自认是从仙界落入世间的诗人,有着非常明显的神话思维方式,在他的诗中,涉及了很多上古神话以及古籍中那些具有超现实意味的传说故事。如果说到诗人与植物的关系,李白当然跟其他诗人一样,写了很多现实生活中与人同在的植物,他的诗歌本身就是一个唐朝植物园,然而,在这个已经被仙化的诗人那里,难免会有不少现实之外的虚构植物或者半虚构植物出现。

现在就来看看诗仙在诗中写过的那些与仙界有关的植株吧。

李白诗中出现过很多次"瑶草"这个意象。"汉之曲兮江之潭,把瑶草兮思何堪""我随秋风来,瑶草恐衰歇""朝云落梦渚,瑶草空高堂""瑶草绿未衰,攀翻寄情亲""尔去安可迟?瑶草恐衰歇""瑶草寒不死,移植沧江滨"……瑶草,《山海经》里是这样写的:"又东二百里,曰姑瑶之山。帝女死焉,其名曰女尸,化为瑶草,其叶胥成,其华黄,其实如菟丘,服之媚于人。"大概是说,炎帝的女儿夭亡了,她的精魂,就到姑瑶之山变作了一棵瑶草,这瑶草的叶子长起来重重叠叠,开黄花,结出的像茑丝的果子,谁要是吃了,就可以被人喜爱……当然,到了后来,所有仙草或者珍异之草,似乎都可以被称为瑶草了。

李白还不止一次地写到过扶桑和若木这两种神树。现实世界中的扶桑，是锦葵科木槿属植物，是灌木或小乔木，叶似桑叶，无论单瓣还是多瓣的花朵，都很大，有多种颜色，可谓热情奔放……而神话中的扶桑只是叫了扶桑之名而已，与我们见到的扶桑已经完全不是一回事了，这种扶桑神树是巨树，无比巨大。这种树最早出现在《山海经》里，"汤谷上有扶桑，十日所浴，在黑齿北。居水中，有大木，九日居下枝，一日居上枝"。另外，屈原也说它"暾将出兮东方，照吾槛兮扶桑"，就是说，汤谷这个地方在很远的东方，具体位置应该是挨着黑齿国，有十个太阳在汤谷洗澡，里面还生长着一棵扶桑树，九个太阳居住在这棵神树下面的树枝上，剩下的一个太阳住在上面的树枝上，太阳就是从扶桑神树的下面，拂动着扶桑的树梢而渐渐地升上天空的，扶桑神树所在之地就是日出之地啊。后来，另有其他各种古籍也说到了神树扶桑，像"多生林木，叶如桑。又有椹，树长者二千丈，大二千余围。树两两同根偶生，更相依倚，是以名为扶桑也"。还有更夸张的说法，"天下之高者，扶桑无枝木焉，上至天，盘蜿而下屈，通三泉"。说得很清楚，神树扶桑是一双一对相互依扶而生，拼命向高处往宽处朝低处——几乎是朝向四至——尽力延伸拓展，挑战自我潜能并挑战外部空间，往极限里生长……总而言之吧，扶桑这种参天神树是生长在东海再往东的极远之处的,在太阳升起的地方,后来就用扶桑来指代东方极远地,或者指示大约相当于日本的东方古国,或者就指太阳出来的地方,甚至代指太阳了。至于若木,也是一种神树。《山海经》里对于若木是这样记载的:"大荒之中,有衡石山、九阴山、洞野之山,上有赤树,青叶,赤华,名曰若木。"有人进一步补充说明:"生昆仑西附西极,其华光赤下照地。"就是说,在昆仑山以西的西极那最荒远之地的山上,生长着一种青叶子红花朵的神树,叫作若木,这种树的红色光芒可以一直照耀到地上,至于若木所在的那个西极的具体位置,应该就是夸父追日并最终将日头逮住的禺谷。这就弄明白了,扶桑是生长在东极日出之地的神树,若木是生长在西极日落之地的神树。每天早上,太阳从最东边汤谷的扶桑神树上升起,运行一整天之后,又落到了最西边禺谷的若木神树上。

　　关于扶桑和若木这两种仙界植物,李白有不少诗句涉及,像"将欲倚剑天外,挂弓扶桑""吾欲揽六龙,回车挂扶桑""余风激兮万世,游扶桑兮挂左袂""月兔空捣药,扶桑已成薪""挥手折若木,拂此西日光""西海栽若木,东溟植扶桑。别来几多时,枝叶万里长"……要么涉及扶桑,要么涉及若木,或者同时涉及扶桑和若木。通过"天外""六龙""万世""月兔""日光""西海""东溟""万里长"这些词语及句意,可知这些诗作关注的明显是大地之上、现实之上、本土之外，甚至太空之中的事情。李白用扶桑和若木这样的分别代表东极和西极的神树意象，来使得自己的诗歌思维突破了事实性诗意的局限，走在了从有限到无限、从现实到超现实的征途上。尤其是"西海栽若木，东溟植扶桑。别来几多时，枝叶万里长"这几句诗，写得纵横驰骋，它们出自李白的《上云乐》这首较长的诗作。这首诗里面写到一个金发碧眼的胡人神仙文康，他分别以大道和元气作为自己的父母，他像一个长生不老的超人，有着无限的大能，站起身来举起手来，可以像盘古那样一下子摸到天顶，还可以像推小车一样推动着天地来不停地转动，他还看见过日月是如何产生的，看见过女娲造人的全过程，他在西海那边栽上了若木，又在东海那边种植了扶桑——这两种神树很快就已经生长得枝叶达几万里了……李白这首《上云乐》似乎将东方神话与西方一神论宗教杂糅在了一起，既像是西方宗教的中国版，同时又像是中国神话的西方版，从这里可以看出，李白这个诗人的跨文化特征非常明显，他差不多是用一首汉语诗歌写出了中国版本的创世记。

李白诗中还出现了沙棠。"摧残梧桐叶，萧飒沙棠枝"，写闺中思念戍守边疆的人，梧桐叶在秋天里被摧落了，沙棠枝在落光之后令人倍感萧条。李白还在一首以及时行乐来表达对现实蒉弃的诗中,写到江上即景,"木兰之枻沙棠舟,玉箫金管坐两头",木兰枻和沙棠舟,指用木兰材质做成的桨,以及用沙棠木做成的舟,反正都是用来形容桨和船的名贵,就是在这样的江船上,吹箫吹笛子的歌女分别坐在船的两头。其中沙棠是神话传说中昆仑山上的一种神树,在《山海经》里有记载,"其状如棠,黄华赤实,其味如李而无核,名曰沙棠;可以御水,食之使人不溺"。在《述异记》也有相似记载,"汉成帝与赵飞燕游太液池,以沙棠木为舟。其木出昆仑山,人食其实,入水不溺"。说得很明白了,就是人吃了沙棠树的果实之后,掉到水里去也淹不死,永远不会溺水,那人岂不跟鱼儿一样可以在水中游了吗?那么,用沙棠木做成的船呢,当然也应该有不怕被水淹的功能了。有人根据古书里面的描绘,考证出这种沙棠神树对应着我们现实中的栾树,一种无患子科的落叶乔木,分为南方树种和北方树种,我见过的北方栾树基本上是用来作行道树的,春天刚发芽时发红,夏天黄花灿灿,到了秋天结出了蒴果——这种果实有防水特点,不渗水,还可以漂浮在水上——随着天气转凉,这蒴果又由黄色转成红褐色,同时外皮则膨大成灯笼形状,在树上大面积地堆簇着,相当好看。当然,沙棠既然已经是神树,按照中国神话里的惯常逻辑,想必体积和高度都会比现实中的栾树要大出许多倍吧。

再说一下琅玕。李白似乎很喜欢写到琅玕。他的《古风·其四十》，这样写道："凤饥不啄粟，所食唯琅玕。焉能与群鸡，刺蹙争一餐。朝鸣昆丘树，夕饮砥柱湍……"此诗大概率是作于赐金放还的途中，李白大约是自比凤凰，表示不屑于去跟势利小人去争夺官位，这凤凰不同于凡鸟，在饿的时候也不会吃粟米，所吃的只有琅玕，凤凰怎么能和群鸡在一起抢饭呢？它早晨还在昆仑山的树上鸣叫，到晚上就已飞到了中流砥柱上饮黄河之水了。李白还有一首诗中，出现"别久容华晚，琅玕不能饭"之句，诗中以一个女子的口吻，表达对远方情人的深深思念之情，送他远行又思念他，随着别离的时间越来越久，容颜也越来越衰老了，琅玕虽是美食，却怎么也吃不下去。李白似乎很少从正面写爱情诗，而他那首《寄远》则是一首少见的缠绵情诗，里面有"朝共琅玕之绮食，夜同鸳鸯之锦衾"之句，早晨与你共食琅玕那一类的美食，夜晚与你同盖鸳鸯锦衾。那么，这屡屡出现的琅玕究竟是什么呢？很明显，从上面诗中之义可以猜测出琅玕似乎是一种可以吃的好东西。《山海经》里记载过琅玕树，说它是神树，琼枝玉叶，枝头上结着类似珠玉的果实，名叫琅玕，这琅玕树是专门为凤凰而生的，上面的果实是饲养凤凰的唯一食物，这棵琅玕树由一位长着三个头六个眼睛的人来日夜看护着。再来看庄子里的一个说法，"夫鹓雏发于南海,而飞于北海;非梧桐不止,非练实不食,非醴泉不饮",鹓雏就是与凤凰同类的鸟,这里是说,这种类似凤凰的鸟只栖息在梧桐上,其他树都不肯栖,至于食物,也只吃一种,只吃练实——练实就是竹实,即竹米,竹子的果实,竹子的种子……既然凤凰吃的是特供,所食不仅专用而且唯一,由此推断,那么琅玕也就对应着竹实了,琅玕树也就——疑似地——对应着现实中的竹子了。竹子半个世纪或者一个世纪才开一次花,竹子一开花,竹林就成片地死亡,竹子在开出淡小清香的花儿之后,会结出竹实或竹米来,那是竹子用以继续繁衍下去的种子——竹子这种植物确实可以结出一种圆润的绿色颖果,模样看上去也确实很像珠子呢,或者说像圆圆的玉石或美玉。除此之外,还有另外一种道听途说的观点,不知是否准确,据说来自李时珍,认为琅玕树其实是珊瑚树,而琅玕珠就是珊瑚珠。唉,琅玕究竟是什么,已经有些混乱了。我看,还是当成很稀罕的竹实吧。不管怎么说,这来自琅玕树上的果实琅玕很宝贵,李白在诗里写到美味珍馐时,就让琅玕出场,这是凤凰唯一所食的仙果啊,你说珍贵不珍贵呢?

李白还写过空桑。空桑可以指古代地名——在盛产桑树的鲁西南及其周边地区;空桑也指山名——山上所产桐木,适合作琴瑟之材,因而这个词有时也可代指演奏的琴瑟;空桑也可以指传说中神奇的树木——空心的桑树。其实空桑作为地名和山名的时候，似乎也仍跟一个"空心桑树"的传说有那么一丝关联。像《吕氏春秋》《独异志》等不止一种古代典籍记载过关于空心桑树的故事，大致有三个版本吧。第一个版本，一位属于如今鲁西南及其周边地界的莘国女子，从一个空心的大桑树树洞里面捡来了婴儿；第二个版本，一位属于如今鲁西南及其周边地界的莘国女子在怀孕之后，因未听从梦中神仙嘱咐的话，忍不住好奇心，回头看了一眼洪水，就瞬间变成了一棵空心桑树，树洞里有一个婴儿；第三个版本，一个属于如今鲁西南及其周边地界的莘国女子生下了一个婴儿，在流浪途中自己饿死之前，把婴儿放在一棵桑树下，被人发现……话说这个没有父亲只有母亲的婴儿，这个来历不明的婴儿，后来辗转被托付给大厨子去抚养了，这个婴儿长大之后也成了厨师——还成了厨师鼻祖，后来呢，他又去辅佐君王，成了一代名相，以"治大国若烹小鲜"的道理来治理国家，帮助汤王灭夏兴商，他是谁？他就是商代大政治家伊尹。无论怎样的故事版本，里面全都涉及桑树，只是这里的桑树已经不是普通的桑树了，已接近神话传说里的仙树。李白使用过这个空心桑树的传说，在一首诗中写道"伊尹生空桑，捐庖佐皇极……"，诗人就是想借着伊尹的故事来大发感慨，大概是表示即使怀有才能的卑微之人，若能遇上识贤才的君主，也会有闪闪发光的机会。李白在一篇宏大壮丽的赋中还写过"孤竹合奏，空桑和鸣"的句子，这里把孤竹和空桑放在了一起，孤竹是特生的竹子，适合制作成一种管乐器，空桑是以地名山名来代指琴瑟，二者联合，显然指的是管弦乐器了。

李白《古风·其三十》里，有"苍苍三珠树，冥目焉能攀"之句，这里提到了上古的仙树三珠树。整首诗写得很忧愤，大意是，大道沦丧之后，人们只知到京城谋取功名，醉心于短暂的世俗荣华感官享乐，却不知道天地间还有蓬莱仙境那样的永恒……即使三珠树这样的仙树就在眼前——三珠树在这里喻"大道"——也愚昧无知像瞎子一样，什么都看不见，怎么会攀而至、至而摘取呢？这种上古时期仙界的珍木，既写作"三珠树"，也写作"三株树"，或者干脆写成"珠树"。《山海经》里记载着"三株树在厌火北，生赤水上。其为树如柏，叶皆为珠。一曰其为树若彗"。三株树生长在厌火国的北边，生长在赤水岸边，树的形状很像柏树，树的叶子全是珍珠的，当然还有一种说法，这三株树的整体形状非常像彗星。嗯，彗星形状像一把大扫帚，如此说来，这三株树或三珠树，大概也是呈扫帚形状吧。后来渐渐地，三株树或三珠树也常引申用作关于人才的一个隐喻了，而李白在这首诗里是用三珠树来比喻宇宙间的"大道"。陶渊明有"粲粲三珠树，寄生赤水阴"的诗句，他用"粲粲"一词来形容三珠树光彩鲜艳，而李白用"苍苍"一词来形容三珠树，着眼于这上古神树的盛大繁茂。李白另外在一首写给贺知章的诗中，有"瑶台含雾星辰满，仙峤浮空岛屿微。借问欲栖珠树鹤，何年却向帝城飞"之句，联系这首诗前面部分对于修炼长生真诀的议论以及一系列对于缥缈仙境的描绘，这里的"珠树"，应该也是指三珠树，至少是以三珠树或珠树来作为对树木的美称吧。贺知章送了李白一个"谪仙人"的称号，而今他自己到了晚年也从朝廷辞官去当道士了，也想修炼成仙呢，李白于是写诗送别贺知章，李白对贺知章说，你向往的仙人的华美住处，雾气弥漫缭绕，繁星镶满了天空，一座座仙山飘浮在太空之中，一座座仙岛隐隐约约，你这只想栖息在三珠树的仙鹤，什么时候还会飞回帝城，与我再相聚呢？当然啦，也有人考证出李白这首诗系伪作，那就另当别论了。

李白还写到过玉山禾、朱实、木魅等仙界植株。他在《天马歌》里有"虽有玉山禾，不能疗苦饥"之句，其中的"玉山禾"指的是传说中昆仑山上的仙禾，属于谷类植物，《山海经》这样描述仙禾："昆仑之虚，方八百里，高万仞。上有木禾，长五寻，大五围。"晚年境遇悲惨的李白在诗中以天马来自比，天马曾经腾越昆仑山，飞越西极进入天衢，可得意的高光时刻一去不复返,而今被弃,不得不忍辱负重,谁能识其价值而同情它,让它发挥余热呢?天马如今无草可食,即使昆仑山上的仙禾,也疗救不了天马的饥饿与困顿了!至于朱实,汉代张衡《西京赋》提到过"神木灵草,朱实离离",李白有"攀条摘朱实,服药炼金骨"之句,写的是诗人在天台山顶眺望时,想攀缘着树枝,采摘那通红的果实,烧起火热的丹炉,炼出可供服食的丹药,以将肉体凡胎换成金骨,让身上长出羽毛,在蓬莱仙岛逍遥,获得永生。在这个具体语境里,"朱实"显然不应该是普通树木的红色果实,明显是与张衡所谓"神木灵草"有关,跟李白修行成仙的理想有关。李白《过四皓墓》是一首访幽怀古之诗,内有"木魅风号去,山精雨啸旋"之句,写到了木魅和山精这些妖界事物,长声呼号和长声吼啸,是这些鬼魅的专长。这里的木魅,又可称树魅,树太大太老了,有的就会成精成妖魅。据说中国的这种木魅后来还流传到了日本,进入日本神话系统并相应地还发生了一些演变,用来指有灵魂居住着的树木——据说这种树木看上去与普通大树没什么区别,不过,据说有谁打算把这棵树推倒的话,必定会遭殃。

除去上述已经完全被仙化的植物之外,一些在现实生活中实实在在地存在着的植物——像紫荆、楠树、芙蓉和桂树——也被置于仙境之中,当它们进入仙境之后,在事物的本质上应该并没有发生什么变化,但是其外表或者体积则发生了极大变形,这些植物在被神化之后,跟现实版之间既保持着原有的一些关系,同时又具有了超越性。

李白在一首叫《上留田行》的诗里,提及紫荆和交柯,"田氏仓卒骨肉分,青天白日摧紫荆。交柯之木本同形,东枝憔悴西枝荣",交柯,有的也写作"交让"。紫荆本为豆科紫荆属的乔木或灌木,先开花后长叶,紫红色的花粒成串地绽放在主干或老枝上。而此处所言紫荆,已经被神化了,来自南朝人记载的一个神话故事,传说田氏兄弟三人想分家,要砍家中紫荆树,紫荆未被砍却先自行枯萎了,见此状,田氏兄弟有所感悟,决定放弃分家之举,紫荆就重新茂盛起来……后来这个故事就成了劝勉兄弟和睦的一个典故了。至于"交柯"之树或者说"交让"之树,在《述异记》中有过这样的记载,"黄金山有楠树,一年东边荣,西边枯;后年西边荣,东边枯,年年如此",这与李白诗中描述的一边荣一边枯的情形相当一致。李白在这首诗中通过这样的反复举例,以兄弟纷争导致庭中树木枯萎以及同树枝丫不同繁荣来讽喻当时朝中之事,并抨击世风日下。

李白《古风·其十九》是一首游仙体诗。这首诗前面很大篇幅在写虚无缥缈的仙女飞天,最后则写了兵荒马乱的眼下现实,形成对比,折射出诗人既信奉个人优悠又牵挂社稷的矛盾心理。"西上莲花山，迢迢见明星。素手把芙蓉，虚步蹑太清。霓裳曳广带，飘拂升天行……"在那西岳华山的莲花峰上，明星玉女的姿容与天上清辉相映，只见这位仙女以洁白的纤手握着芙蓉仙花，凌空而起，袅袅前行，身上穿着霓裳，飘逸的丝带就像云彩一样飘拂着，冉冉升上了天空……华山的命名，一说因远远望去像一朵花，二说因山顶有水池，池中生千叶莲花，吃下去之后会羽化成仙，另有《太平广记》记载："明星玉女者，居华山，服玉浆，白日升天。"可见李白在诗中所写的华山的仙女和芙蓉，他的想象都是以古代典籍为基础的，有根有据。

　　李白写月亮写得最好的一首诗其实并不是人们都熟知的《静夜思》，而是以儿童视角来表达对宇宙的看法的《古朗月行》，里面有"仙人垂两足，桂树何团团。白兔捣药成，问言与谁餐？"之句。中国古代神话传说，后羿得到长生不死之药，他的妻子嫦娥把药吃了，就飞入月宫，获得长生的同时，却从此过着寂寞孤独的生活。话说月亮上的阴影，在古人眼中，有时像蟾蜍，有时像兔子……李白这首诗就涉及这个神话故事，同时还写到了月亮上的桂树。最早记录"月中有桂树"的文献应该是《淮南子》。关于月中桂树，李白还在另外一首诗中写过"欲斫月中桂，持为寒者薪"的句子，意思是想要把月亮中的桂树砍了，来为寒冷的人们当柴烧以取暖……就是这样，李白不仅涉及"月中有桂",还涉及了"吴刚伐桂"的故事。到了唐代,月亮中的桂树更加具体化了,不仅像过去那样有桂树、有蟾蜍、有兔子,桂树旁边还多出了一个伐树的人,这个人叫吴刚,西河人,学习仙人道法时,犯了过错,被炎帝处罚,什么样的处罚呢?被流放到月亮上去砍伐桂树,这棵桂树可不是人间那种一般的桂花树,而是一棵高达五百丈的受到超自然力量控制着的神树,一边被砍伐一边即刻自行愈合,于是这棵桂树就永远也砍不倒了,这就是吴刚所受到的惩罚:从事重体力劳动,循环往复,无休无止!这简直就是一个中国版的西西弗斯的故事啊。在希腊神话中,西西弗斯触犯了天条,众神为了惩罚他,要求他把一块巨石推上山顶,巨石太重了,在推向山顶的过程中,还没抵达就又滚了下来,前功尽弃,于是西西弗斯不得不重复推动那块巨石,一次又一次,单调,沉重,永无止境……正是在这种无效的劳作之中,西西弗斯慢慢地消耗了生命。中国的吴刚也在服着同样的劳役,简单、重复、沉重、无效——这是多么大的惩罚啊。法国著名小说家加缪,从西西弗斯神话中获取了灵感,认为人类还是继续推石头上山吧,索性就把过程本身当作目的吧,我们将像西西弗斯那样,在爬上山顶所要做出的艰苦努力之中,感到充实甚至幸福。那么同理,我们也可以说中国版的西西弗斯——吴刚先生——也未必没有获得幸福感和满足感，他代表全人类至少是全中国人民去接受判决，去服苦役，到月亮上去砍那棵巨大的桂树，进行毫无意义的行为，命运如此荒诞，而他只有一种选择：坚持下去，永不退缩，在这个没完没了的过程之中，吴刚一定也像西西弗斯一样渐渐地生出了庄严的使命感和伟大的勇气，成为悲壮的个人英雄主义者。从这个意义上讲，吴刚的巨大桂树与西西弗斯的巨石同样了不起，东西方两个不同的故事在哲学上是完全相通的，都是要表达人类面临别无选择的命运时所表现出来的苦苦煎熬的忍耐力，这时候，坚持本身就是最大的抗争，在这个日复一日永不停歇的过程之中其实已经包含了自由，这就是人类存在的意义。因此，我们不妨说，中国也有存在主义呢，吴刚在月亮上砍的那棵巨大的神树桂树，就是中国最早的存在主义。还有一个问题，我不太明白，为什么我们的祖先，只要看一个人不顺眼，想惩罚这个人，就把他（她）发射到月球上去呢？同时，嫦娥的丈夫不是后羿嘛，这样让夫妻二人在两个星球分居，却让吴刚这个力大无比的单身汉上了月球，住在嫦娥的隔壁，唉，孤男寡女的，在亘古的寂寞里，想必会在那棵神树桂树下面谈情说爱吧？人家后羿难保不会发火，既然能把天空中的九个太阳给射下来，为什么就不能把月亮也给射下来呢？

这些仙界植株，大致来自昆仑和蓬莱两个"中国"神话系统,是李白进入仙界的重要媒介之一。诗人通过写仙界,让自己最大限度地凌驾于他不满意的时代和现实之上,将自己从庸常世俗之中分离和超脱出来,让自己进入了另一个更高维度的空间,在那个空间里他是超人和神仙。是的,他随意出入于现实世界和神仙世界,在人间和仙境来回切换,凭借书写神游八极之表的感受,个人自由意志得以张扬,精神飞了起来,诗句也飞了起来,同时也扩大了诗歌写作的边界。这一切都源于诗人那超乎常人的无拘无束的自由天性,也跟他试图突破人类之局限性从而朝向永恒有关。

李白与仙界的交流,非常自然,一点儿不生硬也不枯涩。其实,我们的文化里,除了老牛耕地的质朴和坚忍,我们还有其他具有贵族意味的质素。从远古图腾到以《庄子》《楚辞》《山海经》为代表的楚汉浪漫,到想象力无比丰沛的汉代石刻画像,又到西晋壁画里那长出翅膀的动物,再到王献之那一马平川飞扬而起的书法,还有《世说新语》——尤其是从瑰丽的南北朝至初唐这一时期——那么多大地上的事物竟都可以飞起来并风驰电掣,就这样一脉相承地,最后到了认为自己是仙人并想返回仙界故乡的李白,然而……李白几乎成为绝响。李白属于这样一条"高华"的文化血脉,他的翩翩欲仙里,有一种非常辉煌的自信,有一种非常清高的华丽,这样的血脉与诗人天生的气质融为一体，形成了诗人李白特有的"格"。

李白诗中所涉及的那些仙界植株，正是从这条时隐时现的血脉里萌发并繁茂起来的。

杜甫草堂草木深

小时候，课堂上，念到《石壕吏》这篇课文，我直接睡着了。待念到《兵车行》时，"车辚辚，马萧萧"也阻止不了我打盹儿。而读到"两个黄鹂鸣翠柳，一行白鹭上青天"时，就完全不一样了，我双眼发亮，精神抖擞，再读到"黄四娘家花满蹊，千朵万朵压枝低"时，我更来劲儿了，直接问老师"杜甫和黄四娘谈过恋爱吗？"后来又学《茅屋为秋风所破歌》了，也是兴致勃勃，这首诗从头到尾都动感十足，全班大声齐诵课文，当诵至"南村群童欺我老无力，忍能对面为盗贼，公然抱茅入竹去"时，我竟没心没肺地大笑了起来，笑到失控，差点儿破坏了课堂诵读。后来读到郭沫若对这首诗的评说，认为杜甫屋顶上竟然有"三重茅"，可见属于地主阶级无疑，又让我大乐了一番。看来，老杜的诗，我还是对于他在成都草堂时期的作品最容易发生兴趣，那仍然是杜甫，但那是另一个杜甫。一个沉郁顿挫之人忽然变得明亮婉转起来了，这比那些从头至尾一直在写着明丽之诗的人，更容易打动读者。

杜甫成都时期，初始于759年岁尾，结束于765年夏天。这个时期跨越占去了七个年头。而减去中间762年夏至764年春不得不流落于绵州、梓州、阆州一带的蜀中避乱时期，在成都草堂实际居住时间应该不到四年。这期间诗人得到过裴冕、高适，尤其是严武等朋友的照拂，并且还在严武任剑南节度使时，做过半年的幕府参谋。上天给了苦难的杜甫将近四年的好时光，让他远离了熟悉的中原和西北，在一个"山川异"之地，在成都，在锦江支流浣花溪畔，在草堂里，写出了大约二百四十首诗作，把天性中唯美而清新的那一面最大限度地给挖掘了出来。

这个没有公积金也付不起首付按揭的穷诗人，这个只能在诸亲戚朋友资助下在成都西郊江边村子盖起了一座简易茅草房的人，他哪能料想到，他因761年秋天一场大风刮走草堂棚顶而写出的句子"安得广厦千万间"，在一千二百年后成为房地产开发商最好的广告词。这么多年来，人们只注意诗人的茅屋了，却忽略了诗人在那个761年秋天那同样一场狂风里所遭受的另一个重大损失，他几乎在同一时间里也为这个重大损失写过一首长度不亚于《茅屋为秋风所破歌》的诗，里面发出的哀叹和悲情，也并不亚于前者，这首诗叫《楠树为风雨所拔叹》。这是一棵有二百多年树龄的古楠树，就生长在草堂前，与狂风肉搏之后，被连根拔起，轰轰烈烈地僵仆于地，"虎倒龙颠委榛棘，泪痕血点垂胸臆"，杜甫无比痛惜，感慨"我有新诗何处吟，草堂自此无颜色"，这棵楠树为什么这么重要啊，因为杜甫表示了"诛茅卜居总为此"，也就是说，他是以这棵高大的古楠来作为地标和依托，来规划和建起他的草堂的，这棵古楠所在位置算是草堂的策源地。关于这一点，他在另外一首《高楠》里说得更加清楚,"楠树色冥冥,江边一盖青。近根开药圃,接叶制茅亭"。他傍着这个地标来建了住宅,在大楠树的根部位置种了药圃,还接着楠树阔大冠幅延伸出去的枝叶,建起了家中的茅草亭。可见,这棵高大古楠简直就是草堂的标志物,是枢纽和灵魂啊。于是,诗人在那场大风过后,不仅为那座破了的茅屋写了一首不短的诗,还为悼念一棵大楠树而写了一首不短的诗。楠木,在古时候也叫作枏木或枬木,我国西南地区的楠木品种应该多为桢楠和润楠,杜甫草堂前面这棵古楠树似乎属于桢南的可能性更大一些,这种樟科楠属的高大常绿阔叶乔木,喜湿耐阴,树干通直,有椭圆形革质叶,有的楠树还会散发出香气。

杜甫建草堂时,除了一些像古楠这样的原有植物和野生植物之外,他还自己种了很多。他第一时间就四处讨要树苗和树种来种,他怎么讨要呢?发挥个人特长,以诗代函,捎寄给那些可以帮助自己的县级以上的官员朋友。看看这些诗的标题吧,里面出现了官职和实名:《从韦二明府续处觅绵竹》《凭韦少府班觅松树子栽》《凭何十一少府邕觅桤栽》《诣徐卿觅果栽》《萧八明府实处觅桃栽》,"明府"是对县令的尊称,"少府"一般是指县尉——与县丞一起协助县令工作的官员——大概相当于公安局局长,"卿"在此处大约指示与朝廷有关的官员或者泛指高官……也就是说,杜甫向韦续县令讨要绵竹鞭根,向韦班县尉讨要松树苗，向何邕县尉讨要桤树种子或桤树苗，向高官徐知道讨要各种果树苗，向萧实县令讨要桃树秧。从这里不难看出，古代的大大小小的官员们基本上都热爱植物并有亲自植树种草的习惯，那时候没有写字楼，他们与大地很亲近。这些被杜甫讨要树种和树苗的官员们有福了，自己的名字就这样不小心被拖进了文学史，后来者在这些杜甫诗歌后面还要为他们的名字专门加上注解。

杜甫以诗代信，向绵竹县令要绵竹。绵竹县的名字就是由绵竹而来。你现在都当了绵竹县令了，这些绵竹全交给你来管理，分给我几丛，也是天经地义的啊。"华轩蔼蔼他年到，绵竹亭亭出县高"，提及绵竹的同时还不露痕迹地赞美了友人，接下来开口直接要了，"江上舍前无此物，幸分苍翠拂波涛"，我江边居所前没有这种竹子，你要是分给我一些多好啊。这种绵竹，竿壁较厚，茎秆直立，梢部劲直，节间圆筒形，幼时深绿色，偶尔夹杂紫褐色纵条纹，微微会有白色的小刺毛毛。

杜甫无疑是喜欢竹子的。他在草堂时期的诗中提到竹子的次数很多，除了绵竹，应该还有其他竹子，时而写竹时而写笋，竹子作为典型的亚热带植物，简直无处不在，在日常生活中已是低头不见抬头见，"相近竹参差""笼竹和烟滴露梢""竹日净晖晖""风前径竹斜""江深竹静三两家""风含翠篠娟娟净"

"笋根稚子无人见""竹风连野色""竹光团野色""步屧万竹疏""野竹独修修""绿竹半含箨,新梢才出墙""种竹交加翠""东林竹影薄,腊月更须栽""竹高鸣翡翠""舍下笋穿壁""春沙映竹村""苔径临江竹""野外堂依竹""我有浣花竹,题诗须一行"……在最终离别成都草堂并沿江东去时,他还以回望的姿态写到草堂竹子,"我昔游锦城,结庐锦水边。有竹一顷余,乔木上参天"。在涉及草堂竹子的诗中,有几首非常有趣。比如,"堂西长笋别开门,堑北行椒却背村",大概是说,春笋长得太高了,把堂屋西边的门都给挡住了,可以与此相提并论的是,堑北那成行的椒树做了天然屏障,隔开了邻村,这里的笋,真的是够萌啊,顺便说一下"椒",应该是花椒树之类,有关它们结子之后的状态,诗人在另外一首诗里也写了,"椒实雨新红"。又比如,"无数春笋满林生,柴门密掩断人行。会须上番看成竹,客至从嗔不出迎",意思是说,诗人为了保护春笋生长,干脆紧紧关闭了柴门,跟外界断绝了来往,任客人怎么嗔怪都不肯出迎。再比如,关系最要好的官员朋友严武曾经携着酒菜来草堂做客,杜甫作诗一首,诗中唠唠叨叨地表示地偏家贫以致无法款待屈尊的贵客,但字里行间的气息是瞒不了人的,我还是从字里行间嗅出了那场聚餐的惬意,看,在那竹影摇曳之中,他们是这样聚会的,"竹里行厨洗玉盘,花边立马簇金鞍",看到这句诗时,我立刻把诗中的"立马"换成了"停车",于是乎,这个唐代穷诗人的生活,在我眼里忽然幻化成了现代中产阶级的生活,在野外竹林间烧烤,花丛旁边停着一辆SUV。

其实,杜甫对于竹子的情感有些复杂。对于竹子,杜甫时有砍伐。由于热切地期盼着朋友来访,他表示愿意"只须伐竹开荒径,倚杖穿花听马嘶"。《营屋》写的应该是流落蜀中又重新归返成都草堂之后,为扩建新屋而剪伐屋前竹木的场景,"我有阴江竹,能令朱夏寒。阴通积水内,高入浮云端。甚疑鬼物凭,不顾翦伐残。东偏若面势,户牖永可安。爱惜已六载,兹晨去千竿。萧萧见白日,汹汹开奔湍……"这里讲得明明白白,是通过砍伐,来解决树木长势与生存空间居住光线之间的矛盾。甚至有时候,对于竹子这种在南方极易繁衍占地和自我再生的植物,杜甫还会发出诅咒,"新松恨不高千尺,恶竹应须斩万竿",那么爱竹的一个人,怎么忽然又把竹子说成是"恶竹"了呢?诗人的情绪真是不稳定,当然,一个诗人的情绪化,是应该得到谅解的,写诗原本就是一项感性大于理性的工作,如果理性过于完善,那直接去做哲学家好了。可以来揣测一下,这里的"恶竹"肯定不是诗人以诗代函向绵竹县令讨要来的绵竹,而是一种生长速度失控以至于喧宾夺主的特别常见的竹子,有可能是指以丛生盘根来占领地盘，从而影响了其他植物生长的慈竹吧，据说这种竹子在西南地区特别多。另外，如果再联系一下他在此期间写过的《恶树》和《除草》，那么，对于杜甫忽然恶狠狠地谴责生长力过于旺盛的竹子，可能就更容易理解一些了。杜甫对于草堂周边的草木也并非一视同仁，而是表现出了自己的审美好恶以及实用考虑，他经常手持斧子或锄头在草堂周围转悠，进行必要的修剪甚至取缔。对于"恶树"，他会"独绕虚斋径，常持小斧柯"，并发出质疑，"枸杞因吾有，鸡栖奈汝何"，最后感叹"方知不材者，生长漫婆娑"，就是说，那些珍贵的枸杞和皂荚树，是诗人自己种植的或者刻意保留的，它们却对那些侵占公共空间影响其他植株成长的恶树们无可奈何，于是终于算是明白了，原来越是"不材者"才越发地生长迅速而且繁多啊。枸杞是茄科灌木，绿叶挂小红果，嫩叶和果实均可食用，而鸡栖树就是皂荚树，是豆科落叶乔木，带状荚果裹着胖胖的种子，一大串一大串地悬挂在枝头，在没有化工洗漱品之前那漫长岁月里，人们是拿皂荚种子当作天然肥皂或洗涤剂来用的……这两种植物，在大江南北广泛分布着，都算比较常见，一提及皂荚树，我就会想起鲁迅先生《从百草园到三味书屋》里那个著名段落："不必说碧绿的菜畦，光滑的石井栏，高大的皂荚树，紫红的桑椹……"再说，对于一些阻碍行走并且有害无益，甚至还含有毒素的杂草，杜甫也不会放过，"草有害于人，曾何生阻修。其毒甚蜂虿，其多弥道周。清晨步前林，江色未散忧。芒刺在我眼，焉能待高秋……自兹藩篱旷，更觉松竹幽。芟夷不可阙，疾恶信如雠"。这样的诗句，已经不仅仅是在写草堂周边的恶树和杂草了，已明显带有社会讽喻色彩，似乎同时也在影射现实，奸佞祸国难以根除，才导致了政治不清明，国运总不佳。

再看对于松树苗，杜甫是怎样向人讨要的，"落落出群非榉柳，青青不朽岂杨梅。欲存老盖千年意，为览霜根数寸栽"，前两句先贬了榉柳和杨梅，榉柳已经够姿态超群的了，杨梅已经是经冬不凋而常绿的了，而松树与它们相比起来如何呢，松树能把它们统统碾压，松树比榉柳还要风姿超拔，比杨梅更要永久常青，诗人就这样使用"强中更有强中手"的方式对松树进行了褒扬，同时又暗示，那永恒的"千年意"来自何处呢？正是来自现在的"数寸栽"啊。于是索要松树苗也就顺理成章了，索要的理由还如此高大上，怎么能不给呢，不给岂不耽误了诗人的凌云之志？标题中的"松树子"，并不是指松树种子，而是指幼小的松树，也就是松树苗。诗中出现的榉柳，就是枫杨的别名，这种高大的落叶乔木冠幅很大，叶子是羽状复叶，枝上经常悬挂着长长的柔荑花序，我总是把这种树木跟江淮地区联系在一起，印象来自作家苏童早年的"枫杨树"系列小说，记得其中有一个短篇叫《飞越我的枫杨树故乡》，于是我第一次知道了枫杨树，后来又在南京见到了它，确实风姿绰约，我甚至还写过一首叫《枫杨树》的短诗。至于杨梅，这真是两个酸酸甜甜的汉字，见之就会产生条件反射，夏季时候，我在楼下菜市场会见到用集装箱冷链从江南速运到北方来的杨梅果，球形多汁的小圆果实，颜色从鲜红到黑紫，还缀着些许互生成簇的长形革质绿叶……我是在吃了许多年杨梅之后，才得以在浙江温州的山坡上见到成片成片生长着的杨梅的，一边采摘一边吃，现场感很强。

那么，诗人索要了松树苗之后，栽种和生长情况如何？诗人为避乱而流落绵州、梓州、阆州一带大约有一年零八个月之久，跨了三个年头。在外期间，他对在成都草堂种下的小松树非常挂念，"尚念四小松，蔓草易拘缠。霜骨不甚长，永为邻里怜"。在返归成都草堂的途中也在念叨小松树的情况，并产生了他的小松树被所谓"恶竹"挤掉生存空间的想象，"新松恨不高千尺，恶竹应须斩万竿"。待真正回到了成都草堂与小松树久别重逢时，重新看到它们的第一眼，诗人写道"入门四松在，步屧万竹疏"，待到细细瞧它们，"四松初移时，大抵三尺强。别来忽三载，离立如人长。会看根不拔，莫计枝凋伤。幽色幸秀发,疏柯亦昂藏",万幸啊,在动乱之中,小松树竟然没有受到损伤,还长高了,气宇轩昂的,于是诗人不禁又回顾起了往昔如何设篱护松而松仍未免遭踏之时自己何等心疼,"所插小藩篱,本亦有堤防。终然掁拨损,得愧千叶黄"……杜甫在所有树木之中,最爱的是松树,而这以诗代函讨要并亲手种植在草堂前的这四棵小松树,俨然已经成为诗人的知己。

以诗代函,索要桤木。"饱闻桤木三年大,与致溪边十亩阴",杜甫这样写,说明他很清楚桤木这种落叶乔木的特点,它在成都历来就很常见,对于穷苦人非常实用,生长得又快又易,种子从树上掉下来,落地即长,三年即可成材,嫩叶可冒充茶叶来煮茶冲茶,落叶掉入泥水中腐烂后可以作为肥料,软软的木质可以制作家具,可以当柴火来烧,枝叶遮出阴凉,在风中可以发出像白杨树那样哗啦啦的响声……这么实惠的树木,不多种一些怎么行呢?无怪乎,后来杜甫又在另一首诗里写道"桤林碍日吟风叶,笼竹和烟滴露梢",显然,这白茅草作屋顶的草堂,不仅以一棵古楠木作为地标,更是被围绕在了一大片桤林深处,至于笼竹,据说也叫笼葱竹,是一种长节的竹子,看吧,桤树林遮出阴凉,在风中发出类似吟哦之声,笼竹于雾气缭绕之中,梢头挂着水滴……这个居住环境已经足够生态足够优美。

至于在果树栽种方面,《诣徐卿觅果栽》里说得很清楚,诗人为找果树苗,大约在石笋街没找到,就决定把目标转移到朋友住处果园坊来了,诗人想要什么果树苗呢?"草堂少花今欲栽,不问绿李与黄梅",诗人在这个问题上很随性,不管什么果树,随便来一些吧,既可吃果又可看花,当然看花似乎更重要一些。李和梅,都是蔷薇科,一个是李属,一个是杏属。至于绿李,是李子的一种,在四川一带较多,果实总是绿色的,也叫脱骨李。至于梅树的果实,没成熟时叫青梅,成熟之后就叫黄梅了,杜甫后来有"梅熟许同朱老吃"之句,应该就是这些讨要来的果树苗在栽下长成之后结出的果子吧。

在众果树之中,诗人又将讨要桃树秧一事单列了出来并作诗一首,可见桃树在诗人心目中很重要。"奉乞桃栽一百根,春前为送浣花村",这是狮子大开口,一要就要一百根树秧,而且让人家赶在春天来临之前送到。到了第二年春天,风把这些正在开花的桃树折断了好几枝,杜甫写诗把春风训斥了一顿:"手种桃李非无主,野老墙低还是家。恰似春风相欺得,夜来吹折数枝花。"造次的春风,你给我听着,你给我看清楚了,这些桃树是我亲手栽种下的,可不是没有主人的啊,我砌的墙是过于低矮了,可毕竟也还是家园,你趁着夜半三更刮了过来,折断了我好几枝桃花,这分明是欺负人啊。在这上百根桃树秧之中,又有五棵被挑选出来，种在了草堂前的道旁，诗人从蜀中流落之地归来时，发现久已不见的它们已经长得枝干大大横斜，以至于把原先正对草堂的笔直小径给遮挡了，但诗人并不打算修理它们，而是愿意任其生长，诗人以诗记录了此事，"小径升堂旧不斜，五株桃树亦从遮"。

除了自己种植的这些树木和竹子之外，杜甫草堂及其附近还有一些野生树和邻家树，以及一些其他的草木类，也一一进入了杜甫诗中。比如，柳、楸、桑、橘、橙、枇杷、梅、柏、棕榈、樱桃、枸杞、藤、芋、麦子、蒲、菱、梨、栗、苔……其中，给我留下印象比较深的，是他写楸树的诗和写樱桃的诗。在浣花溪畔，在一块供钓鱼时坐着的石头旁，一棵楸树开花了，"楸树馨香倚钓矶，斩新花蕊未应飞。不如醉里风吹尽，可忍醒时雨打稀"，诗人不忍心眼睁睁地看着这些楸树花被雨打得零落消散，于是臆想着，最好是趁着自己喝醉酒并睡着了的时候，让风把楸树花全部吹掉算了，这样自己可以眼不见心不痛……楸树，大江南北都有，是一种珍稀的活化石般的乔木，果实是悬坠着的长长的线形蒴果，看上去像长豆角，里面包裹着种子，它的花是淡红色的总状花序，开放时在枝头一团一团地，与绿枝叶相映衬，我曾经见过那般情形，那满满一树花仿佛在说：青春万岁。杜甫在《野人送朱樱》这首诗里写了西蜀的樱桃，樱桃属于蔷薇科樱属的乔木或灌木，"西蜀樱桃也自红，野人相赠满筠笼"，诗人的欣喜之情从"也自"和"相赠"这两处字眼自然而然地流露出来了，接下来怀着珍爱之情轻轻地把樱桃拿在手上，同时又担心碰破它们，他惊讶于它们即使上万颗亦有着相同体积，这异乡的熟透了的樱桃，让诗人回想起了当年在朝中时，百官被赐内苑樱桃时的热闹场景——在唐朝，有新科进士办樱桃宴的习俗——"忆昨赐沾门下省，退朝擎出大明宫"，并由此引发出了对于眼下身世飘零的感慨……涉及朝中记忆的这两句，对称性地出现了"门下省"和"大明宫"两个意象，都是中央最高机构或者国家政治中心的象征，这两个词语均带有庄严正大的色彩，似乎恰恰更进一步地映衬出了诗中那一竹篮子西蜀樱桃的新鲜和明丽。

杜甫还在诗中涉及甘蔗。一个风和日丽的日子，诗人和妻子一起登上了浣花溪的一条小艇，随身携带着用瓷坛装着的饮料，什么饮料？泡好的茶水和榨好的甘蔗汁，"茗饮蔗浆携所有，瓷罂无谢玉为缸"。杜甫在这一时期赠友人诗中还出现过"蔗浆归厨金碗冻，洗涤烦热足以宁君躯""偶然存蔗芋，幸各对松筠"之句，里面均出现了甘蔗。从诗句中可以看出，食甘蔗在唐代已比较普遍，蔗浆在唐代算是普通饮品，一般人家都消费得起，蔗浆在冰镇之后味道无疑更佳。有人说甘蔗原产印度，有人则认为原产于中国，反正这种热带亚热带植物原产亚洲无疑了。这种植物在中国的历史足够久远，以"柘"之名，在《诗经》《楚辞》里出现过，到了汉代才有了"蔗"字。至于甘蔗制糖技术，有人认为是在唐代从国外传入中国的，还有人考证出我国自己在汉代就已经有了甘蔗制糖法。这是一笔糊涂账，只与学者们写论文报课题有关，而丝毫不会影响我们吃甘蔗和吃蔗糖。

杜甫身体不好，患有多种慢性病，所以他自己种药，"种药扶衰病"，据说在生活困顿时还卖过药——当然，卖药不是在成都草堂时期，而是之前和之后的事情。在浣花溪边初建草堂时，他就作诗明确提及过，在邻近那棵二百年古楠的根部，开辟了药圃。那么那些草药们后来长得怎么样呢？杜甫有诗云："药条药甲润青青，色过棕亭入草亭。苗满空山惭取誉，根居隙地怯成形"，从中可以看出，这些药材生长得郁郁葱葱，正好位于两个亭子之间的一片空隙地上，诗人谦虚地表示对于"苗满空山"的赞誉是不敢当的，草药虽长得茂盛，但根茎是生在不够肥厚的空隙地土壤里，于是主人仍然担心那些药用的重要根部有可能成不了形。种的什么药，这里没细说，我们可以从他那些不是在草堂时期写的诗里找到参考答案，不外乎黄精和决明子之类。杜甫不仅种药，还忙活着一系列储存、制药的加工程序，比如,"移船先主庙,洗药浣花溪"。杜甫关于这片生长在草堂的药圃药栏,还有其他诗句直接涉及或间接指向,像"常苦沙崩损药栏""不嫌野外无供给,乘兴还来看药栏""药许邻人刷,书从稚子擎"……当然,对于"药栏"一词的解释多种多样,有人认为是种植着中草药的园圃;有人认为就是一般的花圃,也许代指芍药;还有人认为只是表示延伸分界而已。在我的理解里,作为种植着中草药的园圃,同时肯定也是花圃——中草药涉及的植物范畴很大,大都能开出好看的花来——药用价值与观赏价值同在,故不必纠结。

杜甫草堂及其周遭,可当作菜蔬的植物应该有不少。有诗人不止一次写过的竹笋,还有"得鱼已割鳞,采藕不洗泥"之句的莲藕,"竹寒沙碧浣花溪,菱刺藤梢咫尺迷"之句中的菱,"采菱寒刺上,踏藕野泥中"的菱与莲藕,"渚蒲随地有"之句中"蒲"——它的假茎的白嫩部分即蒲菜,还有"处处青江带白蘋"中的白蘋,即白苹,也叫水鳖草、水旋覆,是一种水浮植物,有点儿接近荇菜,肥脆的心形绿叶翘铺于水面,三瓣微皱白花含着黄蕊挺立出来,这种水草整体形态非常小清新,据说幼叶的叶柄是非常好吃的野菜……如果以上这些尚算不得正经八百的人工种植蔬菜的话,那么杜甫除了辟有药圃,其实还是辟有菜圃的。"自锄稀菜甲,小摘为情亲"毫无疑问写的就是自家菜园子,有客人到访草堂,自种的蔬菜刚刚萌发嫩芽,还很稀疏,但为了表达对老朋友的亲切之情,还是小摘了几颗,来做上一盘时蔬……诗中语气散淡而愉悦,透露出对世俗生活的热爱。

另外,最关键的是,这一时期的老杜,特别爱写花,而且基本上都是盛开之花!他写了那么多的花,连花带草地写,有禾本、有草本、有灌木、有小乔木……这是在成都,一场夜间春雨就可以导致"晓看红湿处,花重锦官城",这是有诗人居住着的成都,"江花未落还成都,肯访浣花老翁无",而花事在郊外也是繁盛和热闹的,"江深竹静两三家,多事红花映白花""繁枝容易纷纷落,嫩蕊商量细细开"……花儿们进入日常生活,点缀着各个层面的生存空间,同时也或有意或无意地进入了诗里。其中,最具有代表性的是《江畔独步寻花九首》以及《江头五咏》,基本上是一首接一首地在写花。他写荷花,"雨裛红蕖冉冉香""并蒂芙蓉本自双",当一枝茎上举着相连紧挨的两蒂两花,如同一对双胞胎或者一对伉俪,这就是出现概率只有十几万分之一的并蒂莲了。他写梅花,"梅花欲开不自觉""江路野梅香""皂盖能忘折野梅"。他写丽春——丽春花属于罂粟科,它还有一个名字,叫虞美人——它在百花中开得最胜,此花不像大众花卉那样随移随活,反倒因不肯随和而少,因少而贵,由此推想,人与花也应该相似吧,"如何此贵重,却怕有人知"。他还写到了丁香,关于丁香,我总无端觉得这是一种姓丁名香的花,当然据说丁香其实得名于它的花筒细长如钉且香,它大约喜欢冷凉地区,我国西南地区以及长江以北黄河以北的各省区几乎都有,比如,哈尔滨的市花就是丁香……诗人写了丁香的轻柔之态,"丁香体柔弱,乱结枝犹垫。细叶带浮毛,疏花披素艳",接下来又暗示柔弱者当自守的道理。还有,他写了栀子,据说栀子花朵特异,花白且形体大又分裂成六片,因果实形似酒器"卮"而得名栀子,诗人历数了这种珍贵花木所具有的各种价值,比如,花朵与众不同,从果实中取色可作染料,同时还是一味去火解毒理气调和的中药,总之它的大白花、绿枝叶、红果实都好看,最后诗人写道"无情移得汝,贵在映江波",一下子就点明了这是一种相当清高的花,似有人格化暗示了。

那么,这个时期,杜甫最喜欢写的花是什么花呢?嗯,是桃花,当然是桃花。在草堂时期,他写得最多、写得最好的就是桃花,当初他可是向人家萧实县令一下子索要了一百根桃树秧来栽啊,桃树满园,桃花如云。他几乎写出了桃花的灵魂,"桃花一簇开无主,可爱深红爱浅红?""高秋总喂贫人实,来岁还舒满眼花""三月桃花浪,江流复旧痕""种竹交加翠,栽桃烂漫红""红入桃花嫩,青归柳叶新"……至于诗人写桃花写得最好的句子,在我看来,还是将桃花与柳絮并列在一起的那样两句"颠狂柳絮随风去,轻薄桃花逐水流",这两句中的"颠狂"和"轻薄"与其说是在写花,莫若说是在写人,诗人轻捷飞扬的身心状态不由自主地显露出来了,这样两个句式相连,富有飞动之感,里面似藏着一个方向和一个速度,有点儿类似于"即从巴峡穿巫峡,便下襄阳向洛阳"诗句里面的那种方向和速度。

在涉及植物的草堂时期诗歌里面,还表现出来一种跟过去的老成持重形象完全不一样的姿态和气质,请允许我把这个特点称之为"细小纤弱轻柔浅微美学"吧。请看,"圆荷浮小叶,细麦落轻花""榉柳枝枝弱""夕阳薰细草,江色映疏帘""细雨更移橙""云掩初弦月,香传小树花""市桥官柳细""丁香体柔弱……细叶带浮毛""地晴丝冉冉,江白草纤纤""自锄稀菜甲,小摘为情亲""风含翠篠娟娟净,雨裛红蕖冉冉香""舍西柔桑叶可拈,江畔细麦复纤纤""隔户杨柳弱袅袅,恰似十五女儿腰""尚怜四小松""嫩蕊商量细细开""幽树晚多花。细雨鱼儿出,微风燕子斜……叶润林塘密……浅把涓涓酒,深凭送此生""幽花欹满树,小水细通池""点溪荷叶叠青钱""仰蜂沾落絮""接缕垂芳饵,连筒灌小园""常持小斧柯""溪虚云傍花""落景阴犹合,微风韵可听"……例子已经够多了,这些写于草堂时期且与植物相关联的诗句里面包含了这么多下列字眼儿:轻、小、柔、弱、细、微、浮、初、点、丝、怜、浅、稀、嫩、润、缕、虚、沾、幽、疏、纤纤、袅袅、娟娟、冉冉、细细、涓涓……这是那个沉郁顿挫的老杜甫吗?

很显然,这时候,我们已经拥有了一个不同于以往的杜甫,这是一个轻轻盈盈的杜甫,一个温情脉脉的杜甫,一个对大自然中万物充满了怜惜之情,以至于变得轻手轻脚悄声细语的杜甫。诗人来到成都草堂之后,好像忽然失重了,脚不点地,晕眩着,飘浮着,就要飞起来了……甚而至于,在那首著名的"两个黄鹂鸣翠柳,一行白鹭上青天。窗含西岭千秋雪,门泊东吴万里船"的绝句里,这个轻盈欲飞的诗人似乎已经摆脱了地心引力,他抬起头来,视野如此辽远,从地上到了树上,又到了天上,从自家窗前延伸到了西岭雪山并继续延伸至东海之滨,如此这般,一直向上、向高处、向天空、向着苍穹深处,同时又向着百里之外以至于万里之外的远方——甚至向着那不可知的无限——而去了。

"黄四娘家花满蹊,千朵万朵压枝低。留连戏蝶时时舞,自在娇莺恰恰啼",多么明亮妩媚的句子!一切景语皆情语,我小时候向老师提问:"杜甫跟黄四娘谈过恋爱吗?"完全属于小孩子胡思乱想,是无厘头,是八卦,但是也不能全赖我呀,杜甫这首诗的每一句每一字都在传递着一种无处不在的信息——一种无法进行理性论证而只可凭借直觉来触及的信息——杜甫至少是喜欢黄四娘的,黄四娘的面容想必像她家的繁花那样嫣妍吧,黄四娘的举止想必像飞着的蝴蝶那般曼妙吧,黄四娘的嗓音想必又像黄鹂那样娇软婉转吧。谁规定了老杜甫一辈子只能沉郁顿挫,而不可以有其他嗓音——比如温软,甚至青春的嗓音?谁规定了老杜甫一辈子永远都得哭丧着脸并且一饭未尝忘君?作为一个拖家带口的安史之乱难民,刚刚从险峻路绝踪的陇右道秦州、成州一带死里逃生,来到成都建了草堂安顿下来,现在,终于不需要在山野里跟猿猴抢食橡子了,终于不需要拿着长铲刨食雪被下的山芋了……他当然还在忧国忧民,他一直都在忧国忧民,但是在成都的生存状态基本上是安定和闲适的,可以说,他一生从来没有这么幸福过,他终于可以喘一口气,歇一下,开始享受生命的美好了,以至于整个人一下子——至少是暂时地和阶段性地——摆脱了前面大半生的大地凝重感,变得飘飘然且晕乎乎了。一定是这样的,于是乎,诗人闲来无事,竟然常常一个人喝瑟着,沿着江畔寻花去,还曾经隔着篱笆偷窥人家黄四娘的美貌。

千万别认为忧国忧民兼好品德的人就一定得是稳重之人,

就一定非得像老黄牛那样一步一个脚印不可,那可不一定!其实,从世俗角度来看,杜甫这个人是不太靠谱的。《新唐书》记载杜甫性格,说他"旷放不自检,好论天下事,高而不切",以及"恃恩放恣",而杜甫也颇有自知之明,承认"常恐性坦率,失身为杯酒"。

另外,杜甫还是一个疏懒之人,"老夫卧稳朝慵起""百年浑得醉,一月不梳头",这是他的自况,就是说早上不起床,一辈子如同醉酒般晕乎乎地过去,一个月也不会梳一次头——无论后来研究者怎样把他的这些行为解释得富有深刻内涵和特别意味,反正不能否认这就是事实吧。知己好友严武对他半是批评半是劝说:"漫向江头把钓竿,懒眠沙草爱风湍",他则破罐破摔地回复道"懒性从来水竹居",果然,他在严武那里做幕府参谋时,硬着头皮朝九晚五,熬了半年,终于因不喜欢坐班并不愿看人脸色而辞职跑回草堂享清闲去了。也许对于他来说,在浣花溪畔的草堂栽树种花植草,贫穷而听着风声,也是好的……这样一个任性的杜甫,依然可以说是中国历史上最伟大的诗人,也许,这样一个杜甫,才更接近一个诗人的模样,也许,这样一个杜甫,其实更招人喜爱吧。

当年成都西郊的杜甫草堂,其实是固有植被和新近植被并存、种植植物和野生植物混杂、自家草木与邻家草木同在的那么一个大植物园。它在文学史里的门牌号码是:"万里桥西宅,百花潭北庄""浣花溪水水西头,主人为卜林塘幽""万里桥西一草堂,百花潭水即沧浪"。

多年前,我参观成都杜甫草堂归来,写了一首题为《草堂》的诗,诗中对于杜甫的认知还停留于刻板印象,非得把杜甫搞成一个永远没有笑容的苦哈哈的老杜不可。现抄录如下,权当调侃,权当反面教材:

一个朝代的公积金和银行贷款
都不足以让一位诗人买一幢像样的房子
润笔费只能当酒钱
那就盖座茅草屋在百花潭边吧
以黄四娘为邻,跟浣花夫人住隔壁

为何不学一下那位大你 11 岁的兄长
寅吃卯粮,醉卧之后把异乡当故乡
置家小于不顾,四处漫游
大地为纸,江河为墨,月亮为灯盏
把长安城当别墅,把整个唐朝疆域当成自家房地产?

老实本分的杜工部
你住在茅屋，还是被秋风吹破了的，漏了雨的
门前的竹子忧国忧民，屋后的芙蓉愁眉苦脸

如今我从筒子楼18平方米，搬进单元楼53平方米
住在你祈祷的广厦的某一间里
钢筋水泥混凝土是我的东篱
窗外热电厂烟囱高耸，可算作南山

而你有所不知，工资卡身为下贱，房价心比天高
开发商拿你的诗句去做了广告词
他们想用这诗给人民币的颜色
涂上一层亮闪闪的银粉，据说那叫悲悯

高岑之白草沙蓬者流

大家习惯于把盛唐最擅长写边塞诗的高适和岑参捆绑在一起，称为"高岑"，连杜甫都说"高岑殊缓步，沈鲍得同行。意惬关飞动，篇终接混茫"。接下来呢，又进一步把诗风相近且写过边塞诗的其他唐代诗人——王之涣、王翰、王昌龄、崔颢、李颀等人——拉进了同一个微信群，起了个群名称，叫"高岑派"。

其实高岑二人的命运很不同。高适这个讨过饭的草根，最终逆袭成了唐朝诗人之中做官做得最大的一位，他五十岁才走上仕途，后靠在平叛之事上有功而走上高位，做了这节度使那节度使，最后还被封了侯，死后还追赠礼部尚书。从他的诗中，可以看出，这个不拘小节之人，建功立业的心情过于迫切，导致情绪不稳定，得意时情绪高涨感奋，失意时恨不得遁入空门，待官做大了，似乎就不太把写诗当回事了。岑参呢，比高适年轻十来岁，是家道中落的三代相门之后，算是没落贵族，他的官运不太好，一直都处在比较微小的职位上，后来似乎有所提拔，却也很有限，他在写诗上付出的精力显然更多一些，靠诗歌支撑着人生，他最终眼望着长安，死在了蜀地异乡。高岑二人的共同特点是，一度都主动或被动地避绕开了不好找工作的京城，剑走偏锋地去往边塞求职谋职，如同现在，在东部沿海发达地区考公务员太难了，到偏远地区去报考，录取率会更大一些。不同于那些仅仅凭借想象或者短期游历来写边塞诗的诗人们,他们二位是真正在边塞居住并任职过的诗人,依靠切实的个人经验,把边塞诗写得富有质感。高适两次去过蓟北边地,后来又去了河西走廊那边的凉州,也就是现在的武威。岑参也去过蓟北边地,后来他去得就更远了,穿过河西走廊继续往西,去了极远的边地,一次去了安西都护府龟兹(今新疆库车),一次去了北庭都护府(今新疆吉木萨尔),其中,在第一次出塞安西之后,还差点儿又在河西凉州任职,当然很快就改为短暂停留。

二人的诗也有大不同。高适偏现实,或者说偏写实,我读完了高适所有的诗,除了那首经典的《别董大》中的第一首"千里黄云白日曛,北风吹雁雪纷纷。莫愁前路无知己,天下谁人不识君",其他的诗都没怎么打动我。相比之下,可能是性格因素,我更喜欢偏浪漫的岑参,读他的诗时,不只那首人人皆知的《白雪歌送武判官归京》,还有其他更多的诗,都读得我手舞足蹈,我很同意作家兼学者李劼的说法,岑参的诗好比在军营里栽了一盆牡丹。我冒险表达一个可能会遭到非议的个人看法吧,这二人的诗,打眼看上去,都是"悲壮"范儿,材质似乎是相同的,而当凑近细瞅之后,就发现不一样了,高适的诗,质地像 PU 的,不透气,而岑参的诗则是真皮做的,有毛孔,透气性好。

不管怎么样,都应该感谢这两位诗人,让我们在这个田园诗大国里,从农耕文明一下子切换到了游牧文明,忽然见到了荒野,真正的荒野!那些边地风物、边地风景、边地风情,可算是让人们开了眼,切实地弥补了文学上的一个空白。其中,沙漠戈壁滩上和雪山附近的那些植物们,与中土植被很不相同,它们在苦寒之中完成着自己的生命历程,给诗人们带去了灵感。

岑参写得最多的边塞植物当是白草,像"北风卷地白草折,胡天八月即飞雪""燕支山西酒泉道,北风吹沙卷白草""忽作出塞入塞声,白草胡沙寒飒飒""酒泉西望玉关道,千山万碛皆白草",还有"暮雨旌旗湿未干,胡烟白草日光寒",以及"白草通疏勒,青山过武威""白草磨天涯,湖沙莽茫茫""黄沙西际海,白草北连天""烟尘不敢飞,白草空皑皑"……高适也写过白草,只不过写得远没有岑参那么多,他有"黄云白草无前后"之句,当然,王维、李益、顾况、温庭筠在写边塞风光的诗中,对白草也有所涉及。

那么,白草是什么植物?《汉书·西域传》:"鄯善国,本名楼兰……国出玉,多葭苇、柽柳、胡桐、白草。"这里明确提及白草。同时代的李贺有"秋静见旄头,沙远席箕愁"之句,王建有"单于不向南牧马,席萁遍满天山下"之句,其中的"席箕草"或"席萁草",指的也都是白草,是白草的别名。这里的白草,并不是其他地方所讲到的那种狼尾草属的白草,而是专指大西北边地的一种芨芨草属的白草,可以直接叫它"芨芨草","芨芨草"发音听上去跟"席箕草""席萁草"非常相像。白草,是一种多年生的禾本植物,生长在天山雪水形成的水渍草滩上或者盐碱戈壁滩上,常成墩状生长,是很好的固沙植物,叶子细细的,茎也比较细长,分成长长的节状,花是微绿的,白草属于很好的牧草,茎条有良好韧性,可用来编织筐篮、席子、大笤帚什么的。这种草还有一个很重要的特点,在生长期时是绿色的,而成熟后就变成了白色,尤其是进入冬天之后,白白的,一大片,所以就被叫作"白草"了。

白草入诗,很有区域特色,同时颇具苦寒意味。白草入诗,当白草与黄沙或者铁青色山脉相映衬时,颜色对比相当明显,画面感就出来了。白草入诗,还富有动感,单独一丛或者整体一大片,在风沙中翻卷着,有电影长镜头的效果,天地之间一片苍茫,恰好对应着远离故土出征的军人那内心世界的一片苍茫。李煜那句"离恨恰如春草,更行更远还生",是借眼前那向着天边蔓延而去的春天的青青草来表达自己的离愁别恨,同样也是如此无处不在、绵绵不绝、漫漫无边啊。而到了这极远的边塞,画风突变,颜色更换,绿莹莹的春草换成了萧瑟瑟的白草,相对的静态变成了大幅度的动态,小布尔乔亚式的忧伤同时也转换成了勇士的慷慨悲歌。

再来说说"蓬"。常常现身于中国古典诗词中的"蓬",说得过于笼统了,其实,从植物学上来细察——根据我个人的阅读经验以及实地见闻——至少可以分为两种吧。

第一种蓬,指一般的蓬草,就是飞蓬,或叫小蓬草,属于菊科。打眼看上去,植株似乎接近野菊花。细茎直长,一个又一个较小的头状花序又排列而成了大的圆锥状花序,叶似柳,花白色,中心黄色,籽实如圆球,里面有带刺的绒毛。在宋代《埤雅》这本书里,有这样的介绍:"飞蓬其叶散生,末大于本,故遇风辄拔而旋。虽转徙无常,其相遇往往而有,故字从逢。"这里说得很清楚,这种草的显著特点是头大身子小,植株很容易被大风连根拔起或从根部折断,旋转着乱跑,这种草因风而散,或许有朝一日还会因风而再重逢吧,于是"蓬"字中就包含了一个"逢"字,可以相伴、离散、聚首、又离散……另外,或许还可以顺便补充一下,飞蓬的籽实里面的茸毛,也会像蒲公英种子一样乱糟糟地在空中飘荡,飞得不知所终,也含有"蓬"的意味吧。上初中时,在《诗经》里读到"首如飞蓬"四字,顿感亲切,这不是在说我的头发吗?从此以后,每当我在文章里描写到自我形象,都忘不了写上"首如飞蓬",有时还要连接上"衣衫不整"。如果用一个字来概括这种蓬草的最大特点,我想,那就是:飞。

第二种"蓬",指的是沙蓬,属于藜科。沙蓬是耐寒耐旱的沙生植物,生长于流动半流动的沙丘或者退化了的沙质土地上。沙蓬属于一年生草本,它的茎从根基部分就开始分了枝,叶子是披针形的继而则成为线形,叶上有刺状的尖头,花是穗状花序,果实基本上可算是圆形且两面扁平,它在幼嫩时可以当成动物饲料。在沙蓬中,刺沙蓬最具有代表性,方言里也有叫猪毛菜或蓬蓬菜的,同时,这种草,还被非常形象地命名为"风滚草",它生长在那里时,可以随着风吹而翻滚,在成熟干枯情况下,根部会从土壤里收缩出来,于是,整体植株脱离地面,成为毛线团状的枯黄干草,它们一大团一大团地,随着风势轻盈地滚动,在这样的滚动过程之中,又会将种子散播在路上,繁殖开来……

我在甘肃、宁夏、内蒙古、青海,以及河北的沙化土地上都见过它们,零星地出现在沙漠中,绿黄相映得很是鲜明,就是在华北和中原地区的野地里,也能偶见它们的影子。我更在美国西部的内华达州和亚利桑那州看到过它们密集生长的浩大阵势——似乎一切物种一旦到了美洲,都会变得庞大起来——坐在大巴上,高速公路穿过沙漠,两旁就遍布着这种沙蓬草,正值盛夏，它们似乎呈灰绿色，一望无际地在风中翻卷着，再想象一下，到了秋冬季，它们脱离地面之后，一个个大圆球飘浮着滚动的样子，该是多么壮观啊。如果也用一个字来概括这种蓬草的最大特点，我想，应该是：滚。

可以说，以上所说的这两类不同科属的蓬，两者之间原本没有什么关联，只是由于在汉语里都带了一个"蓬"字，而被诗人们混淆着扯到了一起，害得我们不得不来加以分辨。相比之下，飞蓬比沙蓬分布得更加广泛，在中国，大江南北遍地都是，很少有没有飞蓬的地方吧，而沙蓬则基本上分布在北方，在西北、东北、华北都可以见到。飞蓬和沙蓬都比较耐寒，而说到抗旱能力，沙蓬则更强。中国古诗词里面出现的"蓬"，很难说就一定是哪一种蓬，也许从分布地域之广泛性上来看，指示第一种蓬即飞蓬的可能性更大。至于在北方边塞或者西北边塞，这两种蓬应该都不缺乏，那么边塞诗——比如在高适和岑参的诗中——一定会对于这两种蓬均有所体现，至于其中写到的蓬究竟属于哪一种蓬，那得根据文本语境来自行判断了。

古代诗人们并不太关注科学分类，而重点着眼于这一个"蓬"字，紧紧抓住了飞蓬和沙蓬的共同特性：干枯时易从根上拔起或折断，开始运动，具有居无定所和漂泊的意味，于是，恰好被拿来表达身不由己的命运感以及人生际遇的不确定性。

在大地上游宦的中国古代文人们，对于这两种完全不同的蓬，即使不加辨别地放入诗中，也不会有什么大错，意象是为诗歌服务的，还有什么比写诗本身更重要？

　　不管是哪一种蓬，当出现在诗中时，诗人们往往还会根据要表达的个人情感、个人经验，以及当时语境的需要，把"蓬"字当成共享的汉字，在前面再另加一个表达无依无靠的汉字，组成一个新词，赋予其这样那样有着细微差别的称谓和含义。比如，它们在诗中有时以"飞蓬"字样出现，这时候，诗人们绝大多数时候可能并不着眼于所写植物的确切种类划分以及准确名称，而是更着眼于这个"飞"字，除此之外，它们有时还会以"孤蓬""飘蓬""转蓬""断蓬""征蓬"等字眼儿来出现……从这些变幻的词语中，可以看出，没有哪一种植物比"蓬"更动感十足了，更能表达四处流浪和身世飘摇之感了。这一点，尤其体现在了边塞诗的写作之中。高适以"行子对飞蓬，金鞭指铁骢"之句来表达对即将跨马远赴西域的友人的牵挂，你将像飞蓬一样成为漂泊的游子了，请多多保重啊。高适还有"应念萧关外，飘摇随转蓬"之句，是假设朋友会顾念自己，自己已经戍边塞好几年了，像秋蓬一样漂泊不定呢。岑参有"弥年但走马，终日随飘蓬"之句，写诗人为赴安西都护府而奔走途中，回首来路，发出了身世如蓬的叹息。岑参写"十年只一命，万里如飘蓬"，是在北庭边地送别友人时，对于那位驻守西部极远边地十年却得不到提拔的朋友，发出了命运如蓬的感慨。岑参还有"鸟且不敢飞，子行如转蓬"之句，是写友人远行从幕的辛苦，同时也寄托自己的身世之感，人就像脱根而起的蓬草一般，飘转于人生的中途。

说到"征蓬"这个词，最有名的一句诗，当出自在河西凉州有过短暂军旅生涯的王维。王维写下过"征蓬出汉塞，归雁入胡天"的诗句，诗人遭到排挤而被安排去出塞慰问边关将士，人离开了长安，就像随风的蓬草一样出临边塞，像北归的大雁一样飞入了遥远的边地的云天，这时，心中原有的所谓不平之气似乎很快就消散于辽远浑茫的天地之间了，是的，这两句诗，两个动词用得极好，一个"出"字，一个"入"字，使诗中仿佛出现了一道遥远的地平线和一道辽阔的天际线！紧接着，豪情渐起的诗人，就看到了那"大漠孤烟直，长河落日圆"的景象，如果官场失意可以使得诗人有如此千古绝唱，那还是相当划算的，感谢命运吧……此处"征蓬"的"征"字，本有"长征、征途、征募"之意，在我的理解里，"征蓬"，这是在飘零辗转的含义中，又添加进去那么一丝昂扬之意吧，如果需要给"征蓬"配上背景音乐的话，那就配上印度电影《流浪者》中的那首《拉兹之歌》，当然还可以配上原为意大利语后成为南斯拉夫电影《桥》主题曲的那首《啊朋友再见》，配上苏格兰民歌《友谊地久天长》也没有问题。

关于西域边地的常见植物，岑参还写过苜蓿，"胡地苜蓿美，轮台征马肥"，这里的苜蓿很显然是可以作为牧草的紫花苜蓿，应该就是张骞出使西域时往中原带回过的那个后来遍及北中国的品种。边塞植物里面，他还涉及葡萄，《胡歌》里有"黑姓蕃王貂鼠裘，葡萄宫锦醉缠头"之句，说的是黑姓蕃王穿着貂鼠皮衣服喝酒，醉了之后，顺手把绣有葡萄图案的锦缎赏赐给了身边舞女，可见葡萄作为土特产已经渗透进了西域的日常生活之中，自然也会以审美为目的当作装饰元素来进行使用。

岑参还有一首叫《与独孤渐道别长句兼呈严八侍御》的诗，荒漠边陲，天涯送别，而送走的那位既逍遥又失意的朋友的姓名偏偏是"独孤渐"三字，情何以堪？"怜君白面一书生，读书千卷未成名"，这两句概括独孤渐先生如何失败的诗句，简直把我给笑坏了，莫名其妙地发笑，接下来，到了后面，诗中终于出现了植物，"桂林蒲萄新吐蔓，武城刺蜜未可餐"，一下子点明了这场送别发生的地理环境和时间节气，诗中的"桂林"并不是今天的广西桂林，应该是一个西域地名，武城，在今天的新疆吐鲁番一带，那葡萄刚刚开始吐蔓，那刺蜜还不到可以吃的时候……这场送别，毫无疑问，是发生在西域边塞的春天里。

诗中的"蒲萄"就是"葡萄",在古代有时也会写成"蒲陶""蒲桃""莆萄"……总之是一个来自波斯语的音译吧,有各种同音异形的写法,据说葡萄也是当年由张骞介绍进入中原地区的,同时他还把西域三十六国之一大宛国的葡萄酒酿造工艺引进来了,葡萄后来就渐渐遍植大江南北了。至于诗句中的"刺蜜",也是西部边塞土特产,跟戈壁滩上最常见的那种豆科植物骆驼刺有关,骆驼刺可是戈壁滩上的一道重要风景,这种茎上多刺的灌木或半灌木,一般可长一米来高,超级抗碱并抗旱,名字来历,一说骆驼爱吃,二说可以像骆驼那样贮存水分,最有趣的是,骆驼刺自身的刺儿会在大风中扎破自己的叶片,从伤口中分泌出含有糖分的汁液,然后变干结晶凝成糖粒,就叫刺蜜,也叫骆驼刺糖,既可以食用也可以药用,真是好东西。葡萄和骆驼刺,均为西域本土原产植物,具有典型性,岑参在这里将它们并列在一起,意在渲染不同于中土的异域风情。

  诗人还写边塞的松柏。在河西走廊凉州任职时期,高适曾骑马走山路进入武威昌松县,作诗曰"石激水流处,天寒松色间",山谷里水石相激,茂密的松树枝叶之间已经浮现出了寒意,在那样的干旱地区,积雪往往会成为水源,而松树林则起到了水源涵养林的作用。当然岑参也没忘记写松树啊,他在《天山雪歌送萧治归京》里写到"雪中何以赠君别,惟有青青松树枝",可是,里面的这个青青松树枝,只是名字被叫成了"松树"而已,严格一些来认定的话,从大概率上来讲,它很可能是一种外形像雪松的杉树树种,属于极其耐寒的西伯利亚树种,参考乌鲁木齐史志,这种树很可能就是天山云杉。岑参这首诗可以与《白雪歌送武判官归京》对照着来读,在那首诗里是白雪配白草配红旗,而这首诗中,是白雪配青松或者说青杉,色彩全都那么明丽啊……在皑皑雪山下漠漠荒原中,竟弥漫着如此青春的气息。岑参还在一首呈给安西节度府判官的诗中写到了柏树,在边塞军中,在院子里,新栽了柏树,"爱尔青青色,移根此地来",这柏树傲视那些通常的门柳院梅,甚至也不肯把自己栽在御史台这样的官署里,而是"留向碛中栽",就是说把自己栽进了遥远的沙漠之中,迎接那临近冬天的寒霜!诗人这是借柏树来变相地明志和夸赞自己吧。跟前面那两首雪中送人归京的诗中一样,这首诗也在无意之中搭配了颜色,柏树的青青色和沙漠的黄色,两相映衬,也是挺好看的呢。

最值得一提的是,岑参在北庭都护府边地时,还写过一首歌行体的《优钵罗花歌并序》,小序相当于一篇漂亮的小散文,诗呢,散体穿插,清秀婉转,还颇有一点儿香草美人比君子的意味以及楚辞风。优钵罗花,这名字一听就是外国语的音译,且有浓浓佛教味道。据说这种花为印度佛经中记载的七种莲花之一,名字原本是"青莲花""黛花""蓝睡莲"的意思,对应着我们汉语中的"雪莲",岑参在此诗中写的实际上就是天山雪莲。岑参感慨这种得之于天山之南的奇花,怎么就不生在中原而偏偏生在了阳关以西的荒寒之中了呢?是的,它们似乎在挑战极限,专门生长在天山南北坡、阿尔泰山及昆仑山上,在那海拔4000米—5000米高寒冰碛地带的悬崖峭壁上!这种花,似乎整体大朵地贴崖贴地而生,叶片与花瓣的主体色调呈现出渐变的绿白色,长长的膜瓣望上去感觉仿佛是薄薄的纸,包裹着似是棕紫色花蕊。有一年我吃中药,大夫就给我开的方子里就有雪莲,我是真真切切地见过雪莲花朵的,当然已经是晒干了的,当成了中药材的——这来自雪山绝域的圣洁花朵,它的精魂进入了我的身体,它想对我说什么呢?在诗人岑参看来,雪莲的样貌迥异于所有其他花草,于是在小序中写它"势巃嵷如冠弁,嶷然上耸,生不傍引,攒花中拆,骈叶外包,异香腾风,秀色媚景",在诗中又写它:"白山南,赤山北,其间有花人不识,绿茎碧叶好颜色。叶六瓣,花九房,夜掩朝开多异香,何不生彼中国兮生西方?" 20世纪60年代的电影《冰山上的来客》里有一首男女对唱的插曲,歌名叫《冰山上的雪莲》,想必歌中唱的就是岑参写过的这种天山雪莲吧:"戈壁滩上的一股清泉,冰山上的一朵雪莲,风暴不会永远不住,啊,什么时候啊,才能看到你的笑脸?"

岑参还写过一首《临洮龙兴寺玄上人院同咏青木香丛》,这是岑参从西一直往东去,经过河西走廊的凉州,又经过同属于陇右道的临洮——如今属于甘肃定西——返回长安时,记录下来的在临洮的所见所感。诗人在一个寺中见到了一丛青木香,于是为这种从远方移根栽种下来的药用植物写了一首小诗,里面有"六月花新吐,三春叶已长"之句。注意,这里明明白白写的是"青木香",而不是"木香"——这是两种不同的药用植物,木香属于菊科草本的热带植物,不太可能在甘肃定西这样的地方存活。这里的青木香,一般指青藤香,就是马兜铃,一种多年生的草质藤本植物。这种植物有野生有培植,我在华北地区及其更南方的野地都见过它们的影子,缠缠绕绕地铺展开来,叶子形状是介于长三角和心形之间,有些内凹,形状像一个个小铲子,而花朵形状则似乎介于喇叭花、马蹄莲和漏斗之间,花的颜色和图案搭配起来看上去有些诡异,最终能结出六棱球形蒴果,成熟之后,像一个个干枯变轻了的灯笼悬挂在植株上,可沿着上面的条棱裂撕开来。诗人岑参这时仍然行进在大西北,但毕竟已经不属于极远边地了,气候稍稍湿暖了一些,发现竟可以勉强人工种植一点儿算是更南边的植物了。

我没有读到高岑二人涉及胡桐(胡杨)和柽柳(红柳)的

诗句，对于这两种边塞植物的书写，似乎到了明代、清代才在写边塞的诗中渐渐变得多起来。

我曾经一个人去过阳关和玉门关一带，从那里一直走到接近哈密的地方，甚至已经抵达了罗布泊的边缘。是的，那种地方，最好是一个人去，独行在苍茫之中，朝向地平线，一直一直走下去。那已是华北大地的初春时节，而大西北还完全荒芜着，即使在这样的枯萎期，沙蓬、骆驼刺、红柳什么的都还是在的，尚未从去年沉睡中苏醒过来的骆驼刺，仿佛一兜一兜的，堆砌在茫茫戈壁滩上，红柳则在干枯时节依然枝条红艳艳，一大簇一大簇地忽然出现，有些扎眼地闪现在戈壁道旁。在那样的地理和植被的氛围里，一个人沉睡的命运感和宗教感会被唤醒，一个人内心深处的孤傲会绽放出明亮的笑意来。这时候，脑子里自动涌出来的全是边塞诗人们的诗句，他们已经替我写过了，我不必再写了。诗中写到的那些植物，经过在现场一一对号入座，会加深对原来诗句的理解，跟完全在书本上阅读它们时，还是不太一样的。

还有一个有趣的现象，一些原本并不属于边地的植物，或者由于诗人在边关思念故乡，或者由于调动了过往经验来写眼前当下之景从而产生出来联想，也会使得这些植物与苦寒边地之间产生出重要关联。比如，高适那首《塞上听吹笛》"雪净胡天牧马还,月明羌笛戍楼间。借问梅花何处落,风吹一夜满关山",此诗写出了烽火暂熄时边塞生活恬静安然的一面,里面涉及梅花,其实梅花再耐寒也无法在那种极寒之地生长,高适是在没有梅的地方写了梅。"梅花落"这个曲名中的三个字被拆分开来,分散到诗句中,使得"梅花"具有了双关义,既指听觉上的汉乐府横吹曲《梅花落》,又指并不出现在眼前,却存在于脑海中的梅花花瓣的幻象。此处是高级的通感,听觉上的梅花转化成了视觉上的梅花,最终又转化成了心理上的梅花,纷纷扬扬的音符变成了纷纷扬扬的花瓣,这边塞之地原本并没有的梅花就这样在幻觉里被朔风吹着,一夜之间落满了关山,同时在心理上,梅花,这来自故土的植物,又何尝不是在悠扬婉转的笛声中引发了并标识着戍边将士们那横越万里的离情呢?

再说岑参,他最爱写的则是梨花,在中土写,去了边地更要写。当然谁也不能肯定地说,岑参的梨树也一定像高适的梅花一样,是可以引发并标识出故土之意的,毕竟西域还是有梨树的。据说那边的梨树,还是张骞当年通西域时顺便从中原带到天山附近去的,大概因气候而发生了变种,生长成了瀚海梨,就是后来著名的库尔勒香梨了。然而,不知道为什么,每当我在岑参边塞诗中读到梨花时,并无西域风物之感,只觉那依然还是中土梨花,被移植到边塞诗里去了,似乎是诗人故意要让故乡梨花与西域边塞发生关联。他这样写故土梨花"梁园二月梨花飞,却似梁王雪下时",把春天大片梨花盛开比作冬天下大雪,后来他又写胡地大雪,"忽如一夜春风来,千树万树梨花开",反过来了,又把一场冬天大雪比作是春天大片梨花正在开——此处并不在眼前的梨花,而是虚拟的梨花,作为喻体的梨花,从我这个接受者角度来讲,总是感到这其实还是中原的梨花,被拿来描写边塞之景了……先是以雪喻梨花,后又以梨花喻雪,岑参在这里有自我抄袭之嫌哟,好在后句终胜过前句,在千古名篇里做了千古名句。当然,实际上,岑参是写过西域的梨花的,而且还是从正面来描写,"胡地三月半,梨花今始开""边城细草出,客馆梨花飞"……无论如何,有一点需要承认,无论是梅花还是梨花,这些原本因过于熟悉而已经难以唤起感动、因使用次数过多以至于变得褴褛了的植物意象,一经与边塞苦寒之地发生了间接关联和遥远链接,似乎被拂去了意象上面的灰尘,给人以新奇之感,重新焕发出了生机。

文学中太多的杨柳依依和桃李春风,或许已经使读者产生了审美疲劳。而白草、沙蓬、骆驼刺、胡桐等荒野植物,相比之下,在几乎荒无人烟的苦寒边陲,更加显现出了粗犷疏放之美、特立独行之美、自由之美、大气之美。

这些边塞苦寒之地的荒野植物,与当地戈壁滩、沙漠、雪域、火山等自然景观融为一体,表达着特异、雄奇、遒劲以及险峻恐怖之感,共同构建出了一幅苍苍茫茫的天地大背景,这样的氛围跟人类的生存困境和命运悲凉,何其相似。就这样,诗人的内心图景与外界的自然风景两相碰撞,产生了认同或者冲突,由此进一步逼出了直面和正视这人生的勇气,这勇气又伴随着激情,可以转化成胸臆,可以转化成悲壮、昂扬与平缓阔大,这就称得上是英雄主义了吧……于是,一向优美感过剩的中国古代诗歌里面忽然增添进了崇高感,使得盛唐气象在外延上得以扩充,在内涵上得以丰富……既有优美感又有崇高感,这才真正算得上是富丽堂皇的盛唐啊。

　　高适和岑参来往并不密切,但二人是相识的,彼此还有一些共同的朋友,像杜甫、王昌龄什么的。对比他们各自的年表,可以略知二人若即若离的轨迹。天宝十载,当高适在蓟北边塞时,岑参则正从安西来到河西,短暂停留于凉州边塞;天宝十一载秋,八文人曾经一起在长安慈恩寺浮图雅集并作诗,通俗一点儿说,就是举办了一个小型大雁塔诗会,那次高岑二人都参加了;天宝十三载,岑参由长安途经河西走廊去北庭时,途经凉州,那时高适正在凉州边塞任职,那次二人想必是得以相见的了;天宝十三、十四载,两人算是同在西域吧,只不过相距甚远——当高适在凉州边塞时,岑参在北庭边塞。这两个人,要么生年不详,要么生卒年均不详,高适大约活了不超过六十二岁,岑参寿命当在五十一岁至五十五岁之间,去世之时,一个荣华一个寂寥,不可同日而语。

无论怎样,他们的诗歌尤其是边塞诗歌,都得以在时间里流传着,成为一份超越文学史的独特记录,二人还被捆绑并引发出来一个文学试卷上的名词解释:高岑派。他们跟同时代绝大多数诗人的不同之处在于,无论是为了生存还是为了理想,抑或是为了心底那份浪漫,他们都曾经走向真正的远方——把自己当成白草与沙蓬一般的存在——测试过精神对肉体的战胜与超越,体验过宏伟事物,领略过疆土地理的迢遥,得以望见了个人生命中的地平线。

园艺学家欧阳修

读欧阳修，老是笑出声来。这是一位典型的狮子座人士：热情奔放、锋芒外露、好大喜功、铺排张扬，非此即彼，单纯外向，甚至还有那么一点儿傻，但他真的是可爱啊，不求一己之利，为了某个公理，虽一次又一次撞南墙而犹未悔，坦坦荡荡坦荡荡，磊磊落落磊落落——不要埋怨我说话不符合汉语语法规范，在此处，非如此排列用词不足以表达出心中的那个意思。

他是那个时代的全才和通才，他是文学家、政治家、历史学家、金石学家，甚至还是园艺学家。关于这个人最早的故事叫"欧母画荻"，说的是欧阳修那为官的父亲在他四岁时就去世了，家贫无资上学，母亲就用芦苇秆在沙地上写画，教他写字。这个故事里的"荻"，是一种类似芦苇的多年生草本植物，生在水边。

把欧阳修称为园艺学家，并不是故作惊人之语。

人家欧阳修在园艺学方面可是有专著和论文的。他的专著是关于牡丹的，叫《洛阳牡丹记》，后世也称《牡丹谱》，是中国乃至世界上最早的一本牡丹专著。如果除了正文和自跋的那些古文之外，再加上注释，同时全文翻译成现代文，并配上所提及的牡丹各类品种的插图，再附上欧阳修创作的涉及牡丹的诗词，附上著名书法家手书《洛阳牡丹记》的拓本影印……那么，以现代出版标准，可以制作成一个精致的单行本了。至于欧阳修的论文，则有关于荔枝的，也有关于茶的，分别是为蔡襄那本——被称之为现存最早的荔枝专著、果木专著——《荔枝谱》所写的《书〈荔枝谱〉后》，以及给蔡襄的《茶录》所写的《龙茶录后序》和《跋〈茶录〉》。这些有关花卉果木的专著和序跋之文，在当时和后世全都产生了很大影响，按照现代推行的科研代表作制度，完全可以拿去参评园艺部门的职称，放在今天，差不多可以评一个高级园艺师吧。当然，欧阳修纯粹是由于个人兴趣而产生了研究热情，并不像当今某一类人那样，把写论文当成类似于打铁、编筐子、拉犁、烧砖窑、泥瓦活、开拖拉机那样的一门谋生手艺，并以黄金屋和颜如玉为动力，吭哧吭哧地坚持着把这门手艺给掌握了。

《洛阳牡丹记》里有三个部分。第一部分写了牡丹的品种，分列出 24 种，指出"出洛阳者今为天下第一"，虽认为因机缘不够巧合导致自己总是遇不上最佳花期，一直没能尽情赏过牡丹，但当谈及那有限的观感时，他竟还是用了"不胜其丽"四字。第二部分写了各种各样牡丹花名的具体由来，涉及不同的花色和各异的形态。第三部分写了有关牡丹的一些风俗，比如游宴，比如当作贡品敬献时的包装运载方式，再比如关于花卉的培植、嫁接、浇灌、医治等。特别值得一提的是，在第二部分中,还追溯了牡丹由野生药用木本演变为观赏花卉的过程,说到在起初的时候,牡丹在花中地位并不高,在某些地域的野外道旁就有很多,接下来写道"与荆棘无异,土人皆取以为薪",这个句子令我大为惊骇,想破脑袋,也想象不出把牡丹的枝叶花朵当成柴火塞到炉灶里去烧,生火做饭,是什么样的具体场景,那该是怎样一种"把美毁灭给人看"的画面!啊,牡丹,有人说你富贵,哪知道你曾历经贫寒。这种毛茛科芍药属植物被当作观赏性花卉来种植,最早大约发生在南北朝时期吧,至于真正被特别重视起来,据说是从唐朝武则天时期才开始的,而经过持续发展,渐渐演变成花之王、花之皇、花之后,那又是到了更后来的事情了。

直至北宋时期,整个社会上已经弥漫着一种对于牡丹的喜爱,而作为朝廷中人兼文坛领袖的欧阳修写出这样一个关于牡丹的著述,应当又进一步起到了推波助澜的作用。刚刚经过了五代十国的黑暗与无常,动荡与混乱,如今一下子进入统一而稳定的北宋,牡丹那副温和、丰满、堂皇、中庸、不偏不倚的样貌,似乎特别能够代表那时那般太平盛世的氛围,皇家需要牡丹的尊贵,民间需要牡丹的吉祥,而士大夫或文人则处于二者之间——拥有足够的话语权,不需要去特立独行,心态是安定而优游的,真心赞颂着所处的时代——或许正需要牡丹的中正典雅。无论从哪一方来看，那个时代各个阶层所需要的审美，牡丹似乎一下子全都具备了，兼具荣华富贵气质和人间烟火气息，可以居庙堂之高也可以处江湖之远，上得了厅堂下得了厨房，既可以独乐乐又可以众乐乐，既可幽禁于宫中自赏专赏，也可以与民同乐以至普天之下共游赏……啊，牡丹，百花丛中最鲜艳，啊，牡丹，众香国里最壮观。牡丹，它简直是一种任何人——甚至包括从感性直觉出发并不怎么喜欢它的人们——都找不到明确理由来彻底拒绝的平均主义花卉，如果套用如今在文艺或体育赛事中经常使用的统计学方法，去掉一个最高分，再去掉一个最低分，计算得出一个用以表达"集中趋势"的平均分数，那么，我相信，牡丹仍然会得第一名。

如今为了发展旅游业，一些地市有目的、有针对性地大面积种植牡丹，则让我颇感迷惑。牡丹整整齐齐地种在了大平原的田里，一望无际，直接地平线，让人想起了庄稼，甚至想起团体操，想起阅兵式。某些珍贵品种，还受到格外关照，使用窄小的电焊金属护栏，把一丛棵子给包围着罩起来，弄得像牡丹囚犯。这样以种庄稼的方式来种牡丹，反让我觉得还不如直接去种庄稼更好，说实话，那大片大片牡丹田还没有豆田、红薯田更好看呢，我倒宁愿去观赏豆子和红薯了。我走在那一望无际的牡丹田的垄上，有一刹那脑海里竟浮现出了两头黄牛在牡丹丛中卖力拉犁的幻象，接下来还无厘头地冒出来了钱锺书在《围城》里的一段话"说女人有才学，就仿佛赞美一朵花，说它在天平上称起来有白菜番薯的斤两"，倘若抛开"女人有才学"之语中的性别歧视嫌疑，这话说得还是挺在理的呢。

有一个民间传说，说的是，在写《洛阳牡丹记》的前夜，欧阳修梦到了牡丹仙子集体前来报名，待他将著述写完之后，牡丹仙子又集体出场在夜半时分来向他致谢。这个传说之中，有具体的时间、地点、人物、对话、场景，咋听上去很像是真的。但我觉得这个传说太雕琢了，故事框架当脱胎于书生夜会佳人的俗套子，只不过打了个弘扬牡丹风俗或牡丹种植文化的旗号，注意，这个传说发生在夜半更深，难免没有一丝丝情色的味道……这个传说一定是男人编写出来的。欧阳修既然能写出关于牡丹的著述，那么，他在诗词创作中当然也少不了写到牡丹，实际上，他写牡丹没完没了。有趣的是，几乎每写牡丹，必提起或者暗示他在洛阳待过的那三年多的时间。洛阳三年是他高中进士之后初入仕途的三年，二十多岁，意气风发，在人生之中不可磨灭，随着时光逝去，这段潇洒的青春岁月越来越迥异于在京城开封的岁月，也迥异于在其他一个又一个任职为官之地的岁月，"洛阳记忆"成为往昔和盛年的指代，用以在人生中途和晚景隔着遥遥时空进行怀想和回望，恍如隔世，同时也引发出了个体生命中的一些丧失之痛，感怀忧伤，渐渐地，这"洛阳记忆"又进一步地被符号化了，最终以一朵牡丹花来对其进行了标注，那该是一朵有着浮雕效果的盛开着的牡丹花吧。是的，岁月如流水，往事如尘烟，他总是以悠悠的语调说起洛阳，并且说起时又总是浮动着牡丹花影，在他的诗词之中，洛阳之花专指牡丹，而牡丹又专属洛阳，他说自己和友人"垂杨紫陌洛城东，总是当时携手处，游遍芳丛"，他说"直须看尽洛城花"，他说"我时年才二十余，每到花开如蛱蝶"，他又说"惟我曾游洛，看花若故人"，他还说"伊川山水洛川花，细寻思，旧游如梦"，他反复地说自己"谓我尝为洛阳客""曾是洛阳花下客"……唉，所谓一往而情深，就是这般模样吧。

欧阳修在《书〈荔枝谱〉后》这篇文章里，谈及荔枝时，竟也要提及牡丹，仿佛在拿牡丹来论述荔枝，"牡丹花之艳，而无甘实；荔枝果之绝，而非名花"，接下去又继续以他年轻时游历洛阳看过牡丹之盛故能为牡丹作记，来对应着蔡襄出自福建故能了解荔枝并为之作谱。欧阳修在这篇为《荔枝谱》所写的后记里，身在曹营心在汉，每时每刻都想着牡丹、唠叨着牡丹，也算是一大景观了。当然，欧阳修并不是没有专心致志地写过荔枝，他曾就杨贵妃喜食荔枝之事写过一首咏史词，里面有"绛纱囊里水晶丸"的句子，对成熟荔枝果的描述如此逼真，光看字面即可勾起食欲。

在《龙茶录后序》里，对于由蔡襄改进自创出来的小龙凤团茶，欧阳修从个人经历出发，追述了小龙凤团茶进宫中之后的故事，仁宗对大臣少而又少的赐茶场景以及人们对茶只存留而舍不得自用的细节，都凸显出这种茶确实贵如黄金。而在《跋〈茶录〉》之中，欧阳修又分别用"横逸飘发"和"劲实端严"来形容了——这位"苏黄米蔡"中的蔡——蔡襄的两份不同书法，对茶倒是只字未提。按照那个时代的习惯，欧阳修的《龙茶录后序》和《跋〈茶录〉》都是用毛笔直接题写在蔡襄《茶录》手写原迹的前面或后面的，所以他对写成这本茶书的书法进行一番评价，也是应当的嘛。欧阳修还将这种对于茶的兴趣进一步延伸到了诗词写作中，"万木寒痴睡不醒，惟有此树先萌芽。乃知此为最灵物，宜其独得天地之英华""穷腊不寒春气早，双井芽生先百草""凭君汲井试烹之，不是人间香味色""溪山击鼓助雷惊，逗晓灵芽发翠茎。摘处两旗香可爱，贡来双凤品尤精"……这些句子涉及茶树萌长、山间采茶、制茶、沏茶。

除了上面所说的专著论文里涉及的花卉果木以及茶树，欧阳修还在他的《归田录》里还写到了金橘和柿子。当然《归田录》不是论文，也不是诗词，有人称之为笔记小说，其实我读来觉得它要比《世说新语》要完备得多，颇觉那是一种偏重叙事写实的杂记类型的随笔,如若称之为小品文,大约更恰当吧。其实在小品文里,偶尔也要使用一点儿科普的思维和笔调的。他在《归田录》里写到原产江西后因皇后爱吃而价重京师的金橘:"香清味美,置之俎间,光彩灼烁如金弹丸。"接下来又介绍了一个长久存放橘子的小窍门,就是把橘子埋到一堆豆子里面去。他在《归田录》里还这样写过一种大柿子:"今唐、邓间多大柿,其初生涩,坚实如石。凡百十柿,以一榠樝置其中,(榅桲亦可),则红熟,烂如泥而可食,土人谓之烘柿。非用火,乃用此乐。"榠樝,榅桲,都可以看作是木瓜的品种,就是把一只木瓜放入一大堆尚生涩的柿子里面去,用这只木瓜来把柿子烘熟。读来读去,觉得古人仅凭直觉来生活,活得也蛮有趣呢,用豆子来存放橘子,是用性凉果实来保存性热果实,用木瓜来热烘柿子,则是用性热果实来催熟性凉果实,这两件看上去各不相同的事,其实是利用了同一个原理呢——同一原理的正反不同侧面而已。

现在可以看出来了,欧阳修对于能够结果实的植物或者说能提供吃食的植物确实大大地感兴趣。在诗词之中,他还不止一次地写到银杏。银杏果也是那个时代的贡品之一,因银杏树的叶子形状像鸭掌,故也叫鸭脚,那么,银杏果或者白果当然就可以叫作鸭脚子了,银杏和鸭脚,这两个名字在那个时代是混用的，鸭脚——老让我想起吃的盐水鸭掌、卤味鸭掌、芥末鸭掌——作为树木的名字，尤其是那么飘逸的银杏树之别称，简直是对诗意的破坏，然而梅尧臣和欧阳修这一对好朋友，有那么一阵子，一个在江南，一个在江北，竟以"鸭脚""鸭脚子"之名入诗，酬答唱和起来了，写了一首又一首。除了银杏，欧阳修还写过橄榄，直接写，"幸登君子席，得与众果罗"，间接写，"初如食橄榄，真味久愈在"。至于柚子、樱桃、青梅、葡萄、石榴、笋什么的，他当然是不会漏掉的，而让人感到稀罕和好玩儿的是，他竟还专门写过芡实，也就是鸡头米，就是有点儿像紫红色莲子的那种，常在煮养生粥时放进锅里去，哦，欧阳修那首诗的名字叫《初食鸡头有感》，写了芡实的珍贵与可口，"香新味全手自摘，玉洁沙磨软还美"，甚至让他产生了"归去结茅临野水"的念头……"芡"或"芡实"属于睡莲科一年生草本植物，圆圆的阔大叶片绿绿地平平地铺于水面，猛地看上去，会误认为是王莲，然而，近瞅，会发现那叶片表面竟是皱皱巴巴又坑坑洼洼的，同时无论叶片、花苞、花梗上还都长满了硬刺，所以采摘起来是一件很不容易的工作。

关键是，在园艺方面，这个欧阳修，他不仅有理论，还有理论联系实际的具体实践呢，也就是说身体力行。这方面，不仅有史料记载，更有他自己的诗词为证，他特别喜欢在诗词里使用类似"种""栽""植"这样的字眼儿,而且这"种""栽""植"的动作之主体基本上都是欧阳修自己,偶尔会涉及他人。这样的例子可谓相当多,在诗词之句以及标题之中均体现出来。

"曲栏高柳拂层檐,却忆初栽映碧潭"是感慨自己手植在堂前的两棵柳树已经长得这么大了,撑起了一片绿荫,而自己却怀念当年栽下它们时的情形,时光流逝而物是人非,树犹如此人何以堪。"为怜碧砌宜佳树,自劚苍苔选绿丛",在此诗的长标题当中,已经明确表示了这里写的是自己新屋前面"手植楠木两株"这件事,后来苏轼来到此地,见到这两棵已经长大了的楠树,写了"旧种孤楠老"之句,正好与欧阳修当年的诗句相呼应。像这样以手植树、树长成、树成荫来提示时光流逝并发出感慨的,还有"应怜手种树阴成"之句,以及"手种堂前垂柳,别来几度春风"。至于"平湖十顷碧琉璃,四面清阴乍合时"之句,联系此诗那超长标题中的"种瑞莲黄杨"字眼儿,就可知分别写的是什么了,这清阴乍合的应是黄杨小树。黄杨是灌木或小乔木,有大叶和小叶之分,虽然黄杨叶子比冬青叶子小了很多,颜色也轻淡了很多,但是两者叶子的质地和气味倒是蛮接近的。据说黄杨因生长速度特别缓慢从而使得木材质地非常紧致,可用作重要的木雕之材,同时,人们还相信黄杨不仅生长得极缓极慢,甚至在闰年还会倒着生长呢,会减去一寸，于是人们就用黄杨木来作为坎坷挫折和境遇不佳的表达了，欧阳修在贬官夷陵途中曾为黄杨专门写过一篇《黄杨树子赋》，说它"落落非松，亭亭似柏"，可能就有以黄杨喻己的含义吧，写黄杨的不容易，同时也为自己鼓劲儿。在北方，在我的家门口，小叶黄杨常常被园丁修剪了脑袋，留着统一发型，一棵又一棵紧密依偎着站立，有齐腰那么高，在小径两旁，排列成树篱。嗯，欧阳修确实是植树模范，他还对于某个县舍不种花唯栽楠木、冬青、茶、竹之类的行为写过一首诗，并直接自称为"戏作"，想用过往对于牡丹的盛大记忆来映衬眼前无花的寂寞以及植树之众多，算是半认真半开玩笑吧……总之欧阳修是走到哪儿，就把树种到哪儿的。

其实，光亲手种树怎么行呢，当然还得亲手种花，必须种花。"忆绕朱栏手自栽"，栽的是金凤花。"当春种花唯恐迟，我独种菊君勿诮""鲜鲜墙下菊，颜色一何好"写的都是自己亲手种下的菊花开放了；"绕亭黄菊同君种"写的是离别之后，自己与朋友共同种下的菊花开放了，而剩下自己对着菊花独饮，怎么也无法尽兴；"毋栽当暑槿，宁种深秋菊"则是借栽花之事来对朋友进行劝勉。"有客赏芳丛，移根自幽谷"写的是种在庭前的两棵正在开放的桂花，原本来自遥远的山中。"君家花几种，来自洛之滨"，写的是在别人家花园里看到了好像是从洛河之滨而来的牡丹品种吧，从而引发了自己对于洛阳的思念。至于"经年种花满山谷"，在诗的具体语境里，种的是桃花。"先后仍须次弟栽"和"栽成花木趁新年"写的都是他人或自己在幽谷里种花。"当日辛勤皆手植，而今开落任春风"，则是忽然想起，当年自己在滁州幽谷里种下的那些各种各样的花儿们，现在也不知道怎么样了，想起来有些惆怅呢。"空令谷中叟，笑我种花勤"，诗写的是自己离开滁州去了颍州之后，先前在滁州山间种下的那些花儿，在开放之时，一定思念着他这个故人，即使人不在场，也会有其他人谈论起他的，笑他种花过于辛勤了呢。确实，欧阳修被派到各地任职，频繁更换地点，几乎在哪个地方都待不过三年，而他无论走到哪里，都像他自己所说的那样"引水浇花不厌勤"。

文人将情怀和趣味寄托于草木，草木既可生长在荒野又可生长于园林，园林作为特定培养的自然环境和游憩境域，是将植物作为重要配置的。欧阳修种树种花，竟种出了名胜，他依托自然山林，因势并顺势，完成了不止一个园林工程项目，其中最为出名的当属滁州醉翁亭和扬州平山堂。需要注意的是，醉翁亭和平山堂，并不属于谢灵运和白居易所构建的那样的私人园林，而更像是由个人发起又可能经官方出资参与而修建起来的公共园林，它们面向大众至少是面向一部分特定人群开放，最终目的还是与民同乐吧。

　　醉翁亭并不是欧阳修建的，而是山僧智仙为欧阳修而建的，欧阳修经常登临此亭饮酒，自号醉翁，于是他就给这个亭子取名"醉翁亭"并写下了一篇绝佳美文《醉翁亭记》，据说他还在亭子附近亲手种植过一棵梅树——后世之人不止一次地对这梅树守护又重植——被称为"欧梅"。毫无疑问，正是欧阳修的参与，才成就了这一千古名园。从"林壑尤美，望之蔚然而深秀""野芳发而幽香，佳木秀而繁阴""树林阴翳，鸣声上下"这样的描写，就可以知道醉翁亭周围的植被状况有多么丰饶。当然，欧阳修在滁州时还"疏泉凿石，辟地以为亭"，另外建了一座丰乐亭，同时也写了一篇《丰乐亭记》，其中"掇幽芳而荫乔木"之语道出了亭子周围植物茂密的情状。那么，二亭作于同一年，二亭俱有记，二亭皆至今存焉，为什么醉翁亭却比丰乐亭名气大得多呢？我想，唯一的原因应该在于《醉翁亭记》写得比《丰乐亭记》好，不是好了一点儿半点儿，而是好得多。两篇文章均有着与民同乐的政治思路，相比之下，前者完全放松，无拘无束，手舞足蹈，活灵活现，袒露真性情，一气呵成，似不费吹灰之力，有如神助；后者写得也不错，却因急吼吼地表达主题思想而折损了浪漫情趣和自由风致，同时文字本身也存在一些刻意和用力的痕迹。

我不止一次去过扬州平山堂。《朝中措·平山堂》这首词是欧阳修送友人知扬州时顺便追忆自己当年在扬州的情形。欧阳修在清幽古朴的蜀冈筑堂,"坐此堂上,江南诸山,历历在目,似与堂平",平山堂因而得名。这个以少胜多极目千里之地,成为专供文人雅士们吟诗作赋的场所。据说在某次平山堂游宴中,欧阳修出了个主意,做了一个与荷花有关的游戏,"取荷花千朵,以画盆分插百余盆,与客相间。遇酒行,即遣妓取一花传客,以次摘其叶,尽处则饮酒,往往侵夜戴月而归",看这样的记述时,我想,这不是相当于在击鼓传花嘛,或者,也可以说,这是"曲水流觞"的另一个版本吧。这里的荷花据说是欧阳修派人采自扬州的邵伯湖,邵伯湖是大运河上的重要节点之一。欧阳修写过一大堆关于荷花的诗词,不管是邵伯湖里的荷花,还是他曾任职又愿归去安家的颍州的西湖里的荷花,以及别处的什么荷花,他不光写花朵,还特别关注荷叶,他似乎更擅长写荷叶而不是写荷花,他写的荷叶比他写的荷花更容易让人记住,比如"不用旌旗,前后红幢绿盖随""谁于水面张青盖""酒盏旋将荷叶当""荷叶田田青照水""叶重如将青玉亚""青凉伞上微微雨"之类,而光写诗词觉得不过瘾,他另外还又专门写了一篇《荷花赋》,通篇繁丽,唯末句清新,"空留此日田田叶,不见当时步步人"……根据我的未必准确的统计和大概的观感，在所有的花中，欧阳修似乎对于牡丹和荷花写得最多也最卖力，同时，对于这两种花，间接去侧面涉及的写法较少，而直接去专门聚焦的写法则较多，也就是说，大多数时候是使用了一种类似于"正面免冠身份照"的写作方式。牡丹和荷花的共同点是体量大，即使在花中算不上最大的，也是够大的了，而且它们不仅花朵大，叶子也都大呢——欧阳修这个出身贫困的孩子，是不是潜意识里认定所获事物体量越大则越划算，故偏爱着有体积有重量的花朵以及有半径有面积的大幅叶片呢？

看看吧，现在有这么一个人，在园艺学方面，他有专著有论文，同时又有培育种植和诗词创作的双重实践，另外，他在这方面还有横向课题的大项目……那么，这个人算不算是一个园艺学家呢？

我在2014年写过一首题为《平山堂》的诗，里面提到的植物，都是我在现场亲眼所见：芭蕉、紫藤、荷花，以及我没有明确说出名称来的墙头杂生草类，记得似乎有香附子和垂盆草什么的。现在，在这里，请允许我将此诗献给欧阳修，并以此诗作为这篇文章的结尾吧：

欧阳修先生，栏杆外是千年后的灰色天空
江那边诸山已望不见了

视野狭小,唯见墙头乱草随风,墙外开过旅游大巴

昨夜细雨落在蜀冈的一片芭蕉叶上
蜗牛的独轮车,擎着时间的感应天线
沿着叶脉之驿路,缓慢地进入回廊下的宋朝

欧阳修先生,作为扬州市市长
你的文名远远压过了政绩
遗留这个坐花载月的诗会地点,让淮左名都深陷白日梦

让我前半生来了又来
上次来时正值堂前紫藤相亲,这次又遇荷花出阁
佛仍住在隔壁,面无表情

苏东坡的菜篮子

1

最早了解到苏东坡爱吃且会吃、吃出了创意、吃出了艺术风范和人生境界，是在读宋代林洪《山家清供》的时候。如果我没有数错的话，在这本风雅的食谱之中涉及苏东坡多达十一处。我一日三餐吃着外卖的肯德基汉堡和炸薯条，喝着美式咖啡，读完了这本有格调、有意境的中国古代食谱。那时代文人连吃饭都可以成为一种审美行为，吃得如此细腻，如此诗情画意，动辄跟某首诗歌、某篇散文发生关联，可以吃到文学史里去，更有甚者，那食谱之中还含着典故，能吃出道德伦理来，吃出修身齐家治国平天下来。一穷二白的我，咬了一大口"香辣鸡腿堡"，颇有果腹的满足感，然后继续埋头于这本表达真味的清雅之书。我敢说，我一定是这本书诞生一千年以来所遇到的最坏的读者——就是最坏的——没有之一。

中国封建社会的公务员，要遵守地方首长属籍回避制以及不得超过三年的届满轮换制，所以，离乡奔波，求官做官，对于他们来说是常态，只有退休才有可能回归故里。身世浮沉，异乡飘零，宦游人无法安定下来，而好处是，游遍天南地北的名山大川，吃遍大江南北的风味佳肴。就说苏东坡吧，经历了三次在朝、十二次外任、八方太守、三次贬居，被朝廷调来遣去，现在添加上中间回乡守丧，同时除掉短期差旅、暂时安置以及个人游历，那么，从生存和任职来看，他的迁徙路线图大致如下：眉州—汴梁（也称汴京、汴州）—眉州—汴梁—郑州—凤翔—汴梁—眉州—汴梁—杭州—密州—徐州—湖州—汴梁—黄州—常州—登州—汴梁—杭州—颍州—汴梁—扬州—汴梁—定州—英州—惠州—儋州—常州。想想这来来回回东西南北地跨了好几个温度带呢，这大半生，一路下来，得遇到多少地方特色的美食啊，在交通运输不便以至缺乏物资交流的时代，也算是吃得幅员辽阔了。

苏东坡想必不会太瘦，要说成是个胖子呢，倒又也还不至于。他有眼疾，目赤和白内障，或许还有隐形的心血管疾病吧。他注重饮食和养生，保持乐观心态，才得以在颠沛流离和倒霉运之中活到了六十四周岁，在那个时代这个岁数不算低，却也不算太高。那时，他刚刚获得大赦，经水路由南向北一路颠簸，从海南返了回来，却忽然死于中暑和痢疾。虽然病情来得突然，但其发生和发展有两个明显而重要的环节，一是他在太湖上食河鲜饮冷酒，二是他抱病赴宴，总之全都与吃有关。对于这个一辈子都喜好吃喝的人来说，确有"成也萧何，败也萧何"之感呢。

中华饮食文化的大转折发生在宋代，蔬菜作为素食，从肉食中分离出来，受到了重视，有了独立存在的价值。至于苏东坡写《猪肉颂》和制作东坡肉的事，还有那个"也值得一死"去勇吃河豚的事，还有他自烹羊蝎子，以及加工生蚝的事，甚至品尝过熊背脂肪、蛇、田鼠、蝙蝠、蛤蟆……在此都不提了。现在，只想专门来考察一下苏东坡在素食方面的创意，看看他的菜篮子里都有一些什么菜蔬。

就以他1078年春天在徐州任上所作《春菜》一诗为开头兼线索，一点点地说起吧。既看一下此诗中涉及的在他故乡蜀地冬春季依然可以萌发茁壮着的菜蔬，同时也引出苏东坡在其他诗文中写过的其他一些蔬菜野菜类。

读这首诗时，要忍住唾液，只感慨"人间有味是清欢"就可以了。将全诗引在下面：

> 蔓菁宿根已生叶，韭芽戴土拳如蕨。
> 烂烝香荠白鱼肥，碎点青蒿凉饼滑。
> 宿酒初消春睡起，细履幽畦掇芳辣。
> 茵陈甘菊不负渠，绘缕堆盘纤手抹。
> 北方苦寒今未已，雪底波棱如铁甲。

岂如吾蜀富冬蔬，霜叶露牙寒更苦。
久抛菘葛犹细事，苦笋江豚那忍说。
明年投劾径须归，莫待齿摇并发脱。

苏东坡在这首诗中一口气列出了 12 种菜蔬：蔓菁、韭菜、蕨、荠菜、青蒿、芳辣、茵陈、甘菊、波棱、菘、葛、苦笋。

下面我们就以这首《春菜》为线索，来看看在苏东坡这一生当中，他的菜篮子里究竟都出现过一些什么菜蔬。

2

先说一下《春菜》这首诗中的"芳辣"。这样将"芳辣"提上来先说，当然别有用心也颇费苦心。我觉得这里"芳辣"宜理解成有辣味的蔬菜更稳妥。来猜测一下吧，有可能是苏东坡诗文"细思种薤五十本""小船烧薤捣香齑""取薤姜蜜作粥以啜"中的"薤""齑""姜"之类。至于薤，是山蒜，小根蒜，也叫藠头，百合科葱属多年生鳞茎植物；"齑"是指用姜、蒜、韭之类捣成的碎末；而姜，似乎不用多解释，苏东坡在诗文中多次提到姜，像"先社姜芽肥胜肉""故人兼致白芽姜"等句，另外他还在小品文里多次谈姜的吃法和好处，姜作为菜蔬以及香辛调味品，在宋代还常常取其驱寒之效以烹茶，这就是为何苏东坡还有"姜新盐少茶初熟"的诗句……当然，此处，还可能包括或指代其他含辣味的菜，比如芥辣，也就是芥末，是从芥菜种子研磨制作而来的，当然啦，这里还不排除可能指有辣味的花椒和茱萸——想必是食茱萸，花椒是小乔木，茱萸则小乔木和灌木都有，它们都可以种植在菜畦边缘。举出上面这些辣味菜，一是为了讨论诗中"芳辣"，二是为了表明在没有辣椒之前四川人是怎么活过来的。这里如果硬是把"芳辣"理解成辣椒，恐怕会引起争议，四川人苏东坡的菜篮子里——从大概率来看——是没有辣椒这种蔬菜的。那些带"椒"字的菜蔬或调料，比如，花椒，是中国本土原产的；胡椒，是通过丝绸之路大约是在唐朝时从西域传入中国的；至于辣椒，原产于美洲，被哥伦布发现，到了明朝后期才有了明确记载，认为是由域外传入中国的，而且待流行种植开来，又费去了一些时间，导致国人大量地吃辣椒，也就是近两百年来的事情。也就是说，在苏东坡生活的宋代，中国还没有辣椒呢，那时候尚无"辣妹子"，苏东坡也并不是一位"辣弟兄"。当然，也有人不服气，出于对辣椒强烈的主观情感，一定要把辣椒占为国有，以此表达偏爱辣椒不是后天的，而是基因里带来的，倾向于认为中国自己应该早就有，甚至一直就有野生本土辣椒。我想，在更多的考古依据出现之前，态度还是谨慎一些为好，这里姑且存疑吧。

诗中的"葛"——据说名字来历与那个著名的炼丹家葛洪有关——系多年生豆科草质藤本植物，除了全身皆可入药，古人最早用它的茎皮纤维来制衣，所谓代表平民服饰的"葛衣""葛巾"，它的根就是我们平时说的葛根，可以磨成通常所说的葛根粉，直接冲泡或做成葛粉饼，我曾经自己弄来吃过一些日子，无论怎么吃，都糯而筋道，且有琥珀的既视感，至于葛的嫩叶，我从未吃过，但据说也是可以拿来炒菜做羹的。

此诗中出现了"蕨"，特指的是蕨菜，即蕨初生的嫩芽，虽作为比喻而提及，但也是一种比较普遍的可食野菜，初生的样子紫中带绿，形状如同小儿握拳，苏东坡在这里是借它握拳的小样儿来书写刚发芽蕨菜的幼小纯稚。蕨，有时被称为"拳头菜"，有时则直接被称作"山野菜"，多年前我看过一则新闻，说日本人特别爱食这种山野之菜，以至于供不应求，需要经常从中国进口。于是我也学样儿，从超市买浸泡袋装的鲜蕨芽来吃，透明袋子上印着"山野菜"三个字，当然也有那种干制的扎成小捆的蕨的芽茎在卖，一般比鲜蕨芽要长一些，那大概需要久泡并煮后再吃吧。某年春天，我还在秦岭山中寻觅过这种山野菜，果然，在山林中，看见嫩芽贴地而冒，像攥着的微小的拳头，很稚气的模样，遂想起《诗经》中"陟彼南山，言采其蕨"之句。可是后来，忽然又看到了一则新闻，有专家发布最新发现，长期吃这种叫作"山野菜"的嫩蕨芽，会致癌，本着宁信其有不信其无的态度，我再也没有吃过它，就是在宴席上遇见了，也敬而远之，我想，须等到哪天再看到一则新闻，又出来新的专家再次发布了更新更权威的研究成果，认为蕨菜有益于健康长寿，到那时候我再重新吃它吧。

再来说这首诗，其中出现了"波棱"，就是菠菜，无论写成"波"还是"菠"，都暗示"波斯"之音，它确实还有一个"波斯菜"的名称，据说是唐朝时由波斯传入我国的。这普普通通的菠菜还有一个美艳到夸张的别称"红嘴绿鹦哥"，它的根是鲜红，它的叶是碧绿的，就像鹦鹉一样，这个煽情的称呼出自一个跟乾隆有关的典故，鲁迅曾在《论皇帝》这篇文章里调侃过这事："但是倘说是菠菜，他又要生气的，因为这是便宜货，所以大家对他就不称为菠菜，另外起一个名字，叫作'红嘴绿鹦哥'。"菠菜一年四季都能生长，都能供应，既有耐热品种，也有耐寒品种——说到耐寒，它几乎是绿叶蔬菜中最不怕冷的了，苏东坡在这首诗中写道"雪底波棱如铁甲"，北方小伙伴们对于这个情形应该不会感到陌生吧，数九寒天，菜圃荒芜，偶尔会发现只有一畦菠菜还在那里落寞地绿着,它们有时被埋在了白雪下面,白绿交映,半掩半遮地,露出些许容颜,叶子并不像其他季节时候那样是浅绿或者碧绿,而是墨绿的,北方风雪中的菠菜确实可以绿到发黑,矮塌塌地混渚于冰雪之中,铁青着脸,甚至,在持续低温里,从色泽到质地都仿佛铁制铠甲了,非如此顽强就不能存活下去……尤其在没有大棚蔬菜且运输不发达的那些岁月里,菠菜之绿乃北方冬季贫乏菜蔬体系之中最欣慰的颜色,简直是绝望中的希望,命运天花板从缝隙中透进来的一抹光亮……所以,实在应该大声地歌颂菠菜,歌颂那在茫茫风雪之中不要命地绿着的菠菜。

《春菜》一诗中把"甘菊"当作可食鲜蔬。苏东坡另外在《小圃五咏》其四《甘菊》一诗曰"空腹嚼珠宝。香风入牙颊,楚些发天藻。新荑蔚已满,宿根寒不槁"。苏东坡还有小文《菊说》以及《记海南菊》,认为菊的花、叶、根实都是可以吃的,仿佛长生药。古人吃菊,往往吃那种茎干发紫的味甘的黄色菊,菊的花瓣可食也可酿酒泡酒,菊叶尤其是菊苗则可以拿来当菜蔬,可清炒了吃,也可做汤或调羹。有一种源自南京地区的"菊叶蛋汤",如今全国很多地方都流行起来,算是比较有名了,这道特别适合夏季来食用的汤菜清清爽爽,它并不是选用任意一种菊花叶子来做的,而是必须从一种叫作"菊花脑"的菊类植物上采撷叶子才行，菊花脑是野菊的近缘植物，而甘菊呢，又跟野菊很相似，以致容易混淆，相比之下，甘菊全株都要比野菊更加细腻一些，不像野菊的茎叶带有一些茸毛。以上这一番辨别，其实是为了间接地表明苏东坡这首诗中的"甘菊"用来做汤的话，应该也是挺好吃的，甚而至于，此诗中的"甘菊"在那个时代很可能跟我们今天所说的专做"菊叶蛋汤"的菊花脑就是同一个东西。另外，我还有一个臆想，不妨也说出来，《春菜》这首诗中明显是把"甘菊"当作春天时蔬来提及的，那么，为了照顾诗意，诗人不必完完全全去写实，在诗人心目中，这甘菊也许未必不代表着或未必不想引发读者去联想起其他同为菊科的春季鲜嫩野菜，像蒲公英、马兰头什么的——我在江南的饭馆里吃过几次马兰头，焯过之后，只放了很少的油和盐，调拌成了凉菜，说实话，并不怎么对我的胃口，鲜是鲜了，但那味道吃到最后时有些偏凝重和偏香腻，远不如我想象的那般清新和悠扬。

既然说到了以菊为菜，就不得不延伸出去，提一下枸杞——专门作为蔬菜来吃的枸杞的嫩梢嫩茎嫩叶，叫枸杞头——在苏东坡那里，在其他古代诗人那里，枸杞与菊，这两种植物在作为蔬菜时常常成双入对，肩并肩地出现。苏东坡有《后杞菊赋》（并序），是对应着唐代陆龟蒙《杞菊赋》（并序）的，他从前认为陆龟蒙言重了，杞和菊原本都是春天里趁着时令来吃的鲜嫩之物，吃枸杞头，吃菊苗，而他竟从春天一直吃到了夏天，杞和菊的嫩芽全都已经长成了老硬枝叶，他仍吃个不停，简直就是在吃草木了，书生清贫到那个地步，至于吗？可信吗？一直等到苏东坡任职密州并遇灾年，家境越来越贫穷，混到了"斋厨索然""循古城废圃求杞菊食之"的地步时，这才恍然大悟，一下子解开了对于陆龟蒙的疑问，于是大笑并作赋以自嘲，由此看透贫富美陋，立志以杞菊为食，他的想法，竟比陆龟蒙有过之而无不及："春食苗，夏食叶，秋食花实而冬食根。"当然，若单论起枸杞这种茄科植物，苏东坡有《小圃五咏》中的专咏之诗《枸杞》，他还因别人索要枸杞而写过一首不短的诗，另外，他还有"俯见新芽摘杞丛"之类的诗句……野生的枸杞是很常见的，人工种植的枸杞也很多，可谓遍及大江南北，只不过大西北枸杞结出的红红的枸杞子质量最好，南方枸杞更多是用来摘枸杞头当菜吃。汪曾祺写过枸杞嫩芽即枸杞头的吃法，"枸杞头可下油盐炒食；或用开水焯了，切碎，加香油、酱油、醋，凉拌了吃"。《红楼梦》第六十一回里写探春和宝钗吃"油盐炒枸杞芽儿"，就属于第一种吃法。

至于《春菜》一诗中的这个"苦笋"，指的是苦竹的嫩芽，苦竹是竹子的品种之一，也叫甘笋、凉笋，外形轮廓瘦长，有拇指般粗细，基本呈白色，间或微绿，笋根发甜而笋体略苦，脆嫩脆嫩的，我在北方超市里见到过它们那加了防腐剂浸泡在塑料袋或瓶罐中的模样。在各种各样的笋中，苏东坡想必对这苦笋更加偏爱，他还有另外的诗句，大赞苦笋"待得余甘回齿颊，已输岩蜜十发甜"，可见，这种笋吃起来苦后回甘，苦和甜，在苦笋那里是一个很辩证的关系。竹笋，那婴儿似的模样真可爱，《尔雅》中对它的解释很有趣："笋，竹萌。"苏东坡有诗云"故人知我意，千里寄竹萌"，我觉得，叫成"竹笋"真不如叫成"竹萌"，"竹萌"作为称呼，更富有动感和喜感，是不是？大臣刘器之是个宅男，成天闷在屋里参禅悟道，不喜欢出行，更不想游山，嫌累。春天来了，苏东坡约上他一起去拜访玉版和尚，爱好禅宗的刘器之这才答应了一同进山，到了山寺，一起烧笋吃，笋的味道好极了，刘器之就询问这笋的名字，苏东坡说："玉版，此老僧善说法，令人得禅悦之味。"刘器之一下子悟出了整个事件的妙处，哈哈大笑起来。苏东坡还把这个故事写成了一首诗，其中有"丛林真百丈，法嗣有横枝。不怕石头路，来参玉板师"之句，玉板即玉版，应该是古代刻字的玉片吧，与前人史书记载的一个进华山采药拾到玉版的典故有些关联，苏东坡就这样使竹笋增添了一个"玉板师"的别名，估计叫成"玉板长老"也行吧。苏东坡之爱吃竹笋，应该并不亚于熊猫,有文为证,有诗为证。他专门在笔记中讨论过竹子也有雌雄之分,并认为雌者多笋。为了教杭州寺庙里僧人更好地食用竹笋,他竟写了篇《食笋经》相赠。苏东坡涉及竹笋的诗很多,像"好竹连山觉笋香""新笋出林香""惭愧春山笋蕨甜""新春阶下笋芽生""食笋乃余债""若对此君仍大嚼,世间那有扬州鹤"……而给我留下印象最深的要数那些就地取材、就地烹制、就地而食的诗句,像"长沙一日煨箼笋,鹦鹉洲前人未知",像"相携烧笋苦竹寺,却下踏藕荷花洲。船头斫鲜细缕缕,船尾炊玉香浮浮",应该属于此类吧,《山家清供》里记载的与苏东坡及其友人相关的那道"傍林鲜",大约也就是这样吧,在采挖竹笋的地点,在竹林旁边,将地上叶子堆扫起来,现场生火,直接把竹笋烤熟了来吃,此种吃法,够鲜!边吃边点赞吧。

《春菜》中这句"烂烝香荠白鱼肥",估计是指把荠菜蒸熟吃和煮烂做羹吃,或者做成一道叫作"荠菜蒸白鱼"的菜,将荠菜和白鱼一起烹饪,既可以去腥,又可以让两种鲜味相互映衬——这大概跟当今饭馆里的"茼蒿刀鱼"这个菜是相同道理吧。"香荠"就是荠菜,《诗经》有"其甘如荠"之语。苏东坡喜爱荠菜啊,他给一位朋友写信,教对方用荠菜来做羹,说荠菜是"天然之珍,虽小,甘于五味,而有味外之美",只差说它的味道是言有尽而意无穷了，接下来他唯恐对方不信，干脆直接把荠菜吹上了天："君若知此味，则陆海八珍，皆可鄙厌也。"苏东坡还曾"时绕麦田求野荠"，荠菜是春天的重要象征意象，差不多是冬去春来出现的第一道时令野蔬。过去只有春天才吃得到荠菜，挎着篮子到野外田间地头上去自己挖来吃，而自从有了大棚蔬菜基地、冷冻和网购，如果你想，如果你愿意，一年三百六十五天都可以吃到荠菜了，反而没有了从前吃荠菜时的兴奋和感动，从前吃荠菜时几乎能感知到大地的律动，现在那些包装得齐整干净，甚至速冻成方块状的荠菜失去了土地感，是一副上不着天下不着地的模样，荠菜本身吃起来也仿佛失去了从前那清新悠长的回味，或许木心那首诗《从前慢》应该再添加上这么一句"从前的荠菜也好吃"。

3

在古人认知中最好吃的常见菜，按照南朝宋齐年间周颙的说法就是"春初早韭，秋天晚菘"，苏东坡也曾将二者相提并论"早韭欲争春，晚菘先破寒"。至于苏东坡的这首《春菜》诗里，并未将二者并称，而是在诗中不同位置先后出现了"韭芽"和

"菘"的字眼儿。

"韭芽"就是指嫩韭菜或韭黄吧,而苏东坡在另外一首诗中有"青蒿黄韭试春盘"之句,其中"黄韭"肯定是指韭菜的变种韭黄了……反正都是韭菜。韭菜是一种大有作为的蔬菜,既古老又普遍,遍布全世界,且有万般吃法,作为百合科多年宿根草本,种上之后,只管去剪着吃,一茬又一茬,可谓生生不息。以色列人出埃及、过红海、行进到了旷野之中,他们发怨言时,怀念起在埃及吃过的诸种好食物,列举出来,其中就有韭菜。在中国,早在《诗经》中就有了"献羔祭韭"之句,可见,那时候韭菜作为食蔬,还可以用作祭物呢;《红楼梦》第十八回元春省亲时,黛玉替宝玉作的那首诗中,有"一畦春韭绿,十里稻花香"的佳句,读上去,两颊拂风,满嘴清新;当然,古人写韭菜的句子很多,最著名的可能还是要数老杜的"夜雨剪春韭,新炊间黄粱"。据说韭菜根部容易生蛆,如今常打高毒农药,市场上的韭菜渐渐人们不太敢买来吃了,于是想方设法自己在楼前空地、公寓楼单元门口泡沫箱里、凉台花盆里种植韭菜,居民小区里见缝插针地铺放了这样那样的一小块一小块绿手帕,也算好看。我患上甲状腺功能减退而尚未确诊吃药的那一段时期,人总是蔫不唧的,特别爱吃韭菜,一吃了韭菜就感到稍稍增添了一丝活着的兴致,是的,我亲身体验了韭菜确实属于辛热通阳之物。

再来说说"菘"。菘就是白菜,白菜耐寒,似具有松树品质,故叫"菘","菘"这个字看上去好古雅,感觉不只是拿来吃的,还是拿来当作盆景观赏的,而"白菜"这个叫法更平民化,增添了风风火火的意味。这里把白菜当成春菜来提及,大约是由于白菜可以从秋冬一直吃到春天吧。苏东坡另外还在《雨后行菜圃》这首诗里也提及白菜,他是这样写的:"芥蓝如菌蕈,脆美牙颊响。白菘类羔豚,冒土出蹯掌。"先是提到了"芥蓝"这种叶、花和茎都能吃的十字花科白花甘蓝,肥厚鲜美赶得上野生菌菇,质地爽津津脆生生,咬上去嘎嘣脆,都能听得到牙齿和腮帮子的响声,芥蓝在苏东坡时代大概还只有广东那边才有,至于广泛种植并传向全国是很后来的事了……紧接着,在芥蓝下面,诗人就写到了白菜,还特别点明这种"菘"是"白菘",菘有不止一种,从颜色上看,有基本为绿色的,有绿叶白帮的,有通体白色的,上好白菜品种是那种越到秋冬之交越加颜色发白的、越加脆甜的,古人干脆管那种像玉的白菜叫作"松玉"了——我猜测应该就是指北方的大白菜吧,也即苏东坡此处所谓"白菘"?在这几句诗中,后面白菜的风头明显压过了前面的芥蓝,诗人竟用了两个动物意象来描写白菜这种植物,一般都是在那美味妙不可言时,好吃到了忍无可忍的地步,描写能力受到极大考验时,诗人才会不得不将动物请出来帮忙描写植物,在这里是说,在冬天里吃白菜,简直相当于吃羊羔肉和熊掌啊……我觉得这里的这句诗,不仅是在说白菜味道好吃得都赶上羊羔和熊掌了,似乎同时还在说那白菜生长在菜圃中的模样,颜色洁白犹如羊羔,憨胖胖萌萌哒的形态则仿佛从土里伸出来的熊掌。读到这里,我想,但凡贫穷而吃不起羊羔肉和熊掌者,请一边吃白菜一边背诵苏东坡这句诗就 OK 啦。

在此有必要再特别地、额外地、单独地歌颂一下大白菜。我愿把我的"大白菜颂歌"附在苏东坡这句"白菘类羔豚,冒土出蹯掌"的后面,作为向这个诗歌佳句的致敬。

在北方,大白菜是大路菜,每个都胖墩墩的,成堆成垛地放在那里,或者一车一车地停在路边,然而它其实也是可以充满诗意的,它是一种大俗大雅的菜,雅俗共赏的菜,否则诗人们怎么会将它那么深情地写进诗里去呢?在北方,大白菜甚至可以是一种人生态度,大白菜是永远的大白菜,最普通最大众的,其实往往也是最值得信赖的。大白菜是冬天的主打菜,大白菜怎么吃都行,当然最好吃的还是:大白菜炖猪肉粉条、大白菜炒豆腐,我个人最喜欢的是后一种,常常是上顿吃大白菜炒豆腐,下顿吃豆腐炒大白菜,我的菜谱像我这个人一样单调和固执。豆腐和大白菜放在一起,是人人都接受的一道菜,没听说过有人忌口到了忌大白菜、忌豆腐的地步。往往是在看了许多珍禽异兽之后,发现最让人感到亲切的还是满世界乱飞的麻雀,在吃遍了各种各样的水果之后,发现永远吃不烦的还是苹果,在吃遍山珍海味之后,最吃得习惯的还是大白菜炖豆腐。大白菜炖豆腐,它们看上去那么平实,绝没有山珍海味那样张扬的个性,其实当它们平实到了极端,到了执拗的地步,这已经很有些与众不同了。一个夜夜笙歌、常吃满汉全席的人最想念的是什么?大概就是穿上家居的衣裳,炖上一锅清淡的白菜豆腐吧。如果说那些华丽的宴席是诗、是小说,那么大白菜炖豆腐就该是散文随笔了。俗话说"白菜豆腐保平安",一日三餐,一年三百六十天,一生三万六千日,如果总是吃大白菜豆腐,对于身心大概也不会有什么损失,白菜性平和,利尿通便、清肺、去火、醒酒,豆腐更是含有植物蛋白和人体必需的多种氨基酸,可以美容,常吃豆腐会吃成豆腐西施……虽然苏东坡为了抬举大白菜,把它类比成了"羔豚"和"蹯掌",但是一个人天天吃大白菜和豆腐,大概率会身体健康,如若天天吃羔羊和熊掌呢,则一定会生病的。我甚至有种感觉,大白菜和豆腐是夫妻关系,它们是天生地造的一对,是相濡以沫、白头偕老的那种,没有哪种菜肴能像大白菜和豆腐这样般配了,大白菜娶了豆腐,或者说豆腐嫁给大白菜,真的是门当户对郎才女貌了。大白菜和豆腐，这两种东西都是安贫乐道的、随遇而安的、宁静致远的，它们放在一起一定会互相体贴和心疼对方，它们没有火热的激情，但它们充满了温情和慈悲。我想天下最好的、最合适的、最持久的婚姻一定是大白菜豆腐型的，而不是红烧肉型的和鱼翅燕窝型的。

4

再回到《春菜》一诗，看看诗中的"蔓菁"吧。蔓菁也叫芜菁，十字花科芸薹族芸薹属，在苏东坡那里这两个称呼混用，除了此处"蔓菁宿根已生叶"，他在其他的词中还有"春色属芜菁"之语。反正他在诗文中提及蔓菁或芜菁的地方有不少。这种植物在《诗经》里出现时是这样的："采葑采菲"，葑即蔓菁，菲即土瓜或地下有根茎果实的植物，那么，也包括萝卜？由于葑菲这两类植物在食用时，不同人可能会根据偏好来从叶子和根茎之中选择其一，于是，与儒家文化相结合，接下来就有了"葑菲之采"一词，由此引申出了人文含义：既可作为"鄙陋之人或有一德可取"的自谦辞，也可指代对于人才和事物应该抱着忽略瑕疵而择其优点来用之的态度。蔓菁有圆圆的肥大的肉质块根，硬而脆，在古时候曾经既当粮又当菜，甚至还做过主食，除了那大圆块根可食，嫩时的叶子也可食，当然还是以吃块根为主。这种植物在不同地区从不同角度出发又取了不同的土名，比如，圆根、鸡毛菜、诸葛菜。这种菜在各地农贸市场都不难买到，即使买不到，快递发达了，也可以在网上买到，可以拿来切片炒着吃，也可以与米粮煮在一起当饭吃，更可以腌菜用，总之有各种吃法，我曾经炒着吃，上顿吃了下顿吃，连续吃过一个星期，质地密实，水分充足，食后有饱腹感，确实既可当菜又可当粮……我觉得蔓菁大约——这里的大约就是约等于之意，是大概率和八九不离十的意思，不是百分之百的意思，不排除同科同目同属的事物之间或许还存在着细微差异——就是我小时候常见的北方腌咸菜时用的那种疙瘩菜吧，它在山东这边，在某些地区方言里，叫作大头芥疙瘩、拉嘎达、皮拉。

说到蔓菁或芜菁，还得多啰唆几句。这种植物其实是外来植物，原产欧洲，是地中海地区植物——世界上好多蔬菜都发源于地中海，蔓菁也未能免俗。说到这里肯定会有人尖叫着质疑了："你前面刚刚说了蔓菁在先秦时代《诗经》里出现过，现在又说蔓菁来自欧洲——那一定是通过丝绸之路了——可是丝绸之路是在西汉张骞出使西域打通了河西走廊之后才正式开通的……别欺负我们没有念过初中,没学过历史、地理,好不好?"且慢,少安毋躁,不要动辄拿出当年背诵过的课本和刷过的试卷来说事,同时,请默念一下尼采的名言:"重估一切价值。"李时珍《本草纲目》确凿无疑地说蔓菁出自"西番土谷浑",这说明它是铁定的外来植物而非本土植物了,至于李时珍读没读过《诗经》,不敢说,但他肯定不是一个傻子,更不是废物。事实是,历史学家们已经发现,早在丝绸之路正式开通之前,就有一条更古老的"羌中道"——经过青海湖、茶卡盐湖的周边区域——连通了中国和中亚,蔓菁就是从那条道路上由欧洲转中亚进入中国中原地区的,可以说,张骞早在出使西域之前就吃过蔓菁了,说不定他还是靠着一路吃蔓菁才得以完成出使大业的呢。蔓菁,作为耐寒耐旱植物,纤维紧实又富含水分,有一层厚硬外皮包裹着以防止水分流失,走漫漫长途,穿越沙漠戈壁,还有比圆圆的蔓菁更好的干粮兼水壶吗?根据进入21世纪以来的考古出土,人们陆续发现,这条可以称之为丝绸之路前身的"羌中道"应该在四千年前就有了,最有趣的是,人们还进一步地在那周边发现了古墓中所绘的蔓菁图案……那么,蔓菁出现在《诗经》中,也就不奇怪了吧。至于蔓菁入主中原之后的命运走势如何,且听下个自然段分解。

其实在苏东坡那里,蔓菁或芜菁,在很多时候,往往要跟并不属于春菜的"芦菔"结伴一起出现。苏东坡在《撷菜》一诗中有"秋来霜露满东园,芦菔生儿芥有孙"之句,其中提到的"芦菔",其实就是萝卜,尤指白萝卜,这里同时还提到了"芥",就是芥菜,十字花科芸薹族芸薹属。芥菜有不止一个变种,可分为根用芥菜和叶用芥菜,说到根用芥菜,比如榨菜、比如无限接近蔓菁,可以说就是蔓菁的大头芥疙瘩——听上去有些奇怪,其实并不奇怪,蔓菁跟芥菜原本就都属于十字花科芸薹族芸薹属,是很近的近亲;说到叶用芥菜呢,不止一种,而最有代表性的,是雪里蕻……不知苏东坡"芦菔生儿芥有孙"里的"芥"究竟指哪一种呢?丰子恺《护生画集》根据这句诗作过一幅漫画,是画成了雪里蕻的样子,看来是作为叶用芥菜来对待了。那么,为什么这个十字花科芸薹族芸薹属的芥菜把自己搞得这么复杂呢,四处插手,到了混不齐的地步?这也怨不得它。在这里,不得不再饶舌来说一下蔓菁,即使说蔓菁说到了头晕眼花,也得说。话说蔓菁作为一种外来植物通过"羌中道"进入中国以后,作为本来就适合在北方生长的植物,很快在北方地区普及开来,人们对它的认可度很高,一度成为这个民族的救灾食品,接下来,这个北方植物,开始逐渐地由北方向着南方移植并推广,过了长江,传到了江南,又传到了西南,甚至传到了广东,以及到达曾经属于我国领土的越南北部。

可是，同一个物种在迁移过程中，得以存活下去，就得不断地通过改变自身一些特征来适应当地外界的客观条件，比如水土，比如气候……在由北向南迁移过程中，蔓菁这个过于受欢迎的植物，获得了无数个名字和变种，以至于造成了混乱，连它自己都找不到北了。在南迁过程中，蔓菁其实遇上了问题，比如，天气变得越来越热，气温高了，会影响它根部的生长发育，于是它的根部变得比从前小了，当它继续南迁，到了广东那边时，由于天气太热了，它干脆长不出硕大的圆根来了，于是变成了无根的——并不是说完全没有了根须，而是特指像原先那种又大又圆的块根没有了——只能吃叶子了，这时候就不好意思再叫蔓菁了，直接改名叫芥菜。反过来正过去，无论有了多少个变种，无论有了多少个命名，也不论谁先来谁后到了，到头来，大家统统都可以划归到芥菜队伍里面去，于是就有了根用芥菜和叶用芥菜之分。

苏东坡最经常吃的蔬菜似乎就是蔓菁和萝卜，而且往往两样一起来吃。他专门写过一首关于他那自创的东坡羹的诗《狄韶州煮蔓菁芦菔羹》，从诗的标题可以看出，这个羹里的主打蔬菜就是蔓菁和芦菔，内文也有体现："常支折脚鼎，自煮花蔓菁……谁知南岳老，解作东坡羹，中有芦菔根，尚含晓露清……"他另外还在《东坡羹颂》里更加详细地叙述了他自创的这个东坡羹的做法，大致就是将菘、蔓菁、芦菔、荠菜——也就是白菜、大头芥疙瘩、白萝卜、野荠菜——去掉苦汁，加上少量生姜和油，与生的米粮什么的统统杂煮在一起，再注意一下火候，就成啦。苏东坡还另外补充说明了一下，如果在做这个东坡羹时，正好缺少上面提及的蔬菜种类怎么办？那就用瓜和茄子来作替代品，与赤豆粳米什么的混煮，也是可以的。在类似的各种羹中，偶尔也会闪现芋头的影子，苏东坡与儿子苏过一起创制了"玉糁羹"，有诗为证，诗中说这种羹"香似龙涎仍俨白，味如牛乳更全清"，诗序里说里面用的主要食材是山芋，还说如果没有山芋，那还可以用芦菔来作山芋的替代品，"山芋"这个词特别容易产生误会，要联系时代背景和具体语境来理解，这里略去一大堆文献考证官司，直接给出结论：山芋，在宋朝以前一般指山药，在宋朝时候则指芋头即芋艿，而到了明代则指传入中国的番薯或红薯，所以，在这里苏东坡的"玉糁羹"是软软糯糯的芋头做的，而不是用山药做的，至于山药，苏东坡也是写过的，他说："铜炉烧柏子，石鼎煮山药。"对于芋头这种既可当菜又可当粮的一年生宿根草本，苏东坡也颇有研究，他为惠州土芋专门写过一篇《煨芋帖》，他还写过关于芋头的诗，像"牛粪火中烧芋子，山人更吃懒残残"之类。苏东坡除了发明这羹那羹，他还发明"饭"，境遇不好，物资匮乏时，苏东坡只吃盐、米饭、芦菔三件，心情也不错，因三样均为白色，于是他戏称为"三白饭"——这个饭里面有萝卜，是不缺维生素的。三白饭，他只是提供了一个"命名"，而命名本身是了不起的，实际上是对事物进行了创造性的再认识，凭借个人自由意志飞越了现实生存困境。苏东坡还曾经记录过一个他个人发明的"煮鱼法"，大概就是后人所说的"东坡鱼"吧，材料涉及菘菜心、葱白、生姜、芦菔汁、橘皮。

看明白了吗，上面诸种羹啊饭啊鱼汤啊，无论什么烹饪，那各种意象搭配组合里面，材质料理换来换去的，到头来总有那么一样是怎么也缺不了的，无论如何也换不掉的，那就是"芦菔"，哪怕是只当个备胎呢，也要请出芦菔来当才行，唉，千变万变，唯有芦菔不变，看来苏东坡真的是喜欢吃白萝卜啊。苏东坡甚至会梦见萝卜，他上朝前假寐，眯了一小会儿，竟梦见自己"遍历蔬圃中"，见一些人正在运土填池塘，"土中得两芦菔根，客喜食之"。醒来后，他把这个真真切切的萝卜梦手书下来，这就是现藏于台北故宫博物院的书法真迹《南轩梦语帖》。萝卜就这样被苏东坡拖进了饮食史、文学史、书法史、考古史，甚至精神分析学之梦的解析。

5

接下来，再返回到《春菜》这首诗。

诗中出现的"茵陈""青蒿"，均属于蒿类，当然是不同的蒿。至于茵陈，苏东坡在其他的诗中也涉及过，有"堆盘红缕细茵陈"之句，茵陈就是茵陈蒿，也叫白蒿——同一个物种在不同时期的两种形态。幼苗茵陈长大之后就成了白蒿——长得矮矮的，一簇簇的，绿叶上像敷了一层白粉，茸茸的，呈现出有些发灰的白绿色，北方山区有很多。我小时候家门口的药材公司就把它当中药材来收购，我还跟着小学同学一起去卖过，这种白蒿其实也是可以当成不折不扣的时令野菜来吃的，苏东坡在这首诗里就把它当成了"春菜"。而青蒿，就是常见的野草兼野菜"青蒿"，这里估计是指用其叶子的绿汁来和面，做成面饼或面条，同时将青蒿碎叶撒在那面食上，做成所谓"青蒿凉饼"。另外，苏东坡还有"蓼茸蒿笋试春盘"之句，也提到了可以作为蔬菜的"蒿"。那么，这个句子里的蒿具体是指哪种蒿呢？很多人认为是茼蒿，我觉得既可以是茼蒿，也可以是其他的什么蒿，总之是某种可以当菜吃的蒿类吧……还要顺便说一下，这个句子里还出现了"蓼",蓼科植物是一个大家族,此处指的应该是水蓼,这种水生植物直立在水中或水边,有椭圆披针形的叶子,茎枝分叉,会摇曳出粉白色穗状总花序,蓼茸,指的是可以当作蔬菜来吃的水蓼嫩芽,在古代有时也会归入辛辣之菜的行列。

像刚才讲到的这种可以当蔬菜来吃的蒿类,还有另外一个非常重要的品种:蒌蒿。蒌蒿值得大书特书。它是一年生的野生草本,生长于河湖岸边或者沼泽,以及湿润的荒地之中,它因苏东坡那首《惠崇春江晚景》而大大扬名。"竹外桃花三两枝,春江水暖鸭先知,蒌蒿满地芦芽短,正是河豚欲上时",在这短短的二十八个字里面,竟写了三种很好吃的东西,当然真正高段位的吃货则会从这首小诗里数出六种可吃的东西来。这首诗中既有维生素又有蛋白质,阅读时所引起的生理反应已经超过了精神上的审美愉悦,禁不住会流出口水来。其中,有两种是生长在江边的嫩生生的时令野菜,蒌蒿和芦芽。芦芽也就是芦笋,苏东坡在其他诗中还有"芦笋初似竹,稍开叶如蒲"之句,指刚萌发的芦笋嫩芽,清炒或蒸食,均味道鲜美。至于蒌蒿,曾出现在《诗经》里,在那首写追求汉水游女而终于失望的恋歌《国风·周南·汉广》里有"翘翘错薪,言刈其蒌"之句,现代注解里认为,此处的"蒌",就是"蒌蒿",再进一步说明，蒌蒿即芦蒿，嫩则可食，老则为薪。但是，《诗经》里面并没有明说吃芦蒿的事，也许先秦人们还没有把芦蒿当成可食之物而只是当了柴火也未可知，相比之下，还是苏东坡写的可吃的嫩嫩的芦蒿更可爱，在他的另外一首诗里还出现过"久闻蒌蒿美，初见新芽赤"之句。人们对芦蒿的认识也有一个渐进的过程吧？再往后是在《红楼梦》里竟也读到了吃芦蒿的事。是在第六十一回里提到的，小燕说"晴雯姐姐要吃芦蒿"，柳家的忙问是用肉炒还是用鸡炒，小燕却说"荤的因不好才另叫你炒个面筋的，少搁油才好"。读到这里禁不住又想起芦蒿的美味来，看来到了曹雪芹时代，芦蒿早就被认识到是可以吃的了，我认定，连我喜欢的晴雯都爱吃的一定是不俗的好东西。北方是没有芦蒿的，据说芦蒿本为南京及其附近周边所特有，后来才遍及江南各省，芦蒿为野生，到后来才渐渐被食用，并作为贡品。我对芦蒿的想象持续了许多年，直到 21 世纪初才在南京的餐馆里吃到，我点了一个清炒芦蒿，又点了一盘清炒芦笋，可惜就差河豚了，如果再有那么一盘清蒸河豚，那就把苏东坡的诗句摆弄齐全了，他那诗的本意在我看来，也不过就是摆了一小桌美味菜肴给我们吃：一荤两素，甚至两荤四素。吃芦蒿，一般并不吃叶子，而是要吃其鲜嫩茎秆的。我正在吃着的芦蒿已经不是野生在江边的芦蒿了，而是大面积人工种植在塑料大棚里的芦蒿——据说野生芦蒿之茎秆是有些微微发紫的，而人工培植的芦蒿之茎秆则完全是绿色的——即便如此，我还是很高兴。然而，这芦蒿的味道是文学的芦蒿的味道还是食用的芦蒿的味道，我竟有些弄不太清楚了，我毕竟是从文学作品进入对芦蒿味道的想象和体验的。我只觉得那白瓷盘中轻盈的绿，一寸寸细嫩茎秆，让我懂得什么叫芳草碧连天，我用北方的牙齿和胃咀嚼并消化着整个江南，我知道这最轻、最淡的香是一条大江边上最早的春天，是六朝弥漫的烟水。我真的喜欢那爆炒的原味，只需那么一点点油，一点点盐。及至后来，也就是近些年，有了特快专递服务，可以网购生鲜了，于是惊喜地发现，芦蒿亦可以网购，同时大棚种植技术使其不再仅限于春天供应，其他季节也可吃到，今天下单，当日发货，附带保鲜冰袋，次日收货——我吃芦蒿比杨贵妃吃荔枝可是方便得太多了——苏东坡要是知道了，当会羡慕我吧？

在这首《春菜》里，没有提到春天必吃的香椿这种"树上蔬菜"，那在我们北方可是春天的象征主义蔬菜。当然苏东坡在别的地方提了的"椿木实而叶香可啖"。还有槐叶，也算是树上蔬菜，春天趁着嫩叶来吃，苏东坡写过一首《二月十九日携白酒鲈鱼过詹使君食槐叶冷淘》，标题里就出现了这种食物的名字，在当时属于一种比较普遍的吃法"槐叶冷淘"，采集槐树上的嫩叶，用来捣汁和面，切成饼、条、丝等各种形状，鲜亮碧绿，煮熟之后，再放到凉井水中或者以其他冰镇方式来淘泡，做出来的面食，基本上类似我们现在的凉面吧。

这首《春菜》诗里竟然没有顾得上提及元修菜，大概认为元修菜不仅仅属于春天吧，春天里吃最佳，同时也应该是四季皆有的吧，只要掐嫩叶尖来吃，估计问题不大。当然，真正原因，可能是作者写这首《春菜》时，人尚在徐州，这时他还只叫苏轼而不叫苏东坡，这时他还没有因"乌台诗案"进大狱而后又被贬谪外放到黄州去监外执行，而"元修菜"——诗人大爱的故乡野菜小巢菜，寄托着游子乡愁——大约是在他到了黄州之后才得以由诗人自己来正式命名的。

苏轼到了黄州，为了养活一家老小，不得不下田劳作，将黄州城东的一块斜坡空地开垦出来，种粮种菜，这块坡地因位于城东，故名东坡，接下来诗人也就自号东坡了。诗人十五年没吃过故乡眉州的小巢菜了，恰好故乡友人巢元修来黄州，二人谈论起小巢菜来，苏东坡于是让巢元修返乡之后寄来了小巢菜的种子，播撒在了异乡这块叫东坡的菜圃，同时还为此写下了一首五言长诗并序。在序中苏东坡解释了"元修菜"一名的由来，是跟苏巢二位好友对话时，心照不宣地使用的一则历史典故有关联。先说一下这个典故吧，典故的主人公出现过两个版本，一说人物为孔君平与梁国杨氏子，一说是孔融与少时的杨德祖即杨修，反正就是主人公一个姓孔一个姓杨，苏东坡取第二个版本，话说孔融与少时的杨修一起吃杨梅，杨修和杨梅的首字均为"杨"，孔融就跟当时还是小孩子的杨修逗着玩儿："此是君家果。"对方立即机灵地回答："未闻孔雀是夫子家禽。"……现在呢，这个典故被巢元修拿来转用了，由于巢菜和巢元修之名，都带一个"巢"字，于是他说："如果孔融看到这巢菜，就要说这是我家的菜了吧？"于是苏东坡就顺水推舟，真的把这小巢菜当作"此是君家菜"了，当即命名为"元修菜"。苏东坡在诗中说："彼美君家菜，铺田绿茸茸。豆荚圆且小，槐芽细而丰。种之秋雨余，擢秀繁霜中。欲花而未萼，一一如青虫。"诗句极为形象细致地描写了这种野菜的形状及其生长过程，"是时青裙女，采撷何匆匆。烝之复湘之，香色蔚其饛。点酒下盐豉，缕橙芼姜葱。那知鸡与豚，但恐放箸空"，这里描写的是这种菜的吃法及其美味诱惑。在蜀地做官的陆游当然读过苏东坡这首诗，于是去按诗索菜，一番考察后，认定就是小巢菜，野豌豆苗，菜味当然也是豌豆苗的味道，可采食的仅是叶尖部分。

《山家清供》的作者林洪从实际考察中得到了答案，认定就是蚕豆苗，也就是豌豆苗。在我们的常识里，蚕豆和豌豆并不是同一种豆类，但是它们两个，怎么说呢，在科学分类上，蚕豆属于"豆科野豌豆属",豌豆属于"豆科豌豆属",不管看上去有什么细微区别,弄来弄去,背地里还是一家子啊。问题又来了,《诗经》里出现的"薇",据说也是野豌豆苗呢,那《诗经》里面的薇,也是元修菜了?天啊,怎么全成了野豌豆苗了?至于说到豆科植物的嫩叶,那么,还要提及东坡诗文中的"藜藿等大烹""藜藿腐亭午""红点冰盘藿叶鱼"这类句子,"藜藿"把两种植物连在一起,成为一个固定词语,泛指粗野菜吧,具体讲来,藜就是灰条菜,也叫灰灰菜的,而藿,要么指藿香要么指豆类植物的叶子,在这里肯定指豆类叶子,穷人食野生豆叶,那鲜嫩茎叶被采来做成羹食。没说藿究竟是哪一种豆类植物的叶子,那就索性从笼统上去理解,看成指所有野生豆类植物叶子的总称吧,当然,这个总称里面肯定也包含了野豌豆的叶子,实际上,确实也有人认为藿就是野豌豆叶子的。无论从理论上还是现实上来讲,其实,北方和南方都是有元修菜的,就是那么一种野生草类,就看你认不认它了,它属于豆科植物无疑,分歧只是精确地区分到底是哪一种豆类上。天啊,绕来绕去,似乎怎么也无法从野豌豆那里逃开了?野豌豆啊野豌豆,我被你彻底搞糊涂了。

苏东坡在诗文中还不止一次写到"苜蓿盘","自飨苜蓿槃""可怜先生盘,朝日照苜蓿""诗翁憔悴老一官,厌见苜蓿堆青盘""久陪方丈曼陀雨,羞对先生苜蓿盘",那么"苜蓿盘"是何物?"苜蓿盘"来自一个唐代典故,说是饭盘里天天只见苜蓿而不见其他,一般用来表示小官吏或私塾教师生活清贫。苜蓿是野生草本,分为北苜蓿和南苜蓿——二者都是豆科车轴草族苜蓿属——北苜蓿一般指紫花苜蓿,据说是张骞出使西域时带回来的,是很好的牧草饲料,大片大片开花时,非常好看,而南苜蓿是我国本来就有的,一般分布在长江以南,能当菜吃的苜蓿一般指南苜蓿,开黄色花,掐嫩叶吃,就是如今江浙沪一带常吃的"草头"或"金花菜"。我在江苏吃过上汤草头,一浅平的碗碟之中,汤少许,绿绿嫩嫩一簇,撒点儿切碎了的皮蛋和火腿。苜蓿毕竟也属于豆科,于是偶尔会遇到一种说法,认为苜蓿其实也是野豌豆苗——坚决反对这种说法,我们已经有了太多野豌豆苗了,不可以再将苜蓿误当成豌豆苗。

在苏东坡的《春菜》一诗里,提到茵陈、甘菊时,后面紧跟着来了一句"绘缕堆盘纤手抹",与他在另外一首诗中出现的那句"堆盘红缕细茵陈"很相似,该作如何理解呢?它说的似乎是,无论是甘菊,还是这种也叫白蒿的茵陈蒿,趁着鲜嫩采摘下来时,它们的茎都还是有些稍稍发红或者微紫的,用巧手把它们捋得顺溜儿干净了来堆盘。这两句诗中均出现了"堆盘"的动作,堆的是什么盘呢?会不会就是多次出现在苏东坡诗文中的"春盘"呢？例如，"青蒿黄韭试春盘""蓼茸蒿笋试春盘""黄芪煮粥荐春盘""春盘得青韭"……那么什么是春盘？这是一个与"立春"这个节气相关的饮食风俗。

春盘似乎是从最初的五辛盘演化而来，最初是把五种有辛味的菜蔬配以面饼放进同一个盘子里，吃了可以杀菌驱寒，春天来了可以帮助催发五脏之气。后来五辛盘渐渐演变成了春盘，并且在唐代以后开始变得精致化，到了立春节气，以初春刚刚萌生的蔬菜野菜配上可以卷起来的饼饵，以及果品等，堆簇在同一个盘子里，可以自己吃，也可以馈赠亲友。

又到了后来，春盘在某些地方干脆直接变成了春卷，依然还是在盘子里堆放，而秩序有变，用一层熟的薄面皮儿把切成细丝的时令鲜蔬包裹了起来，呈筒状或柱状，一个一个地排摆在了盘子里，这样拿起来吃，同时，薄面皮包裹着的时令鲜蔬的具体内容也发生着变化，可以根据地域风物不同和个人喜好而有所增减、有所变动，既有熟吃的部分，也有生吃的部分，另外，以时令鲜蔬为主打的时候，偶尔也会加入蛋白质以至荤类内容。

再到后来，这样的带馅儿的卷饼被包得更加严实，封起端口，放进油锅里去炸了来吃，这就完全变成我们今天吃的春卷了。古人春盘里的内容搭配是不固定的，就是苏东坡自己在各处诗文中提及春盘时,在细节上也略有差异,甚至诗人在大病初愈时,以黄芪这种食根药材煮出来的粥都被当成了春盘。吃春盘迎接春天,是分布在南方北方的汉民族共有的风俗,相比之下,还是以江南为盛,毕竟在立春节气,春天大门刚刚开启,天气还算有些寒冷,那时候,江南地区可以吃的植物要比北方多得多。春盘里的时令鲜蔬大致有韭菜或韭黄、蒿类、蓼芽、笋、荠菜、菠菜、豆芽,甚至也包括芹菜、萝卜等。以"春盘"的方式迎接春天,把春天放进一只盘子里去端着,吃到身体里去,这样的方法,无论富贵贫穷,都是可以量力而行的,人人都可以追求这份风雅。

6

除了春菜,当然还应该有夏菜、秋菜、冬菜吧,以及四季皆有的菜。

苏东坡第一回任职杭州时,在一个季夏,游览西湖,写下过五首绝句,其中第三首是这样的:"乌菱白芡不论钱,乱系青菰裹绿盘。忽忆尝新会灵观,滞留江海得加餐。"多年以后,苏东坡第二回任职杭州,又在一个仲夏游西湖,写下了一首叫

《南歌子·湖景》的词："古岸开青葑，新渠走碧流。会看光满万家楼。记取他年扶路、入西州。佳节连梅雨，余生寄叶舟。只将菱角与鸡头。更有月明千顷、一时留。"上面这两首诗词，写于不同年代，都写于夏天，写的是同一个地点，两首不约而同地涉及三种可当蔬食的水生植物：菱、芡、菰，诗词中出现的名称有时强调品种门类有时则直接使用了别名，它们在第一首诗里出现时分别对应着"乌菱""白芡""青菰"，它们在第二首词里出现时分别对应着"菱角""鸡头""青葑"——特别考证，此处之"葑"与上面曾提及《诗经》中之蔓菁一毛钱关系也没有，而是取古人"菰草丛生，其根盘结，名曰葑"之意，是"菰根"的意思，在这里就是指"菰"了。"葑"这个字，原本就有不止一层意思，同音异调，一会儿蔓菁一会儿菰，指蔓菁时声调要读成阴平，指菰时声调要发成去声，汉字源远流长博大精深，你用现代科学分类法去跟它理论，它根本不搭理你，你除了埋怨自己还不够有学问，别无办法，那就从了吧。菱，菱角，它把细铁丝状的根扎进水中泥里，把菱圆形状的深亮绿叶漂浮在水上，在水中密密相连成一大片，开小白花——古人以菱花来命名铜镜，所谓菱花镜，菱结出的果实叫菱角，像一只只正在展翅飞翔的小鸟，去除外面的硬壳子，里面就是白白嫩嫩的果实了，生吃熟吃均可。说到菱，不禁又联想到了

《红楼梦》里那个清秀而柔顺的苦命女子香菱,当那瞧不起她的夏金桂说香菱这个名字讲不通时,她竟语调弱弱地进行了一番反驳,相当于给对方上了一堂美学课:"不独菱花香,就连荷叶莲蓬,都是有一股清香的。但他原不是花香可比,若静日静夜或清早半夜细领略了去,那一股清香比是花都好闻呢。就连菱角、鸡头、苇叶、芦根,得了风露,那一股清香也是令人心神爽快的。"内容讲得在理时,人无须气场强大。芡,芡实,作为睡莲科大型水生植物,可以壮观地铺展在水面上,浑身长硬刺,它的种子就是芡实,也就是鸡头米,有各种吃法,可磨粉冲服,可熬粥,可炖菜汤,另外,除了芡实可吃,芡根也可以吃,据说与芋头滋味相仿佛,还有芡的嫩茎可以拿来当作蔬菜,炒着吃。

下面,重点来说说诗词句子中出现的这个"菰"吧。菰的前生今世,令人唏嘘,甚至还有些辛酸。菰是禾本科的水生植物,挺立在水中,模样很像水稻,叶片和花序也像水稻,只是秸秆比水稻更高、叶片更宽长、花序也更大,菰能产出一种细长的黑红色的菰米,据说唐朝以前的人是把菰米当成重要谷物之一,也叫雕胡米,李白、杜甫都在诗中写过它,据说好吃得很,将滑糯、甘甜与淡淡微苦结合在了一起,整体味道是清雅无比的,或许由于产量少,这种米后来很少见到了,沦为罕见的野米，人们还是大面积种植并食用那产量高的水稻。正是在菰的具体生长过程之中，人们发现了一个秘密，有些菰在受到黑粉菌——一种土壤里的真菌——侵害之后，就不抽穗不开花了，同时它的白色茎部则会变得膨大鲜美，可以当成一种蔬菜来吃，后来人们为了获得更多的这种好吃的白白胖胖的茎，就对菰进行人为干预，故意地用黑粉菌来阻止菰的正常发育，不让它开花不让它抽穗，逼着它长出膨大的茎来，可以当菜吃，那些依然开花抽穗想长出米粒来的菰反而受到了嫌弃，被否定被淘汰，于是菰只好演变成了一种专门用来吃嫩茎的蔬菜：茭白。我忽然想到，这不是类似于我小时候在乡村吃过的高粱乌米吗？那时候我跑到高粱地里去，专门寻找那种霉黑霉黑的膨大起来的椭圆柱形的病穗子来吃，把嘴巴吃得乌黑，那东西好吃得很，估计也是与菰变茭白同理——被黑粉菌侵入后才长成那样子的吧。如今，南方北方都有茭白，农贸市场上很容易买到。菰变成茭白，这里面有太多的不情愿和太多的非正常，想到"逼良为娼"这个词可能有些过分了，想到早年街头为乞讨而故意将儿童致残的事件，可能也有些胡思乱想了，但无论如何得承认，从菰到茭白，这个演变过程并不属于生物进化或者退化，而更接近于某种变态，确实有一丝非正义的成分在里面。知道了这段菰变茭白的往事，再吃茭白时，可能会感到不太舒服吧。

苏东坡还写过芹菜,"泥芹有宿根,一寸嗟独在。雪芽何时动,春鸠行可脍"。诗人特别加了个自注"蜀人贵芹芽脍,杂鸠肉为之",这首诗里所讲的一道菜就是芹菜炒斑鸠肉丝,看来是苏东坡老家的一种吃法,而此时他正被贬在黄州,离《吕氏春秋》中所谓"菜之美者,云梦之芹"的产地蕲州很近,正好可以用蕲州水芹代替家乡芹菜来做这道菜了。苏东坡还有"上除青青芹,下洗凿凿石"之句,倒没说那野芹除了之后,是不是拎回家炒菜吃,至于"西崦人家应最乐,煮芹烧笋饷春耕"之句里的芹菜,是跟笋相提并论的,煮的煮,烧的烧,可见都是当了时鲜的。无论水芹还是山芹,以及后来才进入中国的旱芹,所有芹菜都是一副骨格清奇的样子,连味道也是脱俗的,挥发出一种药苦之香,微凉虚明而水脆兮。我曾经在某个夏日独自跑到济南南部山区的水溪里去采撷野生水芹,真是体验到了"薄采其芹""言采其芹"的《诗经》意味,我甚至把那山间溪水想象成了孔庙旁边的水池,"思乐泮水",学古人做法,把一枝水芹插在了草帽上,表示我刚刚中了秀才,文采斐然,已经成为那可以别称为"采芹人"的读书人了……可惜那水芹拎回家后,真正吃起来,鲜嫩有余,却有一股莫名的水腥气,令我无法过多消受。

黄花菜属于百合纲目里的萱草族属，是一种萱草，开花时猛地看上去，很像是纤瘦了一些的野百合。"莫道农家无宝玉，遍地黄花是金针"，苏东坡的这句诗说的就是黄花菜，有的地方也叫它金针菜。郑重声明：所有的黄花菜都可以叫萱草，但是，不是所有的萱草都叫黄花菜——只有萱草之中的"柠檬萱草"才是黄花菜。这个问题生死攸关，倘弄不明白，见了小区花园苗圃里插的植物标牌上写着"萱草"二字，便在心里与黄花菜画了等号，趁四周没人时，揪回家去炒菜吃，那很快就得拨打120——别问我怎么知道的，认识一半以上来源于实践。黄花菜还有其他名字，比如，"宜男草"，古人认为孕妇佩戴上它之后，会生男孩——这个名字好封建，我不喜欢。黄花菜还有另外一个名字叫"忘忧草"，它还被看成是母亲之花，这些基本上都是文人创作出来的意思了，与科学关系不大或者完全无关，这样过于飘浮和主观的命名，有一种通俗化的诗意，我也不喜欢。那么，怎样称呼它才最合宜呢？我想，在把黄花菜当作观赏植物时，在写诗时，就叫它萱草好了，在食用这种植物时，就叫它黄花菜吧，这样分开来分别称呼，感觉最得体。黄花菜，一般要经过蒸晾晒的过程，吃干不吃鲜，新鲜的黄花菜内含某种毒素，非吃鲜的不可，那就得先放进沸水中去焯一下。我们常说"黄花菜都凉了"，意思是：太晚了，太迟了，错过了，没有机会了——至于为什么要用黄花菜来表达这个意思,不知道。

请问,宋代有黄瓜吗?有。黄瓜也叫胡瓜或青瓜,这种一年生匍匐藤本植物属于舶来品,是西汉张骞出使西域时带回来的。黄瓜富含水分,性凉而清脆,在苏东坡的诗词里,当他将"牛衣古柳卖黄瓜"与"酒困路长惟欲睡,日高人渴漫思茶"连在一起写时,那幅在大太阳底下长途奔波时口干舌燥的情形,正好进一步地反衬出了黄瓜的清凉。苏东坡还有"紫李黄瓜村路香,乌纱白葛道衣凉"之句,前面提到黄瓜,后面写到自己的服饰很凉快,其实二者是有着一丝隐秘的内在联系的,当然,作者自己未必会意识到这一点,这来自他的潜意识。

苏东坡还写过瓠子,也叫瓠瓜。据说瓠子形状不尽相同,而对于我来说,在家乡亲眼见过的瓠子种类,全是细长如柄的,猛地看上去,在视野模糊的错觉中可能会认为那气质有些接近丝瓜,再仔细瞧,又觉得像是长柄大黄瓜。其实,瓠子跟丝瓜、黄瓜确实算得上是远房表亲,大家都与葫芦有一些关联。但是,相比之下,瓠子比那两位离葫芦更近,而且很近,它干脆可以说就是葫芦的一个变种。瓠子在鲜嫩的时候,有光滑软凉的绿白色外皮,内瓤切面为木木的白色,种子隐隐约约的,要趁嫩来吃,炒菜吃。瓠瓜味道不错,而瓠叶比较苦,苦也有人采了来吃,《诗经》里就写"幡幡瓠叶,采之亨之",苏东坡则有

"厌伴老儒烹瓠叶"之句，大概用"烹瓠叶"来指代一种清苦的生活。《史记》里说某个人"身长大，肥白如瓠"，从此以后就用"瓠肥"来喻白胖，苏东坡当然知道这典故，所以亦有"或糠核而瓠肥，或粱肉而墨瘦"，以及"食余已瓠肥，终不忧鼎俎"之句。当我们说一个人又白又胖时，可以向古人学习一下，使用一个更文雅的词汇：瓠肥。

苏东坡还在诗里写"丰湖有藤菜，似可敌莼羹"，一下子提及两种菜，告诉我们二者好吃的程度可谓势均力敌。先说"莼"吧，莼菜是浮生在清水中的宿根草本，叶子椭圆形，很像极其微小的睡莲，茎和叶背似有透明胶质黏液，从春季到秋季均可采摘嫩叶来吃，采下来的嫩叶片是微卷的。苏东坡词里还有"但丝莼玉藕，珠粳锦鲤，相留恋，又经岁"之句，其中提到了莼菜和莲藕这两种菜蔬。既然涉及了莲藕，那就顺便提一下，这种极普遍之菜蔬，被苏东坡在一首回文词里写得妙极："手红冰碗藕，藕碗冰红手。"不必解释了，汉字之妙，风物之美，人物之情，自己去品吧。再回头接着前面，继续说莼，此处"丝莼"指的是成熟期茎叶变得舒长的莼菜，以区别于茎叶嫩时的稚莼。涉及莼菜，苏东坡另外还有"若话三吴胜事，不惟千里莼羹""每怜莼菜下盐豉""未肯将盐下莼菜"之语，均与《世说新语》故事相关联，东吴被晋所灭，面对那以山西老家土特产羊酪来炫耀并挑战吴地的王济，陆机以强势文化气场向对方宣告吴地之产出不仅丰饶同时具有比那所谓羊酪要清虚风雅得多的审美趣味："有千里莼羹，但未下盐豉耳！"用莼菜——不放盐豉的淡味本色——优雅地打败了羊酪。我在杭州吃过"西湖莼菜羹"，就是在淀粉鸡蛋清的汤上漂浮着一片片舒展开来的小小莼菜叶子，望去清清爽爽，绿意盈盈，吃上去口感圆润滑腻而淡雅悠长，餐馆在西湖北岸，抬头望向窗外，碧波荡漾，而眼前桌上这样一小盆的菜羹，感觉也是一大碗"西湖"呢，是另一个微缩版的西湖……想到西晋的张季鹰竟然为了这种野菜而从洛阳辞官回了吴地老家这一典故，为了进一步体会张季鹰的情思，于是我在吃完了那小半盆汤羹之后，又点了另外的同样一个小半盆。

说完了莼菜，再来说一下苏东坡前面诗句"丰湖有藤菜"中的"藤菜"，这个菜也叫落葵——据说它跟古代的主打蔬菜葵菜即"冬葵"似乎是亲戚，但它又并不是那种古代葵菜——它的碧绿叶片是肥厚的圆形，茎叶也富含黏液，有冷滑之感，清炒、做汤、凉拌均可，它有一个大家都熟知的通俗的名字，叫木耳菜，这跟树上长出来的那种菌类木耳并没有什么关系，大约只是民间取其形状口感来自行命名的。印象中，北方吃木耳菜似乎是近二十年才渐渐流行开来的，我家楼下菜市场往往在夏天会有木耳菜在卖，有的连叶带茎扎成小捆，有的只掐嫩尖儿叶子来摊散着。我在长江中央的一个小岛上见过正在生长着的木耳菜，缠绕在篱笆或树枝架子上，胳肢窝里开着小碎花，圆圆的叶片看上去很天真，让我想起20世纪70年代小时候穿过的那种娃娃服的小圆领。

《格物粗谈》可能是一本冒苏东坡之名而写的书，有人说就是苏东坡写的，又有人考证说是别人假托苏轼之名弄出这么一本书来。即使伪书，也并非全无价值，雁过留声人过留名，然竟有人辛苦写作然后署上别人名字，不图后世之名，只图个传播学效应，把自己那些真知灼见以更有效的方式传播出去，当然这还跟宋代开始可以大量印刷书籍有关，毕竟可以赚钱。这位假托的苏东坡先生谈到了囤菜储菜方法，其中有"冬瓜内置茄子，至春不坏"之句，这提醒我们苏东坡的菜篮子里应该还有茄子和冬瓜。茄子，虽说是从东南亚那边传进来的，但中国人吃茄子的历史也已经足够久远了，在叙说东坡羹的做法时，作者也曾略有提及，可把茄子当成了候补或替补的蔬菜，或者说备胎蔬菜。冬瓜不是外来的，属于我国原产的一年生藤本，可能跟冬种冬熟有关，所以叫冬瓜，当然它还有白瓜和枕瓜等别名，苏东坡在评价歙砚时有"瓜肤而縠理"之语，据说这里的瓜指的就是冬瓜，说这砚的石质摸上去像冬瓜的硬皮那样坚老,涩滑度是恰到好处的。既然说到了冬瓜,那么也就不禁想起来,苏东坡的诗里还出现过秋瓜呢,"喜见秋瓜老""秋瓜感霜霰,茎叶飒已槁",这里的秋瓜想必是泛指,而并不特别指某一种瓜,瓜果一般是秋季成熟,故瓜可泛称秋瓜。

7

菜篮子里当然也少不了菌类。

有一次,苏东坡与朋友在"落叶空畦半已荒"的萧瑟园子里散步时偶然遇见了蘑菇,"老楮忽生黄耳菌",说的是在一棵老了的楮树上发现生出了一簇蘑菇,于是采了来,配上白芽姜,炖着那蘑菇吃了一顿,然而意犹未尽,美味令人激情万丈,放下筷子,思绪一下子从秋冬飞跃到了春天,想进一步到东南去"又入春山笋蕨乡",类似得陇望蜀,这是得"蘑菇"望"笋蕨"啊。起初我读到这个句子时,误将"黄耳菌"当成了木耳,后经查证并联系后文的那个"白芽姜",认为黄耳菌应该是蘑菇才对,蘑菇跟姜炖在一起,才好吃啊,至于木耳炖姜,没听说过,即使有,也没什么可吃的,甚至都算不上是一道菜。苏东坡还有"老楮生树鸡"之句,与上面那个句子相似,说的也还是在楮树上生出了菌类。苏东坡曾讽刺僧人给荤菜起个素菜名称的自欺做派，跟行了不义而偏偏起个美名没什么两样，比如将"鸡"称为"钻篱菜"，而在这里他自己则刚好反过来了，把植物反喻为动物，将树木上生出的好吃的菌类说成是"树鸡"——虽然这名称并不是他的发明，之前早就有人用过了——足见那美味比得上鸡肉了，那么"树鸡"究竟具体指哪种菌类呢？有人说依然是黄耳菌之类的蘑菇，有人说指的是木耳，是长得比较大的那种木耳，我倾向于指木耳。

关于木耳，我有很多话要说，请允许我往远处扯一下吧。明末清初才子李渔在《闲情偶寄》里说蔬菜中最干净的，要数笋、蘑菇和豆芽。可是他忘了木耳，他在书里没有提到过木耳。其实如果把木耳算上，那么笋、蘑菇、豆芽和木耳这四种菜，就可以算作是蔬菜中的四君子了，就像松竹梅兰是花中四君子一样，李渔还用蘑菇和莼菜，加上蟹黄和鱼肋，做成好吃的"四美羹"，其实他又把木耳给忘了，如果再把那么一点儿木耳搭配进去，做成"五美羹"不是更好嘛。

我第一次见到生长着的木耳，是在小时候，在一个亲戚家的后园子里。那个后园子很大，种了些果树和葡萄，还有几块不大的菜畦，地上满是残树断枝。盛夏的时节，由于高温多雨的天气，里面植被茂盛，有些阴森，据说常常会有蛇出没。有一天雨后，我踩着泥泞走进园子里，太阳光线从枝叶间透进来那么一缕，斜斜地映在园子的西北角，我忽然看到在那里有一株倒下的枯树干，大约是一株死去的槐树，在那上面竟然长着一排整整齐齐的黑色半透明状的小耳朵，有着混沌未开的表情，仿佛正倾听着这园子里细微的声响，包括我的脚步声，衣裳从树间擦过的声响，风声，甚至包括露珠从草叶上滚落下来的动静。我俯下身去大起胆子来摸了摸，是有点儿软有点儿黏的胶质，似乎是半液体半固体的，阳光照着它们，黑色里带了微棕色。后来这个家里的我的一个小姨赶过来了，告诉我它们叫木耳，可以晒干了再泡开来炒菜吃，她还说木头上有些细密的小白点子，就是还没有来得及长出来的木耳的小芽。在我看来，木耳真是神奇，它是从死去的树木的腐朽躯干上长出来的，却有着那么鲜美和清虚的味道。它们该是那死去树木的灵魂吧，或者说是那死去树木对于生前的某种回忆吧，是一棵树最敏感的直觉，是一棵树留给这个世界的最后的话语——当然是枯树干在沾满了雨水之后，通过温热沉重的被动呼吸，从身躯内部挤压释放出来的。

我疑心树干的年轮就相当于一张旧唱片，一棵树生前的想法都在那里面录着，现在那树死了，唱片里的内容无法播放了，只好从树干上长出了木耳来，让木耳代替来表达了。如果植物也有语言,那么木耳是什么意思呢,翻译成人类的语言,是什么意思呢?还有,我想得就有些离谱了,人死之后,为什么人体不能像树一样,长出类似木耳一样的东西来呢?一小撮木耳就可以在水中膨胀出一大堆来,想象力极其丰富的样子。我常常自己做"什锦汤",胡乱放进去绿的小油菜、白的豆腐、竹笋或冬瓜、黄的鸡蛋或金针菇、红的虾米或火腿,再放上黑木耳,各色人等粉墨登场,生旦净末丑,像在演一出大戏。那木耳在菜肴里往往要扮演的是配角,却又是必不可少的,它的个性也算旗帜鲜明,无论跟什么重要角色放在一起,不管吸取了多少别类的味道或者肉类的油腻,只要到了它那里,都能变得不卑不亢起来,顶多是使得木耳味道变得更鲜更清了,竟增强并提升了木耳固有的味道。在这里我要来点儿托物言志的俗套,是不是做人也应该像木耳这样呢?我家卫生间里的拖布杆上曾经长出小蘑菇来,那种细长茎上顶着小小圆帽的,像螺丝钉一样大小的,后来也生出来过很小很小的木耳,我看着它们真是惊喜。闷热潮湿的天气里,我还盼着我家的桌子腿、椅子腿以及一切木质家具都变得感性十足,萌生出小木耳来。

除了明显可当蔬菜来吃的那类常见蘑菇、木耳之外,苏东坡也写过其他的可吃的菌类,他把这些菌类与其他山中草蔬混合在一起来写,明显表达了药食同源的养生思路:"我来徙倚长松下，欲掘茯苓亲洗晒。闻道山中富奇药，往往灵芝杂葵藿。诗人空腹待黄精，生事只看长柄械。"其中提到了茯苓、灵芝、葵、藿、黄精，全都是既可药又可食的植物。

茯苓多寄生在松树的根部，是一种菌类，可当药材，也可食用，苏东坡这样介绍过茯苓饼的做法："以九蒸胡麻，用去皮茯苓少入白蜜为饼食之，日久气力不衰，百病自去，此乃长生要诀。"他可真会吃啊，既美食又养生。这里顺便说到了胡麻，那么得讲一笔也许越说越糊涂的糊涂账了，其实只涉及通俗命名而并不涉及实物，糊涂不了哪里去。按现代分类方式，胡麻应该指亚麻中的油用亚麻，可以榨出亚麻籽油的那种，但在古代时候，"胡麻"一词最早用来指代的其实是油用植物中的芝麻，据说二者——应该是芝麻在前，油用亚麻即胡麻在后——统统原产地中海附近，后经丝绸之路进入中国，后来大概由于见胡麻少而见芝麻多，叫来叫去，人们懒得在叫法上加以区分了，大概从宋代开始，有人干脆无论胡麻、芝麻，不管三七二十一地统统叫作"胡麻"了，话说新近又有研究者经过考察并跳出来喊话了，认为其实那个最先叫作"胡麻"的芝麻，与"胡"并没有什么关系，而系中国原产，产于云贵高原……反正，无论名称怎么混乱，我对这两样明显差异的东西从来无须加以辨别而从来没有混淆过，芝麻油和亚麻籽油——无论如何同名异物，无论谁争抢着叫"胡麻油"——都在我家厨房里明摆着呢，分得门儿清。那么，至于苏东坡制作茯苓饼时所用的九蒸胡麻，可以肯定，胡麻指的就是一般的芝麻，与油用亚麻无关，这里说的就是经过九蒸九晒而制成的黑芝麻丸，据说是一种道家养生食品。

灵芝这种菌类人人皆知，就不用说了，苏东坡还有其他诗句涉及它，"枯朽犹能出菌芝"。葵，就是冬葵吧，锦葵科锦葵属，自古就有的葵菜，别名冬苋菜，苏东坡另有"烂煮葵羹斟桂醑"之句，大意就是，吃着葵菜羹，倒上一杯桂花酒来喝吧，很惬意呢。薤，自然就是野山蒜了。至于黄精，多年生草本，属于百合科，它有块根状的茎，既可以药用，也可以生食、炒菜、炖服，除此之外，还可以在弄成饴糖状或膏状之后，用来制作一种叫作"黄精果饼茹"的著名小吃——古人很迷信黄精，认为可以延年益寿，使白发转黑。

另外，类似的既可当药又可食用的植物，苏东坡还写过天门冬，有"天门冬熟新年喜，曲米春香并舍闻"之诗句，天门冬跟黄精有相似之处，也是需要挖食块根的百合科植物，苏东坡在这里应该是拿天门冬来自己酿酒喝了，但也不排除在酿酒之外，还拿来做天门冬膏和天门冬粥。类似情况，苏东坡还有"穿林闲觅野芎苗"的诗句，野芎苗，就是野生川芎的叶子，川芎,那可是速效救心丸的主要成分之一,中医药方上经常出现它的名字,主要是用它的块茎根制药来活血化瘀,那么它的叶子呢,就是川芎叶或者说川芎苗,其实是可以当成蔬菜来吃的,做汤、清炒、煎鸡蛋均可,苏东坡另外还有"山芎麦曲都不用,泥行露宿终无疾"之句,这里的山芎也是指川芎,看来他非常清楚这种叶子可当菜来吃的植物是有药用价值的,其实川芎苗,还是一种香草,可以当作香料,比如用来制作香囊什么的,这时候人们就送给它一个更高雅的名字:蘼芜——我个人觉得,蘼芜似乎比川芎苗更配上诗呢,当然除了蘼芜这个别名,川芎还有一个同样富有诗意的别名:江离……蘼芜和江离,无端地让人觉着都挺像是诗人的笔名呢。接着说,苏东坡还有"蘋芷真嘉蔬"的诗句,同时提到两种可药可食的植物,一是蘋,指白蘋这种水生菜,类似田字草,全草可入药,利尿、护肝、消渴,它的幼叶柄则可以作为蔬菜来吃,二是芷,指的是白芷,它的主要起作用成分在于根,主治头痛,据说苏东坡就用它来治过头痛,很有效,同时白芷还是一种烹饪的重要香料,放入肉食,可以去荤腥,白芷粉可以佐餐或直接吃,美容保健,当然,还不能忘了,白芷的嫩叶子也是可以当蔬菜来吃的。苏东坡还曾把川芎和白芷相提并论,放在一起来写:"芎䓖生蜀道,白芷来江南。漂流到关辅,犹不失芳甘。濯濯翠径满,愔愔清露涵。及其未花实，可以资筐篮。秋节忽已老，苦寒非所堪。剧根取其实，对此微物惭。"从诗里可以看出，在秋天到来之前，趁着川芎和白芷还没有开花结果时，人们可以把它们采摘进筐篮里来，采来做什么用呢，这里应该指的是当成菜蔬来食用。

苏东坡诗中还出现过"江边曳杖桄榔瘦，林下寻苗荜拨香"和"独倚桄榔树，间挑荜拨根"之句，从桄榔的出现，可以看出诗歌写的是海南岛一带。桄榔，棕榈科桄榔属的乔木，长相和用途都跟砂糖椰子很像，据说，它的花序汁液可制糖，茎干所含淀粉可当作面粉来吃，种子胚乳可制成蜜饯，当然茎尖在幼嫩之时可当成蔬菜来吃——苏东坡肯定不会放过这道菜；而诗句中的"荜拨"，也写作"荜茇"，生长于云南广东海南以及东南亚，类似胡椒，其成熟果穗几乎可以代替胡椒，在厨房里，作为香料来用，同时它也是一种中药，治牙疼效果很好……从苏东坡这两处诗句的具体描述来看，对于高大的桄榔，他大概常常倚靠着它们的树干来休憩，没有直接说要吃，对于荜茇，他则明确说了既采苗又采根的，无疑，嫩苗可当鲜蔬来吃，根部既可食用也可药用。

当然，除了从野外直接采摘，苏东坡还会对类似用途的山野植物品种进行人工培植，或移栽或撒播到自家园子里，诗人自行开辟过一畦药圃,种植过人参、地黄、薏苡等,并且分别为它们写过诗……总之,"溪中乱石墙垣古,山下寒蔬匕箸香",这样一些来自荒山野岭的药食同源的野生草木青禾,以根茎苗叶或者花朵果实的方式,进入了苏东坡的日常生活,充分体现着饮食中的生态理念和养生之道,至于吃后有怎样效果就不细说了,反正好处一大堆,有病治病,没病防病,什么医学目的也没有的时候,还可以充饥、养生。

8

苏东坡的菜篮子里还有两样听上去比较少见的东西,一种是木鱼,一种是松花。这两样在《山家清供》里也有记载,在宋代可以用来制作成美食。

苏东坡《棕笋》诗中有"赠君木鱼三百尾,中有鹅黄子鱼子"之句,这里指的是棕榈的花苞,就是棕榈树上尚未开放的花序,要赶在它开放之前,剥开来吃里面那个像笋一样的嫩心,所以也叫棕花、棕苞、棕笋、棕苞米,而木鱼,算是古人给它起的外号吧,这种东西可以像吃竹笋那样炒吃、做汤、炖肉,也可以拌蜜来蒸并浸着醋来吃。

至于松花，又叫松黄，多是指马尾松开出来的花，在马尾松开花期间收集的花粉就叫松粉或者松花粉，可以用来制作松粉糕饼，也叫松黄饼——我在云南大山里的小摊上吃过这种饼，味道不错，吃完松黄饼，又从同一个小摊上买了一大瓶黄黄的松粉，打算带回家来用以养生，结果由于天性疏懒而不知所终，所剩大半瓶松粉亦不知去向。苏东坡在不止一篇诗文中提及松花粉，还有"仰看落蕊收松粉，俯见新芽摘杞丛"之句，松花粉与枸杞嫩芽掺在一起食用，该对苏东坡的眼疾有益吧，他在另外一首诗中还有"崎岖拾松黄，欲救齿发弊"之句，直接写松花粉可以固齿并防止脱发，甚至还作了一首《松粉歌》，也叫《松花歌》，直接给自己开了个饮食养生的药方子："一斤松花不可少，八两蒲黄切莫炒，槐花杏花各五钱，两斤黄蜜一起捣，吃也好，浴也好，红白容颜直到老。"

苏东坡还极喜爱石菖蒲，知登州府总共只有五天，还忘不了到海边捡一堆弹子涡石回来，以备养石菖蒲，他认为"忍寒苦，安淡泊，伍清泉，侣白石"是石菖蒲的优点，养在书房中可谓风雅，并为这种植物写了不下三十篇诗文。苏东坡养石菖蒲，想必主要目的是审美，欣赏一簇簇绿色摇曳着从有水的岩石缝中往外生长着的风致，除此之外，他也在文中特别提及这种植物通九窍、明耳目，以及久服延年、益心智的效用。石菖蒲的根部确实是很好的中药材，简直是药材中的通才和全才，好像除了妇科病不治，什么病都治得，苏东坡一定也曾试图效法孔子和汉武帝吧，据说这两位先人都把石菖蒲当成仙草吃过，估计好吃的可能性不太大吧。挂艾草、插菖蒲、吃粽子都是端午节风俗，但这里插的这个"菖蒲"并不是苏东坡偏爱的"石菖蒲"，而只是一般菖蒲，名字可直接叫成"菖蒲"——也叫剑菖蒲或泥菖蒲——这种一般菖蒲是不太能入药的，或者干脆说，不可服。为此，苏东坡以理性的科学精神写过一篇《石菖蒲赞并序》且后来又进一步自加注解，将这两种菖蒲划分得清清楚楚，同时还辨析了韩愈当年在文章中出现的一处硬伤。涉及吃菖蒲，苏东坡还在一首写端午的词里有"菰黍连昌歜"之句，此处的"菰黍"，就是指菰叶包米而制成的粽子，而"昌歜"，是把菖蒲的茎根切碎之后放上盐来腌制而成的一道小菜——我疑心此处所用菖蒲并非一般菖蒲，而是用了石菖蒲。

苏东坡有诗云"高田生黄埃，下田生苍耳""冰盘馈苍耳"。那么，苍耳竟是可以吃的吗？一种遍地乱长的粗糙的野草，举着一簇簇有钩状硬刺的椭圆形小球球儿，像微小的刺猬，动不动就沾挂到路过者的衣服上甚至头发上去，性情古怪，避之唯恐不及，我老家管它叫作"刺蒺藜"。吃苍耳难道不怕扎疼、划伤喉咙吗？相传苏东坡是把苍耳当成野菜来吃的，用清水煮叶子吃,还把苍耳果放在炉子上用文火去烘烤之后再研磨成粉末,用来充饥,并有益健康。吃苍耳的可不止苏东坡一人,看,苏东坡之前和之后的人都在吃,杜甫有《驱竖子摘苍耳》一诗,记录"卷耳况疗风,童儿且时摘",杜甫在这里明确认为"苍耳"也叫"卷耳",它在《诗经·周南》里出现过,"采采卷耳,不盈顷筐。嗟我怀人,置彼周行",据说苍耳子具有极高的药用价值,杜甫拿它来治疗风疾,就是由心脑血管病和高血压引起的诸如头晕目眩、肢体麻木、口眼歪斜、腿脚不利等一系列症状……而陆游也在吃苍耳,"醉迷采苍耳,旅饭炊黄粱",吃了之后还抒情"自疑太古民,百年乐未央",这是从吃苍耳的过程中,体验到了做葛天氏之民的感觉,那上古人们吃的东西里就包含了苍耳,吃食简单,和谐淡泊,歌舞狂欢,长命百岁。《山家清供》中记载了"苍耳饭",苍耳因古代某个进贤讽君典故,人为又加了个"进贤菜"的名字,所以这苍耳饭也叫进贤饭,采苍耳嫩叶,用姜、盐、苦酒拌起来生吃,也可加入米粉之类,制作成主食。然而,到了现代,苍耳被认为是整株有毒的植物——含有毒素,尚可入药,而当成菜饭来吃则不可思议——那么,古人们吃了怎么就安然无恙呢?于是,也有人开始怀疑了,指出苍耳与卷耳也许并不是同一种植物,并非所谓同物异名,也许苍耳是苍耳而卷耳是卷耳,古人口口声声说吃苍耳，除了药用苍耳之外，还有相当一部分当作饭菜来食用的苍耳，其实大概是现代植物学里真正被命名为卷耳的另一种植物吧。此处存疑，有待进一步认证。

苏东坡的菜篮子里还有带柄的荷叶。这种带柄的荷叶并不是用来直接吃掉的，而是因那荷叶长柄是中空的筒状而拿来用作吸管的，就像我们今天用塑料吸管喝酸奶或者饮料。所不同的是，那时候啜吸的是美酒，同时也让那酒微微带上了荷的清苦之香——我们用塑料弯管吸食，可不是为了让食品带上塑料味——也算是连酒香带荷香一起享用了。苏东坡在诗里说得很清楚："碧筒时作象鼻弯，白酒微带荷心苦。"具体做法如下：把荷叶与荷叶柄相连接的那个如同鼻孔一样的位置扎破，致使荷叶与荷柄相连通，把酒倒入荷叶内并扎好，喝的时候，就把那荷叶柄当成吸管，从叶柄的最末端去吮吸，就可以了。这样带着碧绿吸管的荷叶酒杯，纯天然无公害，百分之百生态环保，不必担心塑料垃圾降解问题。据说用这种方法喝酒，叫作喝"碧筒杯"，也叫喝"荷叶酒"，如此雅致的喝酒方法，从魏晋至唐宋，一直都有的。读到此处，我想哪天再跟朋友一起饮酒时，也找些带长柄的荷叶来一试，苏东坡他们吸的想必是米酒，我打算赋予其现代色彩，用来吸啤酒或者干红，让酒带上荷叶的清苦之香。

最后，苏东坡的菜篮子里还有一样东西，恐怕是谁都想不到的：青苔。有诗文为证"脯青苔，炙青蒲，烂蒸鹅鸭乃瓠壶"，其中，青蒲，是水生植物蒲草，嫩芽可吃，没有疑问。那么青苔可以吃吗？应该是可以的，但这里具体究竟指的是哪一种苔藓，就不清楚了，脯青苔，想必是把青苔晒干了？《本草纲目》里明确记载："青苔亦可脯食，皆利人。"不知是直接干吃，还是拿来做汤呢？《山家清供》里倒是也记载了与青苔相关联的饮食，在清澈溪水中取一二十枚白色小石子或者带着苔藓的石子，放到泉水里去煮，这种煮出来的汤带着泉石之气，叫作"石子羹"，不知道古人喝这种羹的目的何在，是用石头来补钙呢，还是用青苔来补维生素呢？

9

苏东坡从杭州调往密州，没有江南那么多菜蔬可吃了，大概为了劝勉自己吧，他作了《超然台记》，内有貌似埋怨的"斋厨索然，日食杞菊"之句，但此文最终要表达的还是超然于物外的主题："哺糟啜醨，皆可以醉；果蔬草木，皆可以饱。推此类也，吾安往而不乐？"苏东坡当然富日子穷日子都能过，都很旷达，然而，自然环境之中菜蔬物种的多寡与否，直接影响到了吃，还是会大大影响他的情绪的，要不他就不会作上这么一篇文章来以示超然了。

他在密州任职完毕之后，赶往任职的下一站是徐州，也是北方地点，冬春季菜蔬的品类也很不丰富，于是他在那里写了《春菜》这首诗，想念四川故乡即使在冷天里也有那么多可以吃的鲜蔬，他一口气列出了那么多生长在菜畦里的植物名称，生动又具体，那都是乡愁啊。苏东坡的乡愁从胃而来，他已顾不得《超然台记》里的自我鼓励了，最后竟咬牙切齿地表示"明年投劾径须归，莫待齿摇并发脱"，就是说，为了能吃上这些鲜美的菜蔬，我干脆明年就辞职直接回归故里吧，绝不能等到牙齿摇晃了头发脱落了——这简直大有要学习西晋张季鹰为吃莼菜鲈鱼而辞官回老家的架势啊，看来苏东坡跟张季鹰一样，长了一个感性的胃，一个有回忆有憧憬的胃。

爱吃，大概是苏东坡的软肋吧，他的字里行间遍布吃食以及吃食的影子，他又写《老饕赋》又写《节饮食说》座右铭，既自嘲又自勉……试想，即使他不做官、不写诗，光凭靠着对于食物的热爱，这般全身心投入，达到忘我甚至忘掉天地的地步，恐怕也得青史留名吧？

苏东坡是不折不扣的吃货，尤其热爱着菜蔬，当他在诗文中写到某一种菜时，给人的感觉是，这是天底下最好吃的菜，这是苏东坡最爱吃的菜，可是，当你读完他所有涉及菜蔬的诗文，合上书卷，恍惚中会得出一个结论：所有的菜都是天底下最好吃的菜，所有的菜都是苏东坡最爱吃的菜。苏东坡还自己下地种菜，尤其在遭贬外放时期，"问汝平生功业，黄州惠州儋州"，他在黄州种菜，他在惠州种菜，他在儋州种菜，在遭贬谪的受难之地、困苦之地、蛮荒之地，他依然热爱生活！他这样赞美自己种的菜："味含土膏，气饱风露，虽粱肉不能及也。"他以这种对于菜蔬和饮食的热情——实际上是对于生命、天地和宇宙的热情——超越了现实人生的困阻与乏匮，硬是把凶险的流放生涯自我导演成了诗和远方。在风雨飘摇的世间，在现实层面的人生行旅之中，一个个体能把握的事物其实是极其有限的，甚至可能越来越有限，而菜篮子——无关乎道德秩序和国家政治等重大命题——大概是一个人可以掌控的最后的私人领地和私人空间了，在这个或许仍然显得脆弱的领地和空间里，几乎可以完全自由地搞实验，进行发明创造，甚至可以游戏……苦难的生命需要犒劳和放松。忽然想起耶鲁大学的校区之内的一个菜园子，是在那里留学访学的中国人及其家属开辟并种植出来的，好大一片呢，在道路旁一片林边小斜坡空地上，远远望去，可见韭菜、辣椒、白菜、菠菜什么的，在西式建筑群被大橡树围绕并点缀着玫瑰、水仙的主体氛围里,它们显得有些突兀和扎眼,看来我们这个民族走到哪里都是喜欢自己种菜的。我望着那片自辟出来的耶鲁菜园子时,忽然就想到了苏东坡,假设他到了耶鲁,吃不惯西餐,肯定也会自辟出这么一片菜畦出来的,称之为东坡或者西坡。

最好玩儿的是,苏东坡竟然还把这种对于菜蔬和饮食的热爱带到了其他领域,比如,他连进行文学评论时都用上了与蔬菜相关的词语,他说某僧人的诗"语带烟霞从古少,气含蔬笋到公无",就是夸赞这人的诗写得好,好在哪里呢?其中一条就是没有"蔬笋气",苏东坡还进一步又解释了"蔬笋气"就是"酸馅气",再说得明白些就是,完全没有素菜蒸包子的气息。苏东坡用"蔬笋气"来调侃那种在内容形式上以至于腔调习气上都过于寒瘦、拘谨、狭窄、苦俭,以至于枯槁——总而言之,缺乏生命活力以及对于现实的超越性——的作品。"蔬笋气"丰富了中国古代文艺批评词库,至于后来人试图做出各种各样的多层次解释,甚至反其道而行之,那都更改不了苏东坡最初使用这个词语时在理念上的贬义以及在情感上的嘲弄意。

我读苏东坡写给那位知己小妾朝云的诗,无论是《朝云诗》《悼朝云》,感到都写成了命题作文,写得太理性、太生硬了,基本上是一堆又一堆套话,没有对比就没有伤害,比起他写给死去妻子王弗的"十年生死两茫茫,不思量,自难忘……明月夜,短松冈"差了有一光年那么远。我一直质疑苏东坡、朝云二人所谓爱情佳话、爱情传说,其实含有后人根据需要来进行粉饰的成分,我说一句不怕挨骂的话,他俩也许只不过是上下级的吃饭关系……弥漫在作品字里行间里的气息是骗不了人的。如若只从东坡写给朝云的文本来看,我说一句大不敬的话,请那些崇苏的人不要怪罪,苏东坡写荠菜和萝卜的诗都比他写给朝云的诗更见真情,更有质感呢。

从苏东坡的很多记述来看,他是经常亲自下厨房做饭的,这是我十分喜欢他的地方。忽想起一件往事,我去一个久不见面的女同学那里玩,刚坐下来聊了没一会儿,就到了晚饭钟点,那时女同学那位尚未晋升为丈夫的男友——一位中国古典文学学者——跑来打断我们的聊天,催促女友赶快进厨房去做饭,我说:"应该你去做饭,好让我们俩继续好好聊天啊!"不料对方认真地睁大圆眼,高调宣称:"君子远庖厨!君子远庖厨!"我马上回答:"君子远庖厨,君子不吃饭,君子饿死。"当然出自《孟子》的"远庖厨"之语在上下文里自有它原本的深义,而此处被大家只当字面意思来使用了……结果是,自打吃了那顿封建的饭之后,我就再也没有去过那位女同学家。比较一下人家经常下厨做饭并发明菜谱的苏东坡,一些为了自己远庖厨而将他人推进厨房的食客,其"君子"段位实在也并未见得有多么高。为此,向苏东坡致敬。

苏东坡在随手写下的笔记中,有这么一则,记录了两个穷书生在言志,"一云:'我平生不足惟饭与睡耳。他日得志,当饱吃饭了便睡,睡了又吃饭。'一云:'我则异于是,当吃了又吃,何暇复睡耶!'"我真疑心这两个书生为假托,实则均为作者自己,不过是苏轼与苏东坡的对话。这则幽默笔记最终得出结论:吃最重要。

读东坡诗文,他的菜篮子真是郁郁葱葱。我决定从明天起,跟肯德基汉堡和炸薯条说拜拜了,我决定从明天起,认真吃菜,正经吃饭。

"从明天起,关心粮食和蔬菜","从明天起,做一个幸福的人"。

李清照的花

我读过一本翻译成英文的宋词选本，译成英文之后，几乎所有无比熟悉的宋词都戴上了万圣节面具，辨认不出是谁写的，以及究竟是哪一篇了，宋词在英语里忽然变成了一锅粥。无论哪个作者，一眼望去，全都是愁云啊、断肠啊、登楼拍栏杆啊，向远处望望情人来了没有啊。这说明词体文学确实在某种程度上存在着脱离个人经验而依照传统题材创作的习气，比如，热衷于描写孤独女性形象，同时重音乐并且具表演性，那么内容单一且格调雷同也就在所难免了，易辨认的往往是那些既有文体自觉，又能挑战题材格式的作品，比如，"塞下秋来风景异"那与众不同的外部场景让我认出了范仲淹，写到花时，关心花儿究竟是瘦了还是胖了，让我认出了李清照，那是鲜明的个人经验："绿肥红瘦""人比黄花瘦""杏花肥"，还是她的与花儿有关的一首词，写到"满地黄花堆积"的那首《声声慢》，其中的个人语调如此独特、鲜明、强烈，以至于谁也无法替代，即使将象形文字改头换面成拼音文字，也会让人一望便知："Search. Search. Seek. Seek. / Cold. Cold. Clear. Clear / Sorrow. Sorrow. Pain. Pain."（"寻寻觅觅，冷冷清清，凄凄惨惨戚戚。"）这些句子无论译成何种语言，在宋词里面依然有着很高的辨识度——毕竟是李清照啊。

在现能寻到的包括存疑在内的差不多 70 篇李清照词、诗、文及残句之中,未曾提到植物的花朵部位,而只是作为草树来涉及的植物,其实很少,大致有柳、桑、麻、梧桐、芭蕉、荔枝、银杏、柑橘、棠棣、扶桑、松、椿、荠菜、历荚草、田字草、白芷、兰草,对于它们,不仅所提次数少,笔墨也几乎全不用力,只是点到为止。而相比之下,李清照对于花儿不仅写得多,所用笔墨也是浓重的,恨不得首首词都写花,至少要涉及花。当然,她写过的花儿品种并不广泛,只是大致集中了常见的几种类别,具体情形是:涉及梅花的有20首,涉及荷花的有6首,涉及菊花的有5首,涉及桂花的有4首,涉及梨花的有3首,涉及海棠、荼蘼的各有2首,涉及牡丹、蔷薇、桃花、杏花的各有1首。

李清照写花儿的时候,有一个挺有意思的现象,她喜欢让花儿们互贬,通过PK来决胜负。

她在一首专咏桂花的词里写道:"何须浅碧深红色,自是花中第一流。梅定妒,菊应羞,画栏开处冠中秋。"看看用的这些词吧,又是"第一流",又是"冠中秋",真够高调的,同时为了让桂花在名次问题上心中更踏实更笃定,还需要更进一步地把同行们贬低一番心始安,贬低谁呢?当然是就贬那风头劲的梅和菊了。可是,在另外一首专咏梅花的词里,当写到月光下雪地上的梅花时,词人竟又说"造化可能偏有意",还说"此花不与群花比"，硬是把梅花提亮并突出，放在了傲睨群花的位置。那么，一会儿桂花顶尖，一会儿梅花至上，这不是自相矛盾嘛，到底谁才是花中那名副其实的第一呢？既然第一流的桂花，使得"梅定妒"，那应该是桂花赢了梅花了，可是，人家梅花接下来表态了，态度鲜明"此花不与群花比"，看吧，人家梅花骄傲着呢，不搭理你桂花，不搭理任何花儿，梅花独自开放在茫茫雪地，有什么花儿曾经跟梅花同行过吗？没有，从来都没有，人家梅花干脆不进入比赛！"以其不争，故天下莫能与之争"，所以，最后，还是梅花赢了吧。

不仅花儿与花儿之间，甚至人与花儿之间，也存在着类似的比试。从卖花担上买来了一枝梅花，"怕郎猜道。奴面不如花面好。云鬓斜簪。徒要教郎比并看"。这是女人与花朵之间的比拼，鉴于自古以来就有女人与花儿之间的相互比拟，女人也是花儿，所以这样的例子仍旧可以看作是花朵与花朵之间的比竞。

另外，还有花、物、人混合比较型的。那个时候的菊花大多为黄色，故菊花也叫黄花，但是也有白色的菊花。李清照有一首专门咏白菊的诗，她先是拿白菊风姿比较杨贵妃，拿白菊容貌比较孙寿，紧接着又拿白菊气味比较韩令所获之奇香，拿白菊之色比较徐娘脂粉之色，遂得出结论，白菊清高得很，与那些人和事物全无可比性。这样从人世间角度进行了全方位比较之后,作者仍嫌不够,又追加补充上了用花朵同类来相较,用白菊比较荼蘼,"微风起,清芬酝藉,不减酴醾",酴醾即荼蘼,就是说,风吹来时,白菊清香徐徐,一点儿也不亚于荼蘼花的香气。好一个"不减",虽未说出白菊和荼蘼到底谁赢了谁输了,至少是二者打了个平手。荼蘼是一种可以直立也可以攀缘的灌木,从大范围上可以划进蔷薇科,开出重瓣层层的白色花,有黄色的蕊——荼蘼几乎是整个春天里最晚开的花,意味着春已尽而花季逝去——荼蘼花开,爱到荼蘼。

这种花儿与花儿之间互相比试甚至互相贬低的写法,以及偶尔造成逻辑上的前后小矛盾,更反映出女词人并不执着于一时一事,也不擅长瞻前顾后的天真可爱的性格。

这种在笔下让花儿们之间进行比较的情形,有时候还会反映在李清照的其他作品以及现实行为之中。当然她是无意识而行,并无真正具体争竞之目的和目标,更无关乎功利,性格太鲜明的人难免会偶露峥嵘吧。李清照如此,很可能源自她本人的批判型思维和直率性情,也与对个人才华的自信有关,最后一个可能的缘由是,无他,只关乎好玩和有趣。

"余性偶强记,每饭罢,坐归来堂,烹茶,指堆积书史,言某事在某书、某卷、第几页、第几行,以中否,角胜负,为饮茶先后。中,既举杯大笑,至茶倾覆怀中,反不得饮而起。"这是赌书泼茶的青州往事，是一个阅读的记忆力比赛，谁先说出典故在书中所处具体位置，谁就先饮茶，李清照自称博闻强记，已暗示自己常为赢家。当然还有野史中那个可能是虚构的著名故事，传说赵明诚读了清照词《醉花阴》之后起了比试之心，遂三天三夜苦吟出了一大堆作品，与清照那一首掺和在一起，匿名找人评判，结果人家只挑出了清照的"莫道不消魂，帘卷西风，人比黄花瘦"，李清照完胜。还有"明诚在建康日，易安每值天大雪，即顶笠披蓑，循城远览以寻诗。得句必邀其夫赓和，明诚每苦之也"。被邀请和诗的人知道自己必输，怎能不苦恼，连重在参与的心境都没有了。

在写梅花的那首《孤雁儿》开头，有一个小序："世人作梅词，下笔便俗。予试作一篇，乃知前言不妄耳。"就是这么狂，但狂得有资本，有道理，世人又能拿我怎么着？这如同她在《词论》中的做派和口气，把当朝最大、最著名作家一个也不放过地贬了一通，给他们上了一课，课程名字叫：创意写作＋文学概论，究其实，此文从头到尾都隐含着一句未说出来的话，这话都快到嘴边了：你们都到一边凉快去，下面就看我李清照的！

有一件事情，算是体现李清照智力优越和好胜心爆棚的一个集大成者，她终生沉溺于当时一种类似赌博的游戏：打马。

她既有理论又有实践，为此写过一卷并不打算拿去评职称的专著《打马图经》。这种游戏需要拼智力，很烧脑，但李清照喜欢挑战，"予性喜博，凡所谓博者皆耽之，昼夜每忘寝食。但平生随多寡未尝不进者何？精而已"。看看吧，已经自己承认天性好赌，每赌必赢。

丈夫赵明诚作为父母官面对叛军时只顾个人性命，续绳弃城逃跑，可够丢人的，李清照那首"生当作人杰，死亦为鬼雄"之诗，当是对此事略有讥讽，但或许自勉成分应当更多一些吧，活着要做人中豪杰，死了也要成为鬼中英雄，着眼于"杰"字和"雄"字，很难说不是在与整个人世乃至整个人类历史在比较。

李清照确实存在着一种比较思维。

如果说人与花之间存在着比拟的话，哪一种花更像李清照？或者说李清照的气质和性情更接近哪一种花？我觉得应该是梅花，当然是梅花，那孤寂傲然、倔强不屈的梅花，那是风风火火的花，不要命的花。只有梅花敢于跟全天下的花儿进行PK。

李清照最著名的词其实并不是涉及梅花的，反而是涉及菊花、海棠或荷花的——这与作者本人无关，作者只管写作，决定不了作品的传播和接受——但是，不能忽略的是，梅花是在她笔下出现得最频繁的花，比其他花都频繁得多，其他花儿出现次数相加在一起，大约能抵得上她写梅花的次数。这种现象完全是下意识所为，运用格式塔心理学的异质同构理论可以来解释这种现象，梅花这个外部事物与李清照的性情、人格、人生经历之间一定存在着某种对应关系。

可以肯定地说，李清照具有非常典型的梅花人格和梅花性格。

梅花在隆冬或早春孤单地开放，梅花只独唱不合唱，梅花不当乌合之众，梅花敢于顶撞风和雪，这些特征在李清照身上也很明显。

父亲李格非在党派之争时受连累，李清照以儿媳身份请求当时正做宰相的公公救救自家父亲，不料对方不理不睬，李清照寄去一首诗怒骂："炙手可热心可寒。"

李清照也骂丈夫，指着鼻子破口大骂。在《感怀》一诗中，她说在莱州任上的赵明诚"青州从事孔方兄，终日纷纷喜生事"，骂丈夫中年油腻，奔波于酒宴之间，醉心于钱财之中，成天价无事生非。一言以蔽之，李清照嫌弃赵明诚俗！她没有因夫妇二人均为公众人物以及自己的官太太身份，为了顾及影响和面子，就掩藏起个人好恶，而是率性而为。精神格调远远高于夫君，这不能不说也是她的悲愁之一。这样写诗当然体现了夫妻二人关系平等，同时也展示出女方更强势。这差不多相当于现在有女诗人写了一首骂自己官员丈夫的诗，发表在了《诗刊》上，又做成了公众号推文，发至朋友圈，被各方转载，点击量想必会在十万加。

《金石录后序》里更可以看出李清照性格既爽脆斩截又不乏幽默的一面。她对赵明诚的态度很真实，有尊敬、有爱，也有讽刺和怨气。从对其性情了解这一方面，可算是对词作进行了一番补充。当写到起初二人世界中那奇文共欣赏的情形，那单纯的学术热情是颇令人留恋的，笔下充满了怀念和爱意，但是随着事态发展，对于金石的认识和鉴赏的闲趣，渐渐走向了占有，竟至走向极端和贪婪，不得不考虑其市场商业价值……

人在不知不觉之中就被这些外在的器物所异化，她开始质疑收藏那么多笨重古物是不是荒唐和愚昧，丈夫这种收集癖好未必就比其他癖好更高明，而且在石鼎器物上拓文并为它们写录注的结果，对后世很可能没什么效果和意义。她在实际工作过程中帮助了丈夫，最后为此书刊行还写了这篇后序，但她依然保持独立看法，保持质疑。说到底，她并不认为丈夫有多么了不起，她并不以丈夫为天，并不像这个文化中的绝大多数女人那样看重丈夫的事业。对于后来藏品越来越多，需分类、收藏、封锁，不可以随意翻动，在动用那些书籍碑文时，得按要求循规蹈矩地爱护和擦拭，人竟沦为了东西的奴仆，失去了从前的阅读研讨之乐，李清照感受到了赵明诚被异化，而她不想被物所役，直接反抗，于是这个单纯女子直接就表示"余不耐"。带着十五车金石走在逃难途中则更加可怕，丈夫嘱咐在逃难中应按照书画善本古器藏品的重要性兼贵重程度等排序来决定去留，并郑重表达信任与托付："所谓宗器者，可自负抱，与身俱存亡。"此处的宗器，有说是金石藏品中最贵重的，也有说赵氏家族宗族礼器的，反正是最不可放弃的。敏感的李清照似乎意识到了自己被要求与这些宗器共存亡时，她这个人实际上也已经被物化并标识了价位，而且丈夫在遗嘱中只嘱咐宗器问题而略去了家产问题，这个男人其实是有些不靠谱的，他脑子一根筋，把自以为的伟大事业凌驾于他人的人生以至于性命之上，他自己快不行了，还是忘不了给老婆给添麻烦，让一个弱女子，在兵荒马乱之中，带着这些简直称得上后患的东西，奔波流离，万一遇上图财害命的，怎么办？赵明诚实在是不知被什么糊了眼，不分主次，思维出毛病了。

李清照写到这里，语调几近控诉了，直接表达"余意甚恶"。在结尾处她似乎有引发联想的意图，试图表明赵明诚这种行为跟梁元帝、隋炀帝以至于宋徽宗全神贯注于收藏器物而致亡国在本质上并没有什么两样，是一种价值颠倒，她差不多是在告诫大家不要学赵明诚。唉，读到这里，竟感觉李清照使劲儿忍了忍，才没有模仿并套用谢道韫抱怨那才学低于自己的丈夫王凝之的口气去说话，是的，只差来上这么一句了："不意天壤之中，乃有赵郎！"这篇本来是在亡夫著作出版时对书和人进行褒扬的文章，中间部分的细节回忆写得颇像小说，最后竟以劝诫而终，好不热闹。

当然，李清照还上告过第二任丈夫张汝舟，直接告到皇帝面前，坚决要求离婚，还我个人自由。

李清照有一些涉及时政的诗作，连当时的朝廷甚至包括皇帝也敢骂，先是挖苦，后几近训斥："土地非所惜，玉帛如尘泥。谁可当将令，币厚辞益卑。"

李清照所经历的靖康之变，绝不亚于杜甫经历的安史之乱，国难当头，家祸不断……李清照为何悲愁，还用问吗，何止是李清照在悲愁，半个中国都在南渡中悲愁着！李清照除了悲与愁，还有万丈豪情呢："木兰横戈好女子，老矣谁能志千里，但愿相将过淮水。""嫠家父祖生齐鲁，位下名高人比数。当时稷下纵谈时，犹记人挥汗成雨。子孙南渡今几年，漂流遂与流人伍。欲将血泪寄山河，去洒东山一抔土。"这分明是在写血书！

所以，既不该仅仅以那些闺中诗作来界定李清照，也不该将那些或清丽、或温婉、或凄清的闺中作品全都按照同一个通行路数来解读，认为全都与赵明诚有直接或间接的关联，似乎赵明诚是恒星，李清照是卫星，李清照永远围绕着赵明诚旋转。

这些词当然可以跟赵明诚有关，但除此之外，其实也可以仅仅是传统题材的类型化创作，也可以是抒发与赵明诚无关的闲愁以及中年南渡后命运飘零的感慨，当然，除了赵明诚和张汝舟，李清照是否还跟其他男子有情感互动，我们不得而知。李清照在赵明诚死后，又至少活了二十七年，甚至三十年以上。她那人生的后三十年，创作力依然旺盛，难道首首词都围绕着赵明诚？

用"才女"一词来形容、指代和看待李清照，是把她大大地缩小和贬低了。她是一个旷百世而一遇的人物，不仅因才华，甚至同时也因性格和性情而胜出——这性格和性情其实也是才华的一部分。

这是一位北方女子，确切地说，是一位山东女子。齐鲁大地有一个很奇怪的特点，在文化上，这片土地基本上不出旖旎的才子才女，也很难出现一时扎堆的群星闪耀的局面，它甚至可以让自己在相当长时期之内都保持缄默和笨拙，似乎面无表情，但是，它的"地力"是足够的，甚至还有富余，它不出人物则已，要出，就只出那最大的和最猛的：先是给中国文化奉献了孔孟，然后又以一当十地生长出了二安。可以随便想象一下历史，没有这个人或者没有那个人，对这个文化格局的影响都不会太大，这个文化依然还是这个文化，可是，你能想象这个文化里没有孔子和孟子吗?你能想象整个文学史里或者宋词里没有李清照和辛弃疾吗?倘若没有了这几个山东人,整个文化结构,甚至文化基因就会发生改变。

一些研究者专门从字缝里瞅李清照作品,产生了贤内助之说,婚后不育导致丈夫忍受不了丁克家庭而出轨纳妾之说,再婚离异名誉扫地致悔恨之说,后半生悲愁来自丧夫之说,终生对原配丈夫怀念之说……全都是没有历史事实依据并且背离文学创作规律的扯淡。原来宇宙虽大,李清照喜怒哀乐必系于赵明诚之身,方被允许。一个女人文学天赋太高,而她所处的人文环境又缺乏对待这类特异女子的宽容,于是她的存在就给男权社会带来了文化上的恍惚感和失重感,当世者和后世者倘不弱化一下她的能量,按照自己心目中期待的样子去重新塑造一下她,就没法儿接纳她,于是潜台词永远都是:天赋再高,也是个女人,如果不依附于某个男人就活不了,至少是活不好。

而实际上,李清照已经活成了梅花那般模样,梅花是最初的,也是最终的,梅花是永远的,梅花贯穿了词人的一生。梅花与李清照之间画上了等号。梅花特立独行,大家都开花时,我不开,大家都不开花的时候,我偏要开,自己开,迎着风雪开放。李清照正是在男权的时代症候和历史话语之中挺立着和独立着,仅凭散佚之后留存下来的这些少数作品,这个女词人的幽魂仍然不得不面临着并抵抗着一波又一波庸俗社会学的阐释。

百花对梅花产生讶异和质问：你为什么偏偏要在冬天开花？梅花反问：我为什么不能在冬天开花？

在李清照大量涉及梅花的词里，有两首特别值得注意。

对于《玉楼春·红梅》的末句"要来小酌便来休，未必明朝风不起"，有一种理解是女词人在对丈夫赵明诚讲了这番话，也就是说整体上又将此首词理解成了盼夫归，盼夫快快归来一起赏花，要归来呀，归来饮酒赏花，否则也许明天就起风了，就会把梅花吹落了……是的，有的人不把李清照理解成望夫崖或者神女峰，就不肯罢休。而对于此句，我还读到另外一番理解，整个词的下阕包括这个末句是由梅花对女词人说出来的，是梅花正对着女词人发出呼唤：你呀，你想来梅下饮酒吗，就快快来嘛，你要是不快快来，赶明儿我可能就凋落了呢。联系上下文，这意思完全讲得通——这番解释，才体现出女词人的风趣和格调来，也甚合我意，当也合此首词中梅花的心意，对于李清照，梅花是真朋友，是好姐妹，是闺蜜。

《清平乐·年年雪里》当是李清照涉及梅花的词中将梅花写得最好的一首。这首词当作于晚年。在这首词中，词人把咏梅的调子弹拨到了最强音，使得梅花成为词人一生的线索。从过往的"年年雪里，常插梅花醉"到如今的"看取晚来风势，故应难看梅花",这之间的跨度是整整一生。家世非凡,年少成名,柳絮才高,激扬文字,夫妇相和,岁月静好,靖康之变,天堂地狱,负重南渡,金石散去,夫死独立,再婚再离,江山半壁,北归无期,颠沛流离,韶华逝去,沧桑历尽,恍如隔世,气若游丝,万物向死……当感叹"今年海角天涯,萧萧两鬓生华"的时候,她是不是还忆起了少女时代"倚门回首,却把青梅嗅"?人生最初的梅花和人生最后的梅花,就这样首尾呼应着。

赏梅的最早记载大约开始于汉朝,但是,梅正经八百地作为一种观赏性植物而存在,还是进入宋朝以后的事情。植梅成风,赏梅成风,是全社会热衷花艺以及吟诗作画大潮流里的一个侧面,据说与赵匡胤"杯酒释兵权"之后的"偃武修文"有关,也可算得上是官方倡导了。李清照词中提及"酒美梅酸",这里面的梅子显然是当作代替食醋的调味品来使用着的,但是除此之外的其他词作中的梅树和梅花,无论野梅还是种植梅,从词人角度,均是为了审美而存在的。

梅,一般指的都是蔷薇科李亚科杏属的梅,小乔木或者稀灌木,有红梅、粉梅、白梅,或者其他颜色的梅。那么,除此之外,还有蜡梅,蜡梅科蜡梅属的灌木,专开黄色蜡质花儿的那种,是不是也可以勉强算作梅花或者充当梅花呢?二者不同科不同属不同种,却由于开放时间相同,常被混为一谈,文人毕竟不是科学家，不必责怪。我认为李清照在词中所写的梅基本上都是第一种梅，可是，会不会偶尔也会包含了第二种梅——蜡梅？

李清照写梅花时，大多时候是在普遍意义上写到了梅花，想必是红梅或者白梅吧，兴许还有蜡梅。而有时候她又会特别点明是"江梅"："江梅些子破，未开匀""江梅已过柳生绵""手种江梅渐好，又何必，临水登楼"。据说江梅是一种没有经过人工培植的野梅，大多开得比较早，自己生在山间水滨，尤其有荒寒清绝之美。那么，"手种江梅渐好"是什么意思？李清照自己从野外移了一棵野梅栽种在自家后院里了吗？

外表模样阴阴柔柔的，而内心却可以是阳刚的和顽强的。这样的梅花，或者说这样的女子，这样的诗人，要风情有风情，要豪气有豪气，还发脾气，好胜，但是，有趣。李清照写的梅花，是"我的梅花"，是与人生同步的梅花，有着词人的喜怒哀乐的梅花。

说完了李清照的梅花，再来看看她写的其他的花。

当然，在她涉及花的词作中，最有名的，是涉及海棠、菊花和荷花的。

她写海棠，用一首短短的小令，就把海棠轻而易举地写成了经典，将海棠直接送进了文学史，再也出不来了。《如梦令·

昨夜雨疏风骤》中通过女词人跟侍女之间的对话发生，增强了这首词的戏剧性，这场关于海棠花的对话场景的发生，时节应该是在春末夏初吧。词人不满于侍女那个刮了一夜风、下了一夜雨之后"海棠依旧"的答案，认为对方明显是对于事物缺乏观察力和感受力或者态度敷衍，于是宿醉刚醒的慵懒一下子变成了劈头盖脸的驳责，"知否，知否，"整个这首小词中的对话与其说是疑问性质和反问性质的，倒不如说是设问性质的，女词人心中早已有了一个预设的答案，只不过故意把侍女拉进对话，好让自己把正确答案大声地出来："绿肥红瘦"——这高度概括的四个字，写尽暮春，写尽风雨，写尽海棠，同时也算写尽了人。

词中貌似并没有以花比人的意思，其实在情境上还是有所比拟的，若细细深究的话，字里行间深深隐藏着一个"海棠春睡"典故，用于统领全篇却丝毫不露痕迹，从宿醉浓睡之中刚刚睡醒过来的女词人当时的身心状态，颇似醉酒后初睡醒的杨贵妃，据说当时唐明皇见到贵妃那副慵懒之态，评论道："岂妃子醉，直海棠睡未足耳！"海棠竟是会睡眠的，并且醒来时有着心慵意懒的风致。男人夸女人夸得这么高超，前无古人后无来者。苏东坡写"只恐夜深花睡去，故烧高烛照红妆"，因担心海棠花睡去，故夜间点起蜡烛来赏花，就涉及这个典故。在李清照这首词里，女词人形象本也是慵懒的，却由一个自我随意设计的小型对话引出来了诘问和纠正,从而打破了这种慵懒,使得词人一下子清醒了不少,顿时显露出常态里的年轻任性和伶牙俐齿,词中的抒情主人公可谓一派清新,就像那海棠的叶与花一样,闪烁着琉璃的光泽。

李清照写菊花,就像她写海棠一般好。她写菊,小部分原因,是向陶渊明致意,不排除有比德之念。花已被陶渊明占领并圈了地盘,李清照写菊花其实并不比陶渊明写得差,可是也只能让贤了。她见到菊花难免会想起陶渊明:"细看取,屈平陶令,风韵正相宜""人情好,何须更忆,泽畔东篱""不如随分尊前醉,莫负东篱菊蕊黄",言必称陶或者在暗示陶,李清照写的菊花仿佛是陶渊明家的菊花。但是,李清照写菊的绝大部分原因,其实只是为了借晚秋初冬时节的菊花来表达个人心境,尤其是生命中的憔悴之感以及悲伤之意。这使得这些词中的菊花,几乎具有了人类的体温和生命的深度。

《醉花阴》里的菊花是这样的:"东篱把酒黄昏后,有暗香盈袖。莫道不消魂。帘卷西风,人比黄花瘦。"写到了菊花的香气,又写到了那形销骨立之人,把帘外菊和帘内人联系在一起的,则是一阵寒凉的西风……那人跟菊花可有一比,她有菊之态、菊之意、菊之孤零、菊之独立秋风,这首诗写得忧郁甚至抑郁,却并不郁闷,想必那一阵西风在吹起门帘时也将人的心灵一角吹起了。到了《声声慢》里写菊,这忧郁或抑郁的压强则加大了,成了悲苦。从开头那个"寻寻觅觅,冷冷清清,凄凄惨惨戚戚"的句子可以猜测得出李清照的肺活量很大,否则这样用一口气来表达情绪的极端句式会把自己憋坏。这样用叠字叠词一上来就把全诗的基调确定下了,把大致氛围给铺垫好了……于是,菊花登场,"满地黄花堆积,憔悴损,如今有谁堪摘?"……可以看出,从《醉花阴》到《声声慢》,程度全方位加重,凉意变成了凄风苦雨,那原本有着暗香的清瘦的菊花而今则几乎全都凋残委地了,即使尚留枝头的,也枯萎得没几朵可摘的了,孤零忧郁已经演变成了悲怆,那个比黄花还瘦的人如今已经走到了人生绝境!在这类充满了个人生命体悟的词作中,菊花对于李清照意味着天起凉风日影飞去,意味着形单影只和丧失。这类菊花词作中的那个或侧面或正面的形影,体现出来的韵致,倘若套用一下戴望舒诗作的意境,或许也是可以的呢:这个有菊花一样的颜色、菊花一样的芬芳,像菊花一样结着愁怨的姑娘,她在西风里哀怨,哀怨又彷徨,最终,在西风里消了她的颜色,散了她的芬芳。

荷花对于李清照,是与快乐有关的花,荷花给女词人带来的几乎全是快乐的经历,并留在记忆里。

女词人写荷花,写了夏天的或者秋天的荷花,往往又都与泛舟的情形相连。像《如梦令》里的"兴尽晚回舟，误入藕花深处"。像《双调忆王孙》所写"湖上风来波浩渺。秋已暮、红稀香少"，还有像《一剪梅》里的"红藕香残玉簟秋，轻解罗裳，独上兰舟"，那叙事者应该也都是泛在舟上的，甚至是独自行动，而水中总是开满了荷花。这些词基本上都是快乐和清爽的，每个字仿佛在水中洗过一般。《如梦令》里的那个在溪亭日暮中划船的女子，大概率是喝酒贪玩，天黑下来了，她还不肯回家，把船不小心划到了荷花丛中去了。

《双调忆王孙》写的虽是晚秋，"莲子已成荷叶老"，却丝毫没有传统中的悲秋之意，字里行间透出一种风轻云淡的快活，至少也算是自得其乐，同样是玩得不想回家了，明明贪玩，这次却赖到鸥鹭身上，觉得鸥鹭挽留自己，不愿让自己走，"似也恨、人归早"。《一剪梅》里虽有"才下眉头，却上心头"的相思，但也只是一种幽幽的期盼和淡淡的迷惘，不过是散淡悠然情绪之中的某种调味吧，依然是美好的，潜意识里有着某种自我满足和小惬意。

《浣溪沙·绣幕芙蓉一笑开》里也涉及荷花，虽然只是间接，更与泛舟无关，但写的也是快乐之事，是约会调情。有人疑其为伪作，我看倒未必。同时代有那么多男词人都在写狎妓之作，谁规定了作为女人的李清照——在预设和意想之中被要求单方面成为中规中矩爱情的楷模——不可以调情？何况自自然然、健健康康的男女关系，包括夫妻之间都应该是很放松的，完全可以非常活泼以至于可以调情的，举案齐眉则实属反常。同时代王灼对李清照既夸又贬："曲折尽人意，轻巧尖新，姿态百出，闾巷荒淫之语，肆意落笔，自古搢绅之家能文妇女，未见如此无顾籍也。"从反面印证了她确实写过所谓调情之诗。在这首词中，其实没有直接写荷花，只是借荷花来写了一位女子，这位女子脸庞因为爱情而成了一朵莲花正在盛开！多么明丽！开篇即读到此句，禁不住想起了徐志摩的诗"最是那一低头的温柔，像一朵水莲花不胜凉风的娇羞"。

但是到了后来，估计是南渡之后的中年以后岁月，她依然写着荷花，只是在那荷花上寄托了惆怅，为什么惆怅，只因那荷花意象引发了她对旧日快乐时光的回想："翠贴莲蓬小，金销藕叶稀，旧时天气旧时衣，只有情怀不似、旧家时！"这里写的荷花，也是间接涉及，不是生长在水里的，而是在一件衣裳上面绣着的。这首词《南歌子》，上阕提到"罗衣"，下阕就点明这是一件绣了花的织物，是用贴翠和销金这两种工艺绣制，即以翠羽贴成莲蓬样，以金线嵌绣莲叶纹，而现在衣服旧了，翠羽和丝线均有所脱落和松散，致使莲蓬看上去变小了，荷叶也变得少了，这以羽贴和丝线绣制出来的莲蓬和荷叶均来自手工，制作它的人和穿起它的人都在上面有所寄托，人的欲望和记忆就隐匿在这些几何图案里……就是这样，一件旧了的织物绣品成为流逝了的旧时光的具象载体——那旧时光里，那记忆里，一定有年少时"误入藕花深处"的欢乐吧。时光留不住，能留下来的这件代表往昔的旧衣服，它是往昔曾经存在过而又变得模糊，再也不能回返的一个证据。抚摸这件图案已经黯淡脱落的旧衣裳时，感到人生多么虚幻。

李清照的荷花，几乎全是快乐之花，即使偶尔表现出了惆怅，其实也跟突然忆起了旧时的快乐有关。荷花似乎总是和泛舟有关，泛舟又总与快乐有关……这快乐终随时光而逝，只剩下了回忆，成了一件绣着荷花的旧衣裳。荷花是快乐的，女词人曾经也是快乐的，活过、爱过、疯过……最后，依然清如水。

有一件事当讲，李清照在她的《词论》里对前代当朝词人们指指点点，不知为何却只字未提同时代的重要词人周邦彦。而周邦彦有一首写荷花的词，由眼前荷花想到故乡荷花，觉得童年小伙伴们会到他的梦中来，大家一起划船进入荷塘，其中有一句特别棒："水面清圆，一一风荷举。"那画面就在眼前，妙不可言，竟有一种"平面几何＋立体几何"之美，可它偏偏又是文学。

李清照貌似很喜欢桂花，她旗帜鲜明地表达她喜欢桂花，还替桂花不止一次地打广告，甚至都有吹捧之嫌了。但是，当我读那几首写桂花的词时，感觉除了言辞上对桂花声明喜欢之外，却没有把那种喜欢真真切切地通过字句传递给读者，不像对于梅花、菊花、荷花、海棠那样，喜欢得情不自禁，喜欢到不需要说出喜欢，而那喜欢已经无处不在了，明摆在那里了。

即使她为了抬举桂花，不惜狠下心来把梅花、菊花、丁香都贬低和得罪，我依然读出来她并不像她口中所说的那样喜欢着桂花，这究竟是为什么呢？特别是当她为抬桂花而贬梅、菊时，我作为读者，竟感到李清照内心的一丝隐秘：桂花是客人，而梅、菊是自家人，贬自家而扬他者，也算是待客礼数，况自家人都懂得，不会怪罪的；还像小时候小朋友之间发生了矛盾，很多父母总是习惯于先数落自家孩子却安慰别家孩子，这样才显得有教养；还像是一个母亲，在亲生孩子和非亲生孩子之间，总是在外在行为上刻意地对那非亲生孩子表现出一些偏袒来，以表示自己的慈悲。李清照写桂花远不如她写梅、菊那样真切，以至于达到几乎可以触摸的地步——她写的梅、菊与个人生命经验关系紧密，个性化到了那就是李清照的梅和李清照的菊，所以她越抬桂花，反而让我越发觉出她与桂花之间的生分，桂花像是后娘养的了。没错，就是这个逻辑。

桂花应该是典型的江南之花吧，系木樨科木樨属，"木樨"

有时也写作"木犀",所以在李清照笔下,它除了被称作桂花、桂子,也被称为木樨花。李清照写起它来,无论是"暗淡轻黄体性柔,情疏迹远只香留""揉破黄金万点轻",抑或"终日向人多酝藉",都只是显得本分、自谦和宽厚,仅凭靠着低调内敛的外表和直来直去的香气来制胜,不像梅花那样有风致和风骨,也不像菊花那样有风韵,至于海棠的风情也是没有的,更不像荷花那样有着洒脱和热情的风度……桂花,在李清照那里,总之是一种很懂事的花,仿佛只是属于中年之后的倦倦的花。

李清照有几首词写到了梨花。《浣溪沙·小院闲窗春已深》的末句是"梨花欲谢恐难禁",要趁着梨花开着时,尽可能地赏梨花,免得那梨花不可避免地要谢了,自己还没有赏够。《满庭芳》里"酴醾落尽,犹赖有梨花",《双调忆王孙》里"浸梨花"。词人对早开易落的梨花将落怀着深深的担心,梨花在她那里,当然有美好事物转瞬即逝之意,有惜春之意,但却未必见得有什么愁绪,更未必见得就是在等什么夫君远行归来,词人只是自得其乐地赏春而已,而且有享受大好春光之意。

最后要提及,李清照还有一首写牡丹的词,当然也有人说写的是芍药,二者同科,容貌非常接近,除去草本木本之别以及花期不同,不计较也罢。如果非辩明不可,根据当时风俗,我认为应该是牡丹。

那时关于花卉的栽培鉴赏之文章和典籍很多,大众对于牡丹充满了热情,从前朝沿袭而来的赏牡丹盛况已达到了鼎盛。欧阳修写过著名的《洛阳牡丹记》,相当于"牡丹种植手记",同时他还为牡丹写了不少诗词,李清照的父亲李格非写过《洛阳名园记》,特别提及当时一些培植牡丹的著名花园,并写了个后记,由苗圃的荣枯联想到朝代的兴衰,后来金兵入侵,这篇后记竟被时人当成预言来解读。

那时士大夫们的审美趣味在端雅和通俗之间摇摆,在保持松竹梅菊这样的精英品位的同时,对于牡丹这样过于诉诸感官的肉欲之花也采取了宽容态度。当然,无论如何,牡丹还是过于张扬和富态了,不够清秀,难免有一些市井气,难入女词人的眼,在那样一个牡丹的兴盛时代,她竟写它写得如此之少,排除散佚,只能看到《庆清朝》这一首,而且在这仅有的一首里,竟然还没有出现花儿的具体名称,读者只可从"妖娆艳态""竞走香轮"等暗示来自行判断出大概率写的是牡丹。这首词,我没有读出有什么好来,看不出里面有多少李清照的个人独特经验,似乎是为写牡丹而写牡丹。只有末句"金尊倒,拚了尽烛,不管黄昏"让人眼前一亮,趁着牡丹未谢,请尽情豪饮吧,观花吧,天黑了也不要停下,点起蜡烛来,在烛光里赏花,直到把烛完全燃尽⋯⋯看看,女词人连赏花都赏得这么豪迈,只争朝夕，夜以继日，点灯熬油，不管三七二十一。由此联想起了苏东坡写过的点起红蜡烛来夜间观赏海棠的诗句，咦？难道宋朝人都喜欢夜间秉烛观花吗？这也是《古诗十九首》里所讲的"昼短苦夜长，何不秉烛游"吧，人生苦短，人生苦短，请及时行乐吧。

从李清照不惜"顶笠披蓑，循城远览"地踏雪寻梅和泛舟观荷诸行为来看，她是喜欢游乐和户外行走的，"独上兰舟"，她还极有可能常常独行——那个时代女子缠足尚未得以推广，李清照的脚丫子应该是天足。

当年读陆侃如、冯沅君先生的《中国诗史》时，读到李清照部分，我对二位先生的模糊态度很是不解，他们在结尾处强调，对于李清照的评价，要等到《漱玉词》全部考古发掘后才可下结论。后来随着自己阅读面变广和理解力增强，我倒有些理解他们的意思了，李清照的全集散佚了，现今留存的作品只是一小部分，而且还是从各家选本中集合起来的，选家和评论家一定按社会风俗和个人趣味进行了取舍和过滤，难免会对李清照某一侧面加以夸大式地利用并突出强调这个某一侧面，甚至刻意设计构想出一个新的李清照出来。如今遥想陆冯二位的那段话的意思，未必不是在暗示李清照此人及其作品所具有的丰富性、复杂性和多种可能性。

而无论如何,李清照喜欢花儿,则是千真万确的。为什么李清照那么偏爱写花呢?花儿不像岩石、泥土、天空、太阳、月亮那样具有永恒和冷漠的特质,相反,花儿总体上是热情的、敏感的、脆弱的、短暂的,跟人的生命和青春具有相同特质,这一点,非常重要,花朵开放的欣喜里面已经包含了凋零的忧伤,盛开并且凋零,这是花朵的使命。花朵在盛开并且凋零的过程之中,朝向永恒。花朵的价值观就是美的价值观。

对花儿的喜欢,正是从对于生命的热情而来。这是一个饱满到充溢的生命,而不是一个总是皱着脸的苦哈哈的弱弱的人儿。有一种由来已久的既奇怪又病态的"凄苦诗学",凄苦形象特别容易招人待见,满足人们的某种隐蔽的心理需求,大家或明或暗地在配合着。某些研究者企图把李清照塑造成"婚姻美满的纯情少妇+丈夫出轨的中年怨妇+再婚又离异的悔恨孤独女+永念第一任丈夫旧情的寡妇",读类似所谓专著时,我直想模仿李清照的语气喊一声:"余不耐!"

弗洛伊德说:"美的短暂性提高了美的价值。"那些花朵和女词人本人一样,虽已在时间里逝去,却通过诗词而获得了不朽。某个春夜细雨中的一树梨花、某个夏日湖上的一丛荷花,以及某个冬日江边飞雪中城墙下的一枝梅花……它们可知晓自己会穿越过八百年,来到今天,来到我的灯下?

辛稼轩的树

有这样一个人，他长得"眼光有棱""背胛有负"，舞剑弄刀，明明是体育系的，偏要填词作诗，冒充中文系的！结果如何？他混成了体育系里中文最棒的，同时又混成了中文系里体育最棒的，这倒也罢了，顶顶不可思议的是，他竟然在体育系里也是体育全能冠军，在中文系里竟然也是文科状元，而且创意写作拔得头筹——甚而至于八百年后那个著名瑞典老头马悦然说假如诺贝尔文学奖可以颁给中国古代诗人，那就颁给他，任是谁也写不过他。这样一个人，既有韬略，又有沛滂情感，简直就是曹操和杜甫的合体。这样的怪物，五千年来，只有一个。这个人是谁？他就是我的山东济南历城老乡辛弃疾。

他给自己定位的大业是继承岳飞遗志，替大宋夺回被金人占领的中国北方。他二十刚出头就立下奇功，组织并加入抗金的山东义军，带五十人对付五万人，活捉叛徒并千里押解至南宋都城杭州，成了名振全国的大英雄。南渡之后，他写《美芹十论》上书南宋朝廷，主战抗金，收复北方，好长的十大篇，相当于一本书，结构严谨并且逻辑缜密，既有学术范，又不乏激情，涉战略、军事、外交、政治、历史、地理、民情……他把"芹菜"这样的常见蔬菜名称硬塞进一篇跟芹菜一毛钱关系也没有的论文的标题里去了，这样连标题都不合乎规范模板的论文，哪个 C 刊会收肯发呢？这里用的是《列子》里面的一个典故，说的是有一个人觉得某种野生水芹菜很好吃，就把它献给了一个富豪，结果富豪吃了这种芹菜之后竟嘴巴肿了并且拉肚子——辛弃疾是在皇帝面前自嘲并自谦是山野之人，好心献上自认为美味的芹菜，即使皇帝吃着不好吃，也请莫怪罪。果然，这一大捆来自山东的野芹菜献上去之后，被上面冷处理了……但通过这个标题，可以看出辛弃疾对植物是多么兴味盎然啊。

接下来，他成了堂吉诃德，即使只剩下了他自己，也要一个人去对抗大宋主和派，恨不得一个人也要去北伐，渐渐地，他差不多是独自地站到了那时潮流的对面。不管上面态度如何，他我行我素，仍要抓住一切机会想办法对付金国，他有勇有谋，为军事布阵，考察地形，描画图纸，训练了一支敢死队"飞虎军"并亲任队长，天天摩拳擦掌，喊着要北上"杀贼"……可是，他精力过于旺盛了，他的一系列行为，严重干扰了在山外青山楼外楼和西湖边上纵情歌舞的南宋朝廷，让想过好眼前安稳日子的人们不太喜欢他了，于是一次又一次地把他调动和贬谪，到最后，不得不到江西上饶乡下去隐着了，先是在带湖，后来到瓢泉。于是他干脆又给自己的新住所起名为"稼轩"，同时又用"稼轩"做了自己的新名字，成了他的另外的字和别号，真是既励志又反讽。就这样，辛稼轩身体力行，在山野乡间大兴土木，建造园林，高调地去种田了。

挥刀舞剑的理想竟然蜕化成植杖耘耔的现实,"却将万字平戎策,换得东家种树书",他直接自嘲地宣称自己要去种树了。他其实是想暂时退隐山林伺机而动。在他心有不甘的同时,自然也不乏乡野世俗生活的乐趣,一个暖温带的北方人,来到了亚热带的南方,他乡的植被比故乡的植被要丰富得多,于是他种花种草又种树。除此之外,他身体还特别好,前前后后加起来,连儿带女地一口气生养了至少有 11 个孩子,他给孩子们起名字时,也忘不了表达他的个人心愿,让那些名字全都带上了禾木旁,名字叫作:稹、秬、秠、穮、穰、䅽、秸等,全与农作物有关,唯有那个最幼小的儿子,乳名叫铁柱的,他的学名不带禾木旁,而叫辛䆉,"䆉"的异体字是"㮏",从木,有一种解释是"粮仓"的意思,终究还是与庄稼有关联啊,而且还是农作物之集大成者,就是这个既叫铁柱又叫粮仓的孩子——我老觉得他就是"溪头卧剥莲蓬"的那一位——据说特别聪慧伶俐,却因病夭折了……这些孩子的名字,似乎都在为"稼轩"二字作着注解,仅从这个行为来看,这位词人也足够热爱植物了。

这位给自己起名为稼轩的人,他写花花草草,也写各种树木。在我的阅读过程中,尤其注意到了他对于树木的书写。在写这些树时,有时写的只是自然界里客观存在的树,有时写的则是纯粹典故里的树,而更多时候,则属二者合一,词人将现实生活中真实存在着的树与某个典故交叉叠印在一起来写了。

在同时代词人里,他恐怕是写树木最多的一位了吧。

更进一步来看,在所有树木之中,他最爱写的是竹子和松树。他是同时代词人里写竹最多的一位,也是同时代词人里写松最多的一位。据我那不完全的也未必准确的统计,在他现存的六百多首(篇)诗词文章里,涉及竹子的有六十余处,涉及松树的有八十余处——与此同时——他还有一个特点,特别喜欢将竹子和松树这两个品类合并在一起来书写,让松与竹这两个意象同时出现,肩并肩。

竹子,其实属于禾本和草本,连灌木都算不上,更算不上乔木,按说是不应该称之为树的。可是,竹子的模样,尤其是高大翠竹,主干木质化,看上去还真能以假乱真去充当一下乔木呢。在这里,请允许我这样的非理性人士——姑且和暂且——将竹子也当成树木来看待一下吧。

宋朝其他文人写竹写松的也不是没有,但大多数都是在诗中写,而不是在词中写。比如,最著名的苏东坡在诗中写"宁可食无肉,不可居无竹""竹外桃花三两枝"什么的,其实苏东坡写笋远远多于写竹,笋毕竟可以当食物嘛,他还在诗中不止一次提及自己年少时栽种了很多松树的事,后来松树都长成了栋梁,还有人"欲问东坡学种松",至于他在词中写到松树,当然也是有的,却写得很有限了,有"明月夜,短松冈"什么的……而就整个宋朝词人们的总体创作而言,写竹和写松,数量算得上是相当少的了。这时候,忽然,冒出来了这么个辛稼轩,偏偏频繁地在词里写竹又写松。

词与诗有着不同传统,诗庄词媚,二者表情达意侧重点有所不同,而且,从产生和功用来看,词比诗显然要市井化得多,词更接近于室内剧,书写背景大都在城市内部,涉及乡村以及远郊荒野的并不多……这就是为什么像竹松这类野外植物在词里出现的次数比它们在诗里出现的次数要少得多……这是我目前能想出来的原因。

辛弃疾在词中大量地写竹写松,与同时代其他词人很不相同,这与他那全方位开拓型性格有关,估计还跟词人当时居住的自然地理环境有关。他的带湖居所环境什么样?遗址就在现在的上饶市北门乡龙牙亭一带,当年的上饶城外,没有车马嚣尘,"东冈西阜,北墅南麓,以青径款竹扉……""青山屋上,古木千章,白水田头,新荷十顷""倚岩千树",而至于瓢泉居所旧址,即如今的上饶市铅山县稼轩乡期思村,我是去过的,那里比带湖更加偏远,一派山野好风光,估计受时代变迁影响应该不大吧,其地理样貌似与辛词中比较吻合。

据说就在我去访问的前几年,辛稼轩所建园林的石头地基遗存也还是存在着一些的,只是近年来才被村民们移作他用了。瓢泉藏在一个苍翠的山坞里,尽头是一面松竹茂长的山崖,从崖壁一侧终年往下流淌着一脉泉水,流到地面的两个天然石洼之中,旁边似还有专门放置碗碟的石凹处,当年辛家园林就建在这个草树茂盛的并不算大的山坞里面。正值深秋时节,有不少树上挂着鲜亮的大柚子。出了山坞,就是一条小马路,马路两旁行道树貌似木槿,不知其所以然地开着黄色的甚至杂色的花,路对面就是一大片稻田,有的已收割,有的尚未收割,越过稻田,再往对面望去,是水草丰茂的沼泽地和水塘,可以看见水牛……同时,还看得见一条水势不小的溪流仰躺在天空下,应该可以划船直接从河面上过去,估计划船不会超过半小时,即可抵达另一面山脚下——那里有一座古镇,石壁危栏和雕梁画栋于破败之中依然透出往昔的繁华,门楣斑驳,青苔覆阶,古旧昏暗的店铺倚立于石板街两边,千年不变的人间烟火气息弥漫着……我在这个与瓢泉隔河相望的小镇上逛来逛去,忽然感觉到辛词里写上元节"众里寻他千百度,蓦然回首,那人却在灯火阑珊处"的情境,仿佛就发生在这个古镇上。

松竹二者想必已经一起渗透进了词人的日常生活,故有"松窗竹阁""竹窗松户""种松竹未成""松篁千亩""松篁佳韵""竹清松瘦""连云松竹"等语,以及关于松或者竹的一系列句子:"谁伴。只甘松竹共凄凉""听取长松万壑风萧骚""茅舍疏篱今在否,松竹已非畴昔""孤竹君穷犹抱节,赤松子嫩已生须""石龙舞罢松风晓""十分竹瘦松坚""何日成阴松种满""屋上松风吹急雨""芒鞋踏遍万山松""断崖千丈孤松,挂冠更在松高处""纱窗外风摇翠竹""投老空山,万松手种""老合投闲,天教多事,检校长身十万松""侵天翠竹何曾度""何处飞来林间鹊,蹙踏松梢微雪""重来松竹意徘徊""闲傍松边倚杖""东风归路,一川松竹如醉""一川松竹任横斜,有人家,被云遮""修竹翠罗寒""千尺蔓。云叶乱。系长松""疏篱护竹,莫碍观梅""梅著子,笋成竿""疏疏翠竹,阴阴绿树,浅浅寒沙""我意长松,倒生阴壑""松菊竹,翠成堆""松本忘言松自吟""也莫向竹边孤负雪""青山十里空,松篁通一径""手种青松树,碍梅坞,妨花径,才数尺,如人立,却须锄""叹青山好,檐外竹,遮欲尽,有还无。删竹去,吾乍可,食无鱼。爱扶疏。又欲为山计,千百虑,累吾躯""恨无飞雪青松畔""夜雨北窗竹,更倩野人栽""莫向蔗庵追语笑,只今松竹无颜色""溪南修竹有茅庐""溪上枕,竹间棋""斜带水,半遮山,翠竹栽成路""醉倒却归来,松菊陶潜宅""是梦他松后生轩冕""眼见子孙孙子又子,不如栽竹绕园池""青山留得，松盖云旗""松冈避暑，茅檐避雨，闲去闲来几度？"……就这样，太多太多的松，太多太多的竹，太多太多的松和竹，出现在辛词之中。

辛弃疾笔下的松树和竹子，就在他的家宅内外，就在他的身边，触手可及，甚至还是他自己亲手种植的，属于眼前景色之中实实在在的一部分，富有人间烟火气，而不仅仅是专门作为高洁的精神符号和风雅的格调装饰而存在的。偶有符号之义，也已经渗透进世俗人生，与日常生活完全融为一体了，它们的比德之义或比寿之义，当然并没有被完全消解、彻底解构，但是，也并未发生特别强调，甚至在不经意之中还是进行了某种淡化处理的。松树和竹子，每天抬头即见，只是一种客观存在，松就是松，竹就是竹，松竹从既往文人雅士专用腔调之中回归到了词人个人语调之中，从有媚雅之嫌的意象群落返回到了事物原生态，回到了零度和初始的状态。

辛弃疾对于松和竹并不仰视，而采取完全平视态度，把它们看成生活中的相亲相爱者，所以写出来十分真切，"一松一竹真朋友，山花山鸟好弟兄"，这样直白的表达令人动容，至于"此君何事，晚来曾为腰折"，此君指竹子，意思是说，竹子怎么样了呢？像你我一样哟，也被白雪压弯了腰——可见竹子也有竹子的无可奈何，并不见得多么清高呢。

所以，甚而至于，他怀着游戏心态，在自己喝醉了酒之后，与一棵松树发生了争执，拌嘴，或者说吵了一架。他在《西江月·遣兴》里写了这件事："醉里且贪欢笑，要愁那得工夫。近来始觉古人书，信著全无是处。昨夜松边醉倒，问松'我醉何如'。只疑松动要来扶，以手推松曰'去'！"看来，他跟那棵松树，不仅动了嘴，还动了手。少年时读到这首词，乐坏了，后来仍是读一次笑歪一次。松树是一个多么崇高的文化意象，到了他的笔下，竟成了这般蠢萌萌的模样。中国当代诗歌里的第三代诗歌，为了超越朦胧诗，对一些高大上意象特别实行了"非崇高""非文化"的解构策略，其实这样的写作思路，人家辛弃疾早在八百年前就于漫不经心之中玩耍过啦。

至于说到竹子，忽想起我自己对于"虚心"一词从误解到懵懂，再到理解的经过来。汉语的进化，是一个现代化的过程，同时也不免有粗鄙化的因子渗入，泥沙俱下之中，永保典雅与规范，是有难度的。《圣经》和合本是一百年前的人从英文翻译成汉语的，是相当好的汉语，称得上汉语典范，书中有"那虚心的人有福了"之句，此处"虚心"二字竟被我误解了许多年，理解成做人得要谦虚，不能骄傲不能翘尾巴的意思，直到有一天看见英文版本，才知其意是"poor in spirit"，乃"灵里空虚"或"灵里贫穷"之意，是一百多年前的人翻译得太别扭了吗？

究其实,翻译成"虚心"是恰切的,并没有什么不妥,而是我们后来人对于"虚心"一词没有从汉语本源上去理解,译者用的是"虚心"这个词在汉语中的本义,特指身体内部的那个虚空和虚怀——就像竹子,它高直而中空。是的,用竹子来说明这个问题,相当形象。翻译者在译到这个地方时,是否也下意识地想到了竹子?

辛弃疾和陈亮(陈同甫),是一对志同道合并惺惺相惜的挚友,同性之间那心有灵犀的友情,让人既感慨又感动。陈亮骑行八百里,从浙江东阳去江西上饶瓢泉看望正在生病的辛弃疾,两人在大雪中相见,饮酒、舞剑、散步、作诗、彻夜长谈、同被共眠、赴鹅湖……十天后,陈亮辞别,辛弃疾又冒雪而追,却被一条水深冰冷的江水挡住去路,甚是惆怅,而五天后,陈亮来信了,二人继续在书信中唱和酬答,你赠我一首,我回你一首……读读两个人写给彼此的词,除去主战抗金的豪情是相同的,两个男人之间的私人感情竟到了卿卿我我的地步,"佳人重约还轻别"这样的句子竟是辛弃疾写给陈亮的呢,"树犹如此堪重别。只使君、从来与我,话头多合"这样的句子竟是陈亮写给辛弃疾的呢,这两个男人啊。恍惚之中,我觉得,双子座的辛弃疾很像一棵青松,天秤座的陈亮很像一簇修竹。

不说松和竹了,再说说柳。辛词写柳,也相当多,但宋词里本来写柳就多，人人写柳，这并不像写竹写松那样属于辛弃疾的特异之处。所谓柳就是"留"的说法，人人皆知，算是传统的离别意象。其实，对于我这样一个不懂风情的现代人，一见到柳树，想起的竟是伟大的阿司匹林，人类就是从柳树皮那里获取灵感，提取水杨苷水杨酸并且经过一步步改进，最终用人工化学合成方式制成后来的阿司匹林药剂的，如果没有阿司匹林，人类何以堪？值得一提的是，对于柳树本身，古人往往杨与柳不分，杨柳并排起来当作一回事，比如，辛词中就有"杨柳温柔是故乡"之句。

除此之外，对于柳树，偶尔还会出现其他的称呼，比如，辛词之中，还有"东风官柳舞雕墙""折尽武昌柳"的表述，据《晋书》记载，陶侃"尝课诸营种柳，都尉夏施盗官柳植之于己门。侃后见，驻车问曰：'此是武昌西门前柳，何因盗来此种？'施惶怖谢罪"。看来，"官柳""武昌柳"成为柳树的别称，都与这位做过武昌太守的晋代名将陶侃有关，陶侃是陶渊明并非直系的本族曾祖父。辛词写柳树也使用其他典故，比如，"金陵种柳欢娱地"和"最怜杨柳如张绪"这样的句子，都涉及南朝齐之官吏兼学者张绪，据说此人风度翩翩，人品也好，当时在首都金陵的齐武帝，看到他人敬献并植于殿前的蜀柳生长得枝条悠长如丝如缕，不禁感慨："此杨柳风流可爱，似张绪当年时。"辛词写柳树,另外还有不是用典而胜似用典的时候,比如,时而还会与写过《五柳先生传》的陶渊明发生关联,直接表明"种柳已成陶令宅"以及"便此地,结吾庐,待学渊明,更手种,门前五柳"之类。

最有趣的是,辛弃疾本领大得很,他还能让柳树与原本八竿子打不着的屈原和孔子二位发生联系,他有"老冉冉兮花共柳,是栖栖者蜂和蝶"之句,"老冉冉兮"出自《离骚》"老冉冉其将至兮,恐修名之不立",形容时光"冉冉"流逝,担心老年将至而美好名节还没来得及确立,这样高大上的意思竟被拿来写花和柳了,至于"是栖栖者",则出自《论语》,对于那个时代已经失去信心的隐居者微生亩嘲讽还在周游列国心忧天下的孔子:"丘,何为是栖栖者与?无乃为佞乎?"就是说,孔子啊,你成天一副"栖栖"的样子,惶惶不安地四处乱跑,忙忙碌碌,难道只是为了显示你的嘴皮子很厉害吗?看看吧,这个原本用来嘲讽孔子的词语构成,竟被辛弃疾拿来描写正在花和柳之中纷飞着的蜂和蝶了,这是不是有那么点儿犯上作乱的劲头啊?

除了写一般的柳树,辛弃疾还写过"一身蒲柳先衰"——这里的蒲柳,应指生长在山地或沿河沼泽的红皮柳,也叫水杨,似介于乔木和灌木之间,可算作一种高矮不一的亚乔木吧,而在我个人的阅历和经验里，它其实更接近于灌木。它的叶子也是柳树叶子模样，而枝叶并不下垂，因入秋后落叶较早，故常用来喻人的早衰，这种蒲柳倒是比较常见的……当然另外还有一种意见倾向于把"蒲柳"分成两种植物来理解，一种是蒲草，一种是柳树，都属极易凋零衰败的植物，至于这个意见，我只能说貌似也有那么一点道理吧。

再往下数点，写得再多的就是桃树和李树了，在辛词里，桃和李往往也要连在一起来写。正如松树和竹子总是"沆瀣一气"一样，桃树和李树则总是"狼狈为奸"。看辛稼轩写的桃和李，既是写花，也是写树，"笑旧家桃李，东涂西抹""城中桃李愁风雨""君要花满县，桃李趁时栽""东风桃李陌上""风狂雨横，是邀勒园林，几多桃李""过尽东园桃与李""西园早行乐，桃李渐成阴""桃李风前多妩媚""故园桃李，待君花发""十年著破绣衣茸，种成桃李""桃李漫山过眼空"……类似桃李组合，多了去了。当然，像这种把两种以上的树并列在一起的复合范式写法，偶尔也会更换其中的一种，从而产生新的组合，像"寻桃觅柳，开遍南枝未觉"之类的句式，寻桃觅柳，读起来仿佛寻愁觅恨，感觉桃树背叛了李树，外遇了柳树。

除了松、竹、柳、桃、李这些树写得偏多，他在词中涉及梧桐的地方也不算少。梧桐树自然可以分出许多品种，古诗词里大都没有进行细分。辛词里写了"桐叶雨声干,珍珠落玉盘""风卷庭梧""梧桐听雨,如是天明"等,是的,雨打在梧桐那宽大叶子上,是可以与人的惆怅情绪相契合的,在辛弃疾之前,把雨和梧桐搭配在一起的名句早已有不少,随便一举,像白居易的"秋雨梧桐叶落时",像温庭筠的"梧桐树,三更雨,不知离情正苦。一叶叶,一声声,空阶滴到明",像孟浩然的"疏雨滴梧桐",像李清照的"梧桐更兼细雨,到黄昏,点点滴滴,这次第,怎一个愁字了得",等等。在梧桐雨的书写方面,辛弃疾只是一个后来者和跟随者。辛弃疾还写了"对桐阴,满庭清昼""桐阴阁道,青青如旧",涉及"桐阴"的这两首都是写给曾任吏部尚书后来同样退居上饶的韩南涧即韩元吉的——韩元吉曾写《桐阴旧话》记述自家居汴京时在家门前种满了桐树,故韩姓世家也被称为"桐木世家"。

  辛弃疾还有"试引鹓雏花树下"之句,鹓是古代一种类似凤凰的鸟,不止一部典籍里出现过鹓雏,似乎《庄子·秋水》里出现的鹓雏最为著名,认为这种鸾凤只栖于梧桐树,跟《诗经》里表达的梧桐可以引来凤凰,意思其实相通,"凤凰鸣矣,于彼高冈。梧桐生矣,于彼朝阳。菶菶萋萋,雍雍喈喈……"总之,辛弃疾在这里虽未直接提及花树属于什么花树,但"鹓雏"二字的出现会引人联想到凤栖梧的典故,隐隐约约有着对于梧桐的暗示，这花树莫非指的是梧桐花？除了一般的梧桐，词人还特别写过"孤桐"，"孤桐枝上凤偏宜""孤桐赠我千金资"，这里同样有凤栖梧的典故，同时又有了其他方面的用典，据说孤桐专指独立生长在峄山南坡岩石上的梧桐，其枝条是上好的制琴材料，可发出清亮之声，成为千古绝唱，于是孤桐有时就直接代指琴瑟了——生长孤桐的峄山在邹鲁圣地，是孟子故里，在使用这个典故时，词人是否忆及山东老家？我不止一次去过峄山，那是一座几乎没有土壤的累累巨石之山，每块巨石都庞然独立，彼此之间完全没有连接点，像一篮子鸡蛋那样垒堆挨放，竟也亿万年来纹丝不动，堪称全中国第一怪山，只有很少的树木从巉岩缝隙间冒长出来，我南北坡都去过了，山不大，然非顽强而不能攀，极力登顶，寻觅大半天，没有找到并识别出哪是孤桐。

　　写到榆树时，他喜欢写榆钱。"红香径里榆钱满""榆荚阵""杨花榆荚浑如许""杨花榆荚雪漫天"，榆树生叶之前，会先生出荚，那其实是种子，形状似圆圆小钱并连缀成串，叫榆钱，也叫榆荚，待成熟了，就会变成黄白色，随风飘落。趁着春天刚到，榆钱尚嫩绿，清香无比，和面煮粥，和面蒸食，都好。词人写到它时，是否忆起了他那北方故土的吃食？

　　他也写了桑树。有时只将桑单列来写，"柔桑陌上蚕生"与

"陌上柔桑破嫩芽，东邻蚕种已生些"是构思相近的句子，"市朝往往耕桑"与"田园只是旧耕桑"也是构思相仿的句子。另外一些时候，又把桑与麻连在一起来写，"牛栏西畔有桑麻""行尽桑麻九曲天""鸡鸭成群晚不收，桑麻长过屋山头""谁向桑麻杜曲"等。无论怎样写，都表现出词人对于乡村生活的熟稔，可谓张口就来。

他的词中涉及枫树，枫树泛指槭树科植物。他写"旧时枫叶吴江句"，这来自《新唐书》记载的关于"枫落吴江"或曰"枫落句"的典故，后以此代指诗文中的警句和佳句。他在写给夭折儿子的诗中又具体涉及青枫，"只今关心处，政在青枫根"，表示儿子埋在青枫树旁了，此处所用典故有可能来自一首唐诗，那诗题在江边某个古馆的柱子上，作者不详，假托是由鬼写的一首诗，说"爷娘送我青枫根，不记青枫几回落"。我在读苏轼全集时，读到《书鬼仙诗》一卷，收集了"皆仙鬼作或梦中所作"的八首诗，其中就有这一首，可见此诗是有一定的知名度和流传度的。青枫是有些接近于鸡爪槭的小落叶乔木，叶子可以从翠绿变成鲜红。

他写到乌桕树。只要不是太过于北方的地区，这种树大致都能生长。"只寻古庙那边行，更过溪南乌桕树""手种门前乌桕树，而今千尺苍苍"，相传，这种树由于鸟喜欢吃它的果实而得名。它的叶子在深秋时会变成紫红色，串串木籽由青变黑，外壳炸裂而露出分瓣的白色仁实。乌桕树在由绿转红之时，有渐变的特点，比黄栌或枫树的红色更能显出丰富的层次，能把整个天空都映照得斑斓和晕眩起来。

他还写到了一些比较普通的能够结果子的树木，像樱桃树、梨树、杏树、枣树、梅树，还有石榴树什么的。他写"枣树平生叹子阳"，使用了《汉书》里"王吉唊枣"的典故——子阳，是王吉的字——东家那边的枣树枝越墙垂到自家院中，王吉的媳妇就顺手摘吃了几颗，王吉于是休妻，东家认为都怨自家枣树破坏了人家夫妻关系，很愧疚，决定砍了枣树并要求王吉把媳妇接回……这是一个两家最终共享枣树的道德故事，被辛弃疾顺手拿来进行转化式运用，出来了审美意味，而今辛家东面邻居种的不是枣树，而是梅树，"东家昨夜梅花发"，于是两家共享着梅花之美和梅花之香。他写樱桃树，"更把一杯得劝，摘樱桃""苦笋樱桃正是时""点火樱桃，照一架、荼蘼如雪"，这些句子里的樱桃热情洋溢，足以勾起食欲，激起对世俗生活的热爱。其中，石榴毫无疑问属于进口树种，据说是由西汉张骞出使西域时从中亚一带的安石国——大约在现在的伊朗、阿富汗等地吧——带回来的，所以也叫安石榴，"安石榴花翠竹枝，婆娑其下更何为"，是红花衬绿叶的明艳，而"谩道不如归去住,梅雨,石榴花又是离魂",其实是承接前面已写的杜鹃花红,而后又加上这里的石榴花红,来写子规啼血,表达归去之意。石榴既热情又吉祥,在唐朝时尤其受到欢迎,据说石榴裙——大约就是因那裙衫从颜色、图案、衣料质地,甚而至于款式均接近着石榴花之色泽和形貌而得名吧——在唐朝时从宫廷到民间均极为流行,武则天有"不信比来长下泪,开箱验取石榴裙"之相思语,谁能想到如此缠绵诗句竟是出自那天不怕地不怕的武则天之手呢?白居易写"血色罗裙翻酒污",那个琵琶女穿的血色罗裙想必就是石榴裙吧,至于有人认为"拜倒在石榴裙下"这种说法的最初来源与唐明皇杨贵妃有关,我则疑心是杜撰。不过石榴裙,这三个汉字的本来模样和联想引发,确实容易让人想入非非,似有着某种情色意味。

其实,在我看来顶重要的一件事是,辛弃疾在作品中涉及了一系列典型的南方树种。这里所谓南方,大致指长江以南地域,既包括江南,也包括比江南更往南的福建、两广和海南等。这些南方树种,对于一个在长江淮河以北长大的人来说,应该算是比较新奇的吧。

他很喜欢写桂树,写时间或临时拉郎配,让桂树与松树、杉树等其他树种胡乱成婚,尤其不管松树其实早已有了竹子这个原配,于是有了"小山生桂枝""万桂千杉""松关桂岭"

"松月桂云""天上栽花，月殿桂影重重""松梢桂子，醉了还醒却"等句子。桂树既有乔木也有灌木，是喜欢温暖湿润的亚热带树种，秋天桂花飘香。在桂树里面，词人似乎尤其喜爱树皮赤且花色最深的丹桂，"忆对中秋丹桂丛，花在杯中，月在杯中"，写的是一个晴朗中秋之夜，月影花影与酒相伴；"莫为梅花费诗句，细思丹桂是天香"，可见丹桂在他心目中已超过了梅花；"问丹桂，倩素娥"，在这个具体语境里，丹桂则代指月亮；至于"君家里，是几枝丹桂，几树灵椿"，当"丹桂"和"灵椿"并列在一起时，又出来了典故，这里的"丹桂"是借"折挂"说法指代科举及第的人，年轻的秀拔人才，"灵椿"是借《庄子·逍遥游》中"上古有大椿者，以八千岁用春，八千岁为秋"之说来代指高寿的贤者，同时又可使人联想到宋朝姓窦的人家"五子登科"的佳话，这一家子被别人称赞"灵椿一株老，丹桂五枝芳"，灵椿指父，丹桂指子——辛弃疾借用这些典故也是在趁祝寿时夸赞友人的全家老幼呢。

辛弃疾在另一首祝寿词里也出现过"伴庄椿寿"的语句，也是用这传说中的大椿古树来表示长寿之意，当然，大椿这古木名，也有直接用来代指父亲的。我不晓得，这里所讲的"椿"，与我们平日里所讲的可以吃的香椿以及不可以吃的臭椿之间，究竟有无一丝关联呢？

词人归隐的江西以及其他辗转任职的江南地区大都是产橘之地。他的"味如卢橘熟，贵似荔枝来。闻道商山余四老，橘中自酿秋醅"之句，其实是借枇杷、荔枝和橘等水果来突出羊桃的美味——羊桃就是现在的南方水果杨桃，也叫五棱子，横切面是一个五角星，酸甜口，味道清新——辛弃疾在这里把三种水果都写出了酒味，吃它们几可代替喝酒了。卢橘，有说金橘总称的，有说是一种发黑的橘子，也有说枇杷……如指金橘，那么很可能指那种连同果皮、果肉、果核一起吃掉的微型橘类金枣了，吃了可以去火，至于发黑的橘，不曾见过，但是这里，我觉得应该指的是枇杷，后面拿荔枝和橘来作比，前面再出现一种类似橘子的品类，在语义上就太重复了，所以卢橘应该理解成枇杷更好。苏东坡"卢橘杨梅次弟新"中的卢橘，指的就是枇杷。

辛弃疾还有"相扶入东园，枇杷熟"之句，直接称枇杷。枇杷作为常绿小乔木，叶子像皮革一样硬硬的，叶形有些像琵琶，这种树开花结果的时间挺有意思，前一年秋末冬初开花，一簇簇的，看上去像打碎在碗里的一汪汪生鸡蛋汁儿。它的花期很长，到第二年夏天才结出黄棕色的果子，北方现在也有从南方空运过来的新鲜枇杷果了，我倒也没吃出有多么好吃来。我家茶几上还放着一瓶没有吃完的止咳嗽的枇杷膏，不知是用枇杷树上的哪个具体部位来制作而成的。

  南渡之后的辛弃疾提及橘，是不可避免的。除了上面提到的句子，还有比如，"娥眉早把橘枝来""斜阳古殿橘花开""归计橘千头""不妨却伴橘中仙"……各类古书都记载过橘，有说果出江南而树碧冬生的，也有说小的叫橘而大的叫柚的，也有说生淮南为橘而生淮北为枳的，还有把柑橘叫成"木奴"的，意思是，栽种上千棵这样的树，就像有了一大堆可供驱使而不费衣食的奴仆，这就是辛词里为何出现了"橘千头"的用典，出自《三国志》里关于李衡的故事。至于"橘中仙"的故事被辛弃疾用来祝寿，应该出自唐朝传奇志怪小说《玄怪录》，说的是在一个人的橘园，在霜后全都收获了，唯有两个体积非常大的果实竟还挂在树枝上，爬梯子上去摘下来，剖开，发现每个橘子里面都分别坐着两个鹤发童颜的神仙老头儿，一边下棋一边对话。再联系前面写杨桃的词中那句"闻道商山余四老，橘中自酿秋醅"，商山四老也叫商山四皓，指的是汉初商山四隐士，四人年均八十，须眉皆白，拒绝汉高祖应召，后来却答应吕后邀请去辅佐太子，但是这句后面出现"橘中自酿秋醅"，似乎又与"橘中仙"的故事混杂在了一起，仿佛在说，我听人说过，橘中可容纳像商山四老那样的长寿神仙呢，在其果中酿造秋酒——"橘中仙"故事里，两个橘子里面分别住着两个神仙老头，加起来，不正好是四个老头嘛。我承认如此考证，想象的成分多了一些，但兴许我的想象恰好就是作者提笔写时的心思或下意识呢。

还有一件事，不管怎样，"橘"现在基本上只通俗地写成"桔"了，我从来都不求甚解地把这两个字看成一回事，胡乱使用，想写哪个就写哪个。我最恨对汉字进行考据，什么通假啊、异体啊、音韵啊、语义啊、反切啊，只能折磨得我犯偏头疼。记得当年大学选修课有"训诂学"，我们年级总共有六个同学选了，老师上课时，对着下面六个同学说："如果人人都来研究训诂，会亡国的。现在一个年级竟有六个同学来选这门课，实在太多了。"结果，第二次上课时，就减成了四个同学，待到结课并期末考试时，考场上只剩下了两个同学——如今这两人已成为国家语言学栋梁，区分"橘"与"桔"是他们的专业，不是我的任务。在我童年时，运输业还不够发达，南方北方物资交流较少，对于橘子，北方人见得最多的是用圆肚玻璃瓶密封盛装着的糖水橘子罐头，新鲜橘子当然也是有的，只是这种酸酸甜甜的水果当时在北方还算是比较稀罕，我手里拿着橘子时，会好奇地想：它的底部，为什么长了肚脐呢？

他这样描述杉树，"他年来种，万桂千杉"，这里的杉树，是什么杉呢？不太清楚，但根据另外一首词中"直节堂堂，看夹道冠缨拱立"的描述，更像是水杉吧。"直节"二字，说的是劲直挺拔的样貌，代指杉树。这里用了典，出自苏辙《南康直节堂记》，内有"庭有八杉，长短巨细若一，直如引绳……凛然如公卿大夫高冠长剑立于王廷……"之语，揣摩这样的描述，那样子真的更接近水杉呢。可是，问题来了，水杉作为与恐龙同一时代的植物，原以为早就绝迹了，是在20世纪40年代才被重新发现并鉴定出来，并被当成活化石的，那么，早在宋代，水杉是否存在着呢？其实，现实存在与记录在案，分属两个不同概念，在博物学不发达的国家，即使不会遗漏，那么由于绘图资料缺乏或失真，模棱两可或者混淆的情况也是时有发生的，比如，我们的文献记载用词之中，往往水杉与那相近似的水松是不加以区分的，那么谁又能保证真正水杉没有被记录描画成易混淆的其他种类呢——是的，我倾向于宋代有水杉。

他写到期思村瓢泉附近的樟树，"樟木桥边酒数杯"，樟树就是香樟，中国南方常见的终年常绿的高大乔木。在最早典籍里樟树名叫"豫章"，江西古有"豫章"地名，现为南昌的别称，可见江西那个地方一直都是有很多樟树的。奇怪的是，辛弃疾在江西生活了那么多年，词中涉及樟树极少。20世纪70年代，在我小时候，家中大衣柜里常常要放置上一些白色的樟脑球，用来防蛀虫和防发霉，想必那种物质就是从芳香的樟树的树干或者枝叶里提炼出来的吧。有一年我去南方某省山里游玩，看到一个摆摊的老大爷，在卖樟树皮，黄褐色，闻上去有异香，树皮被劈切成了细细的小节小段，分装在一个个小小塑料包里，一块钱一包，说可以直接摆放在家中，用来熏蚊子。我买了几包回去，随手一扔，就找不见了，熏蚊效果尚未验证。

辛弃疾写"算年年、落尽刺桐花，寒无力"。意思是说，刺桐花快要落尽时，寒气就没有了，表示将要春去夏来。记得顾随很喜欢这句词，他评说："真好，一念便觉无力。此是诗人感觉。"词人在福建泉州做过官，泉州在宋代已经遍植刺桐了，刺桐是一种从海外引进的树种，据说原产印度和马来西亚的海边。这是一种豆科乔木，可长到20米以上，枝上长着圆锥形的黑色短刺，开出的花朵像红红的鸡冠子，成对地生长，一串串地挂在枝头。后来——到了元朝——马可·波罗索性把泉州称为"刺桐城"，把泉州港口称为"刺桐港"。到如今，泉州的市花就是刺桐，泉州所属的某区级文联还办了一份名叫《刺桐》的文学杂志，我还在上面发表过诗歌。

他写过榕树，有"榕阴不动秋光好"之句，当写于福州任职时，他想象自己的好友兼继任在秋光映照的榕树下，会感到心满意足。至今福州仍因榕树众多而被称为"榕城"。榕树像是长着众多长长的胡须，又像是向外长出来了众多的脚趾，那是榕树的气生根，这就导致了榕树容易蔓延开去，冠幅巨大，有独木成林之感。

他在词中还间接涉及荔枝、槟榔和菩提，还有胡椒和肉桂。这些树种的生长地区至少是亚热带，甚至是热带，似乎更加地靠向"南方"。对于绝大多数人来说，这些树的名字都很熟悉，却罕有人真正见过实体，尤其在过去人口较少流动的时代，更是如此。对于这些树，辛弃疾可能见过，也可能没见过，写作经验可以是直接的，也可以是间接的。

上面说过，他写杨桃时还借用了荔枝，说"贵似荔枝来"，强调"贵"，强调"来"，显然会引人联想起杨贵妃，荔枝是地地道道的热带水果，在没有飞机和高速公路的时代，从广东往长安日夜兼程快马加鞭地运送容易腐烂的荔枝，得累死了多少匹专用驿马！杜牧诗中的"一骑红尘妃子笑，无人知是荔枝来"已成为荔枝最好的控诉书兼广告词，当然后来又有不怕吃多了上火的苏东坡，他的广告词是"日啖荔枝三百颗，不辞长做岭南人"。荔枝，可看成一个男人对一个女人最真挚也是最荒唐的爱情表达方式，当然也可以解读成一个王朝摇摇欲坠的征兆，与其说荔枝是爱情水果，是腐败水果，倒不如说它是覆灭过一个王朝的水果吧。

辛词里还有"怨调为谁赋，一斛贮槟榔"之句。其实，槟榔在《史记》里就有记载了,汉武帝军队因用槟榔缓解了瘴疠而打了胜仗,于是槟榔得到重视,指定南越以槟榔作为贡品,司马相如《上林赋》里的"仁频"就是槟榔。到了魏晋南北朝时期,那些本来就喜欢服药的士族们让嚼食槟榔成为时尚,话说有一个叫刘穆之的混得不好,却偏偏对槟榔这种本不该属于他的贵族食品嚼食得上了瘾,成天跑到岳父母家蹭吃蹭喝,还蹭槟榔吃,结果妻舅们都笑话他,说吃槟榔是用来消食的,你连饭都吃不饱,还需要消食吗?不料,后来,这个刘穆之发达了,做了大官,荣华又富贵,于是邀请他的妻舅们全都去他那里做客,用金盘子装满槟榔端上来,请昔日嘲笑过他的妻舅们吃槟榔,随便吃,照饱里吃,管够。很多人都认为这个故事里的刘穆之大度善良,而我认为,倘若从人性深层潜意识里来进行心理分析,这个人足够恶毒。辛弃疾在这里就用了刘穆之与槟榔的这个典故,似乎对应着李白表达失意的诗句"何时黄金盘,一斛荐槟榔",二人都是在发牢骚,企盼有朝一日能被重用,像刘穆之那样翻身得解放。苏东坡专门写过一首叫作《食槟榔》的诗,诗还不短,从"始嚼或半吐"到"滋味绝媚妩",然后来了一个理性劝告"日啖过一粒,肠胃为所侮",而劝告是没有用的,"红潮登颊醉槟榔"已成风俗。

其实,槟榔是有毒的,进入 21 世纪以来,世卫组织已经将槟榔定为一级致癌物,却仍然阻止不了东南亚热带地区人们按照传统来行,将它当成口香糖来吃。我想,除去槟榔果不分好坏的这作用那作用之外,其实,槟榔果里一定含有某种可以通过刺激神经系统使人兴奋的物质,应该接近尼古丁,对那些已经食之上瘾的人,只能像戒烟那样去戒槟榔才行。两年前,我在三亚,看到了很多槟榔树,枝叶样貌看上去很像棕榈,叶片细节也许接近散尾葵吧,而与它们相比,槟榔的细长树干却要高耸很多,小小果实簇拥着堆积成一大团,挂在了腰间,像随身携挂着弹药。在一个路边小店,我买了几颗形状和体积全都犹如子弹头的槟榔果,碧绿的,小小的,我只是想品尝一下味道而已,一吃,味道怪怪的,刚吃掉一颗,竟莫名地晕眩起来,于是立刻停止以身试"毒"。

他写"看灯元是菩提叶,依然曾说菩提法",菩提叶灯,我想,有一种可能,无论使用何种材质,大约要雕造成一大片菩提叶子形状的灯具吧,大叶片用以挡风,一旁或有小枝丫,支撑着可放置灯芯的小小灯头;当然还有另一种可能,仍然无论材质,都环绕灯芯灯头之圆心,由一枚又一枚菩提叶子交叠簇拥形成底座,构成一个灯盏吧。无论是哪种形式的灯具,灯芯用酥油还是用蜡烛呢,这要由佛教仪式来规定吧。菩提树是佛教的神树,革质叶片介于三角形和卵形之间,还不完全算是心形,叶子在顶端忽然变得尖了,这种乔木属于桑科波罗蜜亚科榕属,是典型的东南亚热带树种。我在一些南方寺院里见过菩提树,每次见到,都怀着求知欲仰起头来,定睛细瞅,却没能记住任何特点,等到下次见到它时,依然走到对面不相识,还需靠他人指点或认念标牌说明文字才缓过神来,这也许跟我这个人既没有佛缘也没有佛心有关吧。

词人还在一首词中,专门对自己的姓氏"辛"字进行了调侃,寓认真于游戏,为送行一位跟随自己南渡的族弟奔赴京城临安就职而作,拿自己家族姓氏开涮,"艰辛做就,悲辛滋味,总是辛酸辛苦。更十分,向人辛辣,椒桂捣残堪吐",说的是"辛"姓家族的人,全像这个姓氏汉字所表情达意的那样,命运都与荣华富贵无缘,原因是性格耿直,不愿为名利而扭曲自我,甚至辛辣得像捣碎了的胡椒和肉桂那样,让人吃了难受得想吐掉——"椒桂"在此处指的就是胡椒和肉桂,肉桂主要生长在亚热带地区,热带地区也可以生长,而胡椒基本上就是生长在真正的热带地区了,这两样多被人看作是用以产出调味料的植物。胡椒木,属于木质攀缘藤本,还算不上树,往往要依附在其他树木或者桩架上生长,其种子磨碎之后,就是我们的调味品黑胡椒粉或白胡椒粉。肉桂树呢,是乔木,是樟科樟属,叶片上有三条鲜明的纵向脉络,树龄越大香气越浓,把树根当柴烧时，满山香气弥漫，至于肉桂树的树皮，就叫桂皮，是相当重要的调味料或香料，北宋梅尧臣在诗中把肉桂与姜并列提及："直须趁此筋力强，炒梗烹鲈加桂姜。"至于桂皮，如今在哪里的市场都很容易买到，在传统的炖肉方式里，经常把桂皮作为大料或调料放进锅里去，可以直接放入，也可以包进透气的薄绒布料包里之后再放入，在20世纪70年代，小时候，一闻到空气中有霸道的桂皮香气，我就知道要过年了。当然还不能不提一下五香粉——我最痛恨的烹饪调味品——据说成分也是以桂皮为主体的。

辛弃疾喜欢"掉书袋"，他用典，一个接一个，连滚带爬地用典，读起来免不了有处处埋雷之感。用典啊用典，有时候他并未打算用典，却也不小心用了典。就是单单写到树木，都闹出了这么一大堆典故来。他仿佛在声明："我是一个有文化的人！""虽然我带兵打仗，但绝不是一介武夫，我比你们那些所谓专业文人更有文化，而且还相当的学术！"没错，辛弃疾出身于济南大户人家，祖辈均在宋朝、金朝做过不太小的武官文官，他自幼受祖父影响很深，并跟随当时的大儒学习文化，受过良好教育，十五岁和十八岁之时就参加过金朝的科举考试，但是人家志不在此，主要目的不过是去首都进行一番考察，以备将来推翻它。当时有一个跟他学习成绩不相上下的同窗好友，留在了金朝，后来成了宰相和文坛领袖，他就是大名鼎鼎的党怀英。

辛弃疾掉书袋掉得厉害，读者不小心就会被绊倒，但是，辛弃疾还有一大优势，他在词中很会巧用散文化语势，同时又擅长以日常口语入词，使得句子既轻松又天然，这样就对他的"掉书袋"般的用典起到了很大的缓冲作用，故通篇读起来，并不觉得雕琢，往往仍是一副自然模样，这是他了不起的地方。如果有人专门用功学习辛词的用典，却缺少了他性情中的潇洒、语言方面的天然才气以及境界上的宏阔疏朗，那只能把自己学成一个循规蹈矩的笨蛋或者亦步亦趋的傻瓜。

我自幼喜欢辛词，一看就能背过，当时并不知何故，后来才明白，他的语言，正是那扎根于日常生活之中的白话性——高度的白话和活生生的白话——与当下现代汉语之间有着相通之处，超越着时空，吸引了我！"宜醉宜睡宜游""管竹管山管水"，当他这样写时，心中一定回响着一句类似于下面的话，至少是与此相仿佛的话："自由万岁！"我似乎进一步地明白了为什么胡适要写《白话文学史》，他认为白话并非完全来自五四白话文运动，而是古已有之——胡适先生这本书好像只写到唐朝，他太忙了，只能做"半卷先生"——当然，如若能继续推进，联系一下辛弃疾，就更棒啦。对于辛弃疾来说，那宽缓阔达的北方精神背景，那润泽剔透的南方乡村风情，更有那些生机勃勃且有情有义的各类树木们日夜环绕相伴，这一切使得这个词人的写作前无古人而后有来者，即使从用典方面来看颇有"知识分子写作"范儿，其实终归也同时仍然可以归属于"民间写作"和"口语写作"的。一个生命，原本既可以像大地群山那样连绵沉厚，又可以像草木般丰盈，像山花般烂漫啊。

在我看来，男人就应该像辛弃疾这样，要么上战场去打仗，要么到田里去干活，至于做官——如果在官职上可以实现救世理想——当然也是可以的，至少不必反对吧……然而，说到写作，还是当成一个业余爱好吧。可别小看了业余爱好，辛弃疾正是在带兵打仗和种树之余，把填词当成全无功利目的之业余爱好，然后以业余作者的身份进入文学史的。这么有才华的家伙，如若再多懂那么一点儿哲学——多些形而上的思量，若再多经历一点儿生计方面的磨难——让个人体验更加富有质感，那么，他简直能上天。

辛弃疾最喜欢的词牌名，毫无疑问，是"鹧鸪天"，这是他在词作中使用得最多的一个词牌，也是写得最好的一个词牌。我不懂格律，不晓得他为什么这么喜欢这个词牌，嗯，莫非仅仅是由于"江晚正愁予，山深闻鹧鸪"？鹧鸪是鸟类，反正不是树木。

我的这位同乡,原本是要在北方种树的,由于时代原因,身不由己,跑到南方种树去了。种树也没有什么不好,诗人当一生与草树为伍。只是这个自号稼轩的人,种树除了出于对大自然的热情,多半则还是出于命运的无奈。他曾经提出警告,如果不尽快收复北方失地,那么南宋和金都将被兴起于更北方的蒙古人灭掉——而后来元朝的建立,恰恰证明了辛弃疾简直就是一个预言家、一个先知。是的,当他居于乡间,种树、写词的时候,无论四周多么葳蕤,他的内心其实一直都免不了那残山剩水的荒凉。

百草替纳兰惆怅

"我是人间惆怅客,知君何事泪纵横""人生若只如初见,何事秋风悲画扇""被酒莫惊春睡重,赌书消得泼茶香,当时只道是寻常"……大凡这类句子,都是从个人际遇出发而写出了人生之普遍性的,于是引起共鸣。初读纳兰词,读到"我是人间惆怅客"之句,在我对作者纳兰性德或者说纳兰容若一无所知的情形之下,不知为何,竟一下子联想到了贾宝玉,同时还有一丝李煜的影子。彼时我青春年少,正喜欢说愁写愁,从此把"我是人间惆怅客"这一佳句天天挂在了嘴上,日子久了,竟感觉仿佛是我自己写的了,而待年岁渐长,成了真正的"惆怅客",竟又把这个句子给忘却了,不再提起……不得不承认,"我是人间惆怅客",即使写的是失意、怅惘、愁闷和不知所措,其实也难掩那种独立秋风长发飘飘的青春之感。

我一直想去一趟上海博物馆,去参观一下那里馆藏的纳兰性德手札卷。我看过网上图片,那铺开来的微黄的古人书简,竖版由右向左书写着,在札的末尾,也就是最左边位置,是彩印的植物手绘,有一札的结尾绘画的是松树和紫芝,还有一札的结尾绘画的是芭蕉……可见在日常生活中,纳兰性德是很喜爱植物的。松树、紫芝和芭蕉,都是他在诗词中写过的。

根据我并不十分准确的统计,在纳兰性德的三百多首词和三百多首诗里面,涉及的植物种类,有下面这些:柳、白杨、桃、梨、梅、海棠、菊、兰、杏、樱桃、荷、梧桐、刺桐、榆、槐、飞蓬、竹、麦子、燕麦、豆蔻、稻、豆、蒲、荇菜、芷、芡、白蘋、菰、蓼、莼、藻、菱、苔藓、藤、女萝、蒿、薇、蕨、白草、芦苇、枇杷、蔷薇、黄精、松、杉、薜荔、凤仙花、荼蘼、秋葵、菟葵、红芍药、芭蕉、红心草、菇娘果、紫芝、拒霜、银杏、楮、石榴、葡萄、晚菘、茉莉、桂、辛夷、丁香、蘼芜、夜合花、玉兰、风兰、鱼子兰、黄葵、茱萸、琼花、枫、柿、棠棣、黄栌、合欢、相思树、楝树、桦树……在这一些植物种类里面，他写得最多的或者说出现最频繁的——也是根据我大概的统计——依次是柳树、荷花、海棠、梨花、梅花、樱桃和芭蕉。

在阅读纳兰词和纳兰诗的过程之中，实际上，我特别留意的是那些在其他古代诗人、词人作品中出现得比较少的植物，这些植物给人以新奇之感。

先说一说他比较喜欢写的芭蕉吧——当然写芭蕉的古代诗人已经够多了，但是，像纳兰这样一边写芭蕉一边写美人蕉的，肯定不多。

纳兰写了芭蕉外形、雨打芭蕉、蕉映群星、蕉叶题诗、借蕉怀人。他有专咏的《疏影·芭蕉》，他还写过一首《蕉园》——据说所指就是北京太液池东的芭蕉园，另外，还在其他不少诗词里涉及芭蕉。他这样写,"湘帘卷处,甚离披翠影,绕檐遮住""芭蕉阴暗玉绳斜""分付芭蕉风定月斜时""点滴芭蕉心欲碎,声声催忆当初"……雨打芭蕉,颇类似于雨打梧桐,在中国古典诗词里,有着异曲同工之妙,两种植物似乎都喜欢跟"雨"相搭配。纳兰除了写过芭蕉,还写过美人蕉,"晶帘低映美人蕉",是一语双关,既指植物也指人。而"芭蕉"和"美人蕉",两种都叫作"蕉",却实在并不是同一种植物,需加以区分。

芭蕉据说在西汉之前就有了,似在《楚辞》里最早出现过,它属于芭蕉科芭蕉属,作为一种多年生大型常绿草本,常种在庭院里,植株叶柄粗壮,可长到高及屋檐,风度翩翩,叶子宽长软阔,像大扇子,绿得很纯粹,绿满中庭,似乎能裹起绿风来,顶生的穗状花序不太显眼,结出一种可吃的水果来,如今在市场上很容易见到芭蕉果实,常跟香蕉摆放在一起来卖,由于同科同属,两种果实模样也很相像,只是芭蕉果体积要短小,弧度也小,只有三条棱,甜中带着酸味,不如香蕉那么大那么多棱那么甘甜……芭蕉的种植有一个由南向北移的过程,它在南方北方都成了很美的庭院绿化植物,只是种在北方结果实就不像在南方那么容易了。至于美人蕉,属于美人蕉科美人蕉属,只能长一米多高,鞘状叶柄,卵状长圆形单叶互生,总状花序略高于叶片，花很显眼，有红的，有粉的，有黄的，有橙的，结出带着软刺的绿色蒴果，不能当成水果来吃。芭蕉和美人蕉，想必都是在长江以南才生长得既舒展又好看，那些移民到长江以北来的，除了植物园温室里的那些尚好，其他栽种在室外的那些——至少是在我的观感里——都有些没精打采的，像是害着怀乡病。

纳兰性德是收藏过《鹊华秋色图》的人之一，由其父亲纳兰明珠传之。纳兰曾为此题诗一首，全诗如下："历下亭边两拳石，不似江南好山色。乍看落日照来黄，浑疑劫火烧将黑。更无枫菊点清秋，唯见萧萧白杨白。君为此山令山好，空翠俄从楮间滴。知君著意在明湖，掩映山光若有无。曲折似还通泺口，苍芒定不属城隅。鲤鱼风高网罟集，仿佛渔唱来菰蒲。一竿我欲随风去，不信扁舟是画图。"这首诗以"君为此山令山好"之句作为分界线，将全诗划分成了前后两个部分，此句前面部分，是写诗人自己对于济南东北部鹊山和华不注山这两座小山的实际观感，此句的后面部分才是对于赵孟頫这幅画的评论。济南的鹊山和华不注山之间，曾经是一大片湿地，形成鹊华烟雨之景，后来由于小清河等水系改道，加之气候变化，两座小山就不像唐宋元时期那样秀润了，所以到了清代，在纳兰眼中已是"不似江南好山色"，两座山看上去竟像被兵火烧过那样黑乎乎的，加之既无枫也无菊，只有冷峻的白杨在萧萧，于是就不好看了……从"君为此山令山好"之句，可以看出纳兰认为画家在绘画时对风景进行了不切实际的刻意美化，难道他竟不曾读过李白的诗"昔我游齐都，登华不注峰。兹山何峻秀？翠绿如芙蓉"嘛，看来这位被梁启超誉为"清初学人第一"的纳兰先生在这个问题上实在缺乏研究精神，忽略了从元至清几百年来的地理变迁，以至于对赵孟頫产生了误会。此诗余下来的部分，当然都是在赞叹这幅画面上的风光之美，盈盈绿意仿佛就要从纸页上流淌出来了一样，接着涉及湖光山色、渔樵舟楫、氤氲水草……诸种细节，全因绘画技法充满质感而变得触手可及。

纳兰在这首诗中总共提及六种植物：枫、菊、白杨、楮、菰、蒲。看到"白杨"，眼前一亮，虽然自《诗经》《古诗十九首》开始就已经有了白杨树了，但是在整个文学史中，至少从我个人的阅读印象来看，诗人们往往把杨和柳并列，或者干脆混为一谈来对待着写进诗文，白杨直接以"白杨"这两个汉字名称被单列出来正大光明地出场的次数——相对于一个如此常见树种——实在还是不够多。据说，古人墓前植树品种按墓主人身份而列出等级，分别是松、柏、栾、杨，杨树在最末……可是在我眼中，那些四季不凋的松柏，一动不动，该凋落时不凋落，一年四季硬撑着绿下去，绿得往往给人以疲惫之感，那绿色似乎是用绿油漆漆上去的。然而，相比之下，白杨树可以绿成嫩绿和碧绿，可以黄绿相间，黄成金箔，高大笔直，衬着云天，风吹过时发出哗啦啦的响声，富有动感和活力。杨树是杨柳科中的杨属，是一个很广泛的概念，包括了许多品种，而白杨则是其中的银白杨种，在我看来，差不多是其中最好看、最帅气的一种，也是在我的日常生活里出现得最多的一种。在这一首诗里，还提到了"楮"，"空翠俄从楮间滴"，并不是说这幅画上有楮树，此处是以"楮"来代指"纸"，楮树皮自隋代以后就是造纸的主要原材料，可制造出桑皮纸和宣纸来，在中国古诗词里面，常用"楮"这个字眼来代指纸。这个造纸功臣楮树，在《诗经》里叫"榖"，"黄鸟黄鸟，无集于榖，无啄我粟""爰有树檀，其下维榖。他山之石，可以攻玉"。当然，楮树有一个更通俗更被广泛接受的现代称呼，叫构树。确切地说，它是桑科构属构树种，落叶乔木，叶子是密生细毛的或完整或有深裂的阔卵形，树是雌雄异株的，雄树上开出的是柔荑花序，只开花不结果，雌树上开的是球形头状花，结出非常艳丽的橙红色模样像杨梅的花蕊状果子——据说籽实还是一味中药，当然连带着这种树的树身里面的白色乳汁也有药用价值。楮树或者说构树，几乎都是野生的，并且速生，易繁衍，抗污染，适应力极强，寒热旱湿都奈何不了它，随便找个地方就能茁壮生长。从我家南面的凉台望出去，前面不远处的路边，就生长着一棵延伸面积广大的楮树，夏天会结出鲜艳得令人起疑的果子，很明显是雌树，我认识它二十多年了，一直没有勇气去尝一下那果子，最有趣的是，还是从我家南面的凉台望出去，对面传达室屋顶上，不知什么时候，竟也自己生长出来一棵小楮树，已经扎根屋顶，大有有朝一日把房子劈开来的架势，只是树尚小，不辨雌雄。山东半岛东端有一个"东楮岛"，是明万历年间建起的渔村，岛的对面就是韩国了，楮即楮树，因曾经遍生楮树而得名，我在那个岛村游玩时，专门寻找过楮树。

　　纳兰性德诗词也涉及白桦树。纳兰的祖上——无论父系还是母系——都来自现在的吉林和辽宁的东北地区，纳兰十七岁入国子监，后来又高中进士，然后成为康熙贴身侍卫陪伴其出行全国各地，亦多次去往北方边塞，尤其是祖居地——这些地方，正是适宜白桦树生长的高纬度地域。纳兰所涉白桦，已经进入了日常生活，比如"桦屋鱼衣柳作城"，写的是他陪康熙北巡祭祖时在松花江畔小城乌拉所见景象，桦屋，就是用白桦树建造的房屋，纳兰在另外一首词中还有"桦烛影微红玉软"之句，桦烛指的是用桦木皮卷滚而成的蜡烛外壁。白桦树是落叶乔木，主干细长笔直并且发白，树干上仿佛有眼睛和刺青，白桦树丛生成林，一棵一棵地密集着，望过去历历的，挺立于荒野,在天空下,清雅、峭拔、明亮,有悠扬之感,一大片林地似乎是排列在天地之间的琴键……它比白杨生长得更往北方,是真正的北国象征,熟悉的歌里唱:"亭亭白桦,悠悠碧空,微微南来风,木兰花开山冈上,啊,北国之春天已来临",白桦树是俄罗斯的国树,列维坦画过那么多的白桦,葱翠的白桦林,金色的白桦林,冰雪中的白桦林。我曾经独自穿过大小兴安岭去漠河,在鲜艳阳光和薄薄冰雪之间,途中的白桦林秀丽无比,正值白桦树即将萌芽之际,春天已从树梢上来临,达子香在白桦林脚踝处的冰雪之中零零星星地盛开着,一路向北,我渴了就直接就地采白桦树干的桦树液喝,那无色透明汁液,在清洌的主调里略有一丝甜味,似乎有着冰雪和春天相交融的味道。

既然说到了比较能代表北方的植物,纳兰还写过像"西风吹老丹枫树""依依白露丹枫,渐行渐远,天涯南北""红叶满寒溪,一路空山万木齐""柿叶一林红,萧萧四面风"……这些诗词之句里,涉及枫树、红叶即黄栌、柿子树等遇霜则变红色的树种,在秋天的大北方,这些树的叶子都变红了,是最振奋最爽朗最激越的色彩。

纳兰还有"菟葵燕麦,重来相见""燕麦青青才覆稚"这样的句子,为什么要把菟葵和燕麦放在一起?因为它们都不怕冷,都属于北方。菟葵,也写作兔葵,一般生长于我国辽宁吉林、朝鲜半岛北部以及俄罗斯远东地区，是毛茛科金莲花亚科铁筷子族菟葵属，草本，块状根茎，开出好看的白色花，算是较早破冰迎春的花朵之一。需要特别注意的是，那种可以当菜来吃的锦葵科锦葵属野葵之变种冬葵，也就是冬苋菜——分布广泛，从北到南，各个纬度各个省区几乎都有——竟在古诗文里也常常被称作菟葵。古人在对事物命名上很任性、很随意，关于菟葵的混乱就这样制造出来了。纳兰词中的菟葵——即使与燕麦并列而提——两种菟葵的可能性都会有，结合具体文本来看，我个人偏向认为也许指示第一种毛茛科菟葵的可能性更大一些吧。至于燕麦，这禾本科燕麦族属的植物，喜欢高寒干燥气候，在中国分布于西北、内蒙古、东北等地区，在全地球也是都分布于较高纬度的温带地域。根据种子外面有没有稃包裹，又可以将燕麦分为两种：皮燕麦和裸燕麦，皮燕麦就是通常所说的燕麦，国外所产燕麦基本上都是皮燕麦，而裸燕麦也叫莜麦——据说我国种植的燕麦之中，有百分之九十属于莜麦。我不喜欢吃那种包装精美的进口的燕麦片，而特别爱吃那种微微棕黑色的西北面食：莜面饸饹和莜面鱼鱼——由此可见，我很能辨别出皮燕麦和裸燕麦的不同之处来，相比之下，毫无疑问裸燕麦即莜麦更好吃。说到吃这类莜麦面食，当以晋北一带的为最筋道、最正宗，可以把做好的莜面食品，放上蔬菜来炒着吃，也可以煮了或蒸了之后浇上汤菜汁来吃，我近年来一次又一次独行山西，我疑心自己无非就是为了吃莜面饸饹和莜面鱼鱼。

在纳兰所写过的北方特有植物里，最值得一提的是，还有一首专咏姑娘果的词，叫《眼儿媚·咏红姑娘》，这里的红姑娘，就是红色的姑娘果，词中有"霞绡裹处，樱唇微绽，靺鞨红殷"几句，对姑娘果的形态描写还算是生动细致，这种植物还有毛酸浆、挂金灯、洛神珠、金姑娘、金角等名字，这种多年生茄科植物，属于中国东北地区的原产之物，后来扩散至全国其他省区，果实呈小球状，有橙红色的，有黄色的，还有少数是紫色的，柔软多汁……小时候，我在山东秋天野地里也见到过黄色的姑娘果，边采边剥边吃，充满乐趣，小浆果像多边形灯笼一样挂在植株上，每个小小果实外面都有单独包装——裹了一层像草纸般的薄薄外皮，那层皮儿蓬蓬着，并不紧贴在果子上，却把果子包装得严密。后来我去黑龙江，在松嫩平原野地里见到了果实体积要比山东版大出三倍来的姑娘果，始知这才是原产地的正宗版本姑娘果。这种完全属于童年记忆的野生小浆果后来竟然还进了超市，堆放在那里卖，反而让人失去了在野地里采摘而食的兴味。我在一首写松嫩平原的诗里写到这种小果子："蹲在门口，把姑娘果吃掉一颗又一颗／这种小果子,既已自带了纤维本色纸的外包装／为何不再干脆自带果皮箱"。

曹玺在任康熙年间江宁织造监理时,曾从燕子矶移来一棵楝树,种在府中,待楝树长得高大茂盛,就在树旁建造了一座供休憩的亭子,取名为楝亭,两个儿子还常在亭中读书,后来曹玺去世,其中的一个儿子曹子清即曹寅——曾与纳兰同样做过康熙侍卫——在袭任江宁织造之职后,在那棵楝树旁修整了亭子,找多人作画《楝亭图》并遍请文人题跋,将画与跋装订成册。其中他的好友纳兰性德不仅在随康熙南巡时亲自在织造署中见识过这棵楝树,更是第一个出来为这《楝树图》写记又写词的,他写的那首《满江红·为曹子清题其先人所构楝亭,亭在金陵署中》,内有"倩一茎、黄楝作三槐,趋庭外"和"正绿阴、青子盼乌衣,来非暮。"之句,都是用楝树繁茂来赞誉曹家如日中天并预祝将来有更大荣华富贵……后来,纳兰早逝,曹寅在楝亭纪念好友,他在那些新的楝亭画上题跋时,说:"家家争唱饮水词,纳兰心事几曾知?"曹寅死了儿子,就把侄子曹頫过继到了自己名下当儿子,这个曹頫到后来生了个儿子叫曹雪芹,曹寅顺理成章就成了曹雪芹的祖父……据说后来乾隆皇帝一看《红楼梦》,就认定写的是纳兰明珠家事,加之纳兰的个人的身世、经历和气质,以及联系他的词中亦出现过"红楼"

"葬花"之语，无怪乎大家就认为贾宝玉身上有纳兰性德的影子了，甚至直接出现"原型说"。如是，那么这一切，当是纳兰与曹寅密切交往的间接结果了，想必作为后代的曹雪芹从长辈那里获得过纳兰家事的重要资料。至于这棵生长于金陵的楝树，就这样成了纳兰和曹寅交往的重要线索之一，或者说，这棵生长于金陵的楝树竟就这样混进了红学研究里去了。

楝树，大致生长在黄河以南地区吧，以亚热带和热带为主区域，温带地区也会出现它的身影。楝树，也叫紫楝、苦楝，是高大乔木，叶子是锯齿的羽状复叶，一团团淡紫色花枝以及散发出来的香气，都非常接近丁香——在山东，在我的校园里，在图书馆后面，就有两棵巨大的楝树，我走过时闻到了丁香花气息，于是环顾四周，让嗅觉指引着去寻找来源，发现香气来自高高的头顶上那正在开放的淡紫色花簇，方知那是楝树在开花……楝树果实大小如葡萄，由绿而黄，发苦，待树叶落光之后，就只剩下一簇簇完全转为黄颜色的苦楝果丁零当啷地高挂在枝头了——这果实另外还有一个好听的名字，叫金铃子。

除了楝树，纳兰写过的其他属于南方尤其是特别容易令人联想起江南地域的植物，还有茉莉，他有一首《茉莉》，这样描写："南国素婵娟，春深别瘴烟。镂冰含麝气，刻玉散龙涎。最是黄昏后，偏宜绿鬓边……"说了茉莉属于南方，暮春时节开花，又用"镂冰""刻玉"写其精巧冰莹兼温润细腻的形态质地，用"麝气""龙涎"写其格调高雅的香气，还指出茉莉花可以拿来插在发髻上作头饰，给美人增香。除了这首专咏之作，纳兰还在另外一首诗中有"茉莉吹香过曲阶"之句，也是重点写了茉莉在风中荡漾着的香气。茉莉这种木犀科素馨属直立或攀缘的灌木，据说原产印度，在汉代时传入中国，它虽说适宜在南方温湿气候里生长，但在北方的人工盆栽里也早就很常见了。20世纪七八十年代在我的家乡山东这边，特别流行喝茉莉花茶，第一种喝法，是买来的成品茶叶里面已经直接掺进去了干制的茉莉花瓣，这样就将茶叶花瓣一起冲泡了，第二种喝法，沏茶时，直接从自家花盆里现摘了新鲜的茉莉花瓣投进正泡着的茶水之中。茉莉花是福建省福州市的市花，而民歌《茉莉花》则是江苏民歌，是江苏省扬州市的市歌——有一阵子这"好一朵茉莉花"被张艺谋导演几乎拿到所有国际演艺场合当压轴曲或主题曲，都快混成国歌了。

既然说到了茉莉花与扬州的密切关系，那么就不能不提一下另一种花与扬州的密切关系，这种花叫琼花。琼花过于名贵，移栽困难，似乎只愿生长于扬州，尤爱扬州后土庙，以至于到了"维扬一枝花，四海无同类"的地步，关于琼花最夸张的说法是，隋炀帝为了去扬州看琼花而开凿了大运河，而美丽无比的琼花最后竟因元兵入侵而全毁，遂失传矣。琼花到底指的是什么花，后人只能靠古画古诗文记载来进行考证了，众说不一，比较可靠的说法，它应为聚八仙的一个变种——故后人就只好以聚八仙来替代琼花了——它当为忍冬科荚蒾属的绣球荚蒾，落叶或半常绿灌木，一花九朵，即九朵花围绕着同一个花蕊，花大如盘而瓣厚，洁白如玉，花蕊与花平，不结子而香……纳兰陪康熙南巡那次是到过扬州的，他的十首《梦江南》第七首写道："江南好，佳丽数维扬。自是琼花偏得月，那应金粉不兼香。谁与话清凉。"诗中重点提及了琼花，把琼花当成扬州的象征。如今琼花成为扬州的市花，宋朝时期叫作"琼花露"的名酒也被重新发掘并复酿。

我写过一首诗《忆扬州》，里面有这样的句子"来一盘煮干丝，两个狮子头，一壶碧螺春／如果没有琼花露，那就上两瓶茉莉花牌啤酒吧"，是的，扬州曾经有名酒现又复酿叫琼花露，扬州如今还有啤酒叫茉莉花啤酒——恰好均跟与扬州关系密切的两种美好植物相关——让下扬州的人通过喝酒，去接近美丽的扬州，多情的扬州。

除了前面提到纳兰写过一种与燕麦相搭配的叫作"菟葵"——可能就是指菟葵，还有可能是对于锦葵科锦葵属野葵之变种冬葵的误称——的北方植物之外，他还写过其他两种带

"葵"字的植物。一是黄葵,一是秋葵。黄葵和秋葵其实都是秋葵属。具体说来,黄葵指的是锦葵科秋葵属的黄葵,黄葵就坚持叫黄葵了,这一点很重要。而秋葵,所指则包括两种情形:一指锦葵科秋葵属的咖啡黄葵,如今在日常生活中人们习惯性地直接称之为"秋葵",二指锦葵科秋葵属的黄蜀葵,曾经或者依然有着一个别称"秋葵"。顺便说一下,这个同样也有着秋葵别称的黄蜀葵,需要说明一下,黄蜀葵就是黄蜀葵,名字内含有"蜀葵"二字,却并不是黄色的蜀葵,李时珍《本草纲目》里谈到黄蜀葵时,特别引用前人的话来强调"黄蜀葵与蜀葵别种,非是蜀葵中黄者也。叶心下有紫檀色"。而至于蜀葵呢,则是另一种花草,到处都很常见,是锦葵科蜀葵属,茎枝直立着,密布刺毛,花竖行排列在那些茎枝的腋下,花浓艳而可有多种颜色,相比之下,黄蜀葵的叶片则有掌状深裂痕,比蜀葵叶子的裂痕要多而且要深,黄蜀葵的花朵只有单一的黄颜色,花心棕紫,不似蜀葵花朵那般色彩丰富……所有这些葵们,无论冬葵、黄葵、秋葵(包含咖啡黄葵、黄蜀葵)、蜀葵……它们统统都是锦葵科的——顺便说一下,棉花也属于这个科,是锦蜀科棉属——反正它们统统都跟菊科向日葵属的那种可以吃五香瓜子的向日葵相距甚远,几乎不搭界。

说了上面这一大堆,听上去是不是像在说绕口令?没办法,这个地方非得绕口令不可，有时候真理不绕口令就说不明白啊。我自己也是被这葵那葵的给弄晕了，晕了好久，才渐渐清醒过来，条分缕析。打个可能并不恰当的比方吧，说自己是被子植物门双子叶植物纲，那差不多在说自己是北京猿人、山顶洞人、半坡人、大汶口人、河姆渡人；直接说自己是锦葵，就相当于在说自己祖上来自山西洪洞大槐树；说自己是秋葵，就相当于说自己姓张，同样见了姓张的，就套近乎，我们五百年前是一家啊……这样说来说去，还是没有说清楚你到底是谁，你必须再进一步用身份证上的实名和居住地、工作单位来界定自己。

来说一下纳兰写的黄葵吧。黄葵虽然也是秋葵属，但人家不肯像同一属的咖啡黄葵和黄蜀葵那样装大——时常介绍起自己时，只说姓张而不具体说明白叫张什么——人家黄葵坚持叫黄葵，不愿再去给秋葵队伍增添混乱。黄葵开花能一直开到十月，花是黄色的，花大色艳，可供观赏，它最大特点是从种子里可以提炼出芳香油来，是一种高级香料……纳兰对于黄葵有一首叫《洞仙歌·咏黄葵》的专咏之词，中有"为孤情淡韵、判不宜春，矜标格、开向晚秋时候""何必诉凄清，为爱秋光，被几日、西风吹瘦"的描述，作者对于这种普通花草，反复拿它的秋季花期来说事，抒情主人公在此颇有不肯媚俗的风流自赏意。

再来说说纳兰写过的秋葵吧。纳兰写过一首《从友人乞秋葵种》，说要"添取一般秋意味，墙阴小种断肠花"，秋海棠有"断肠花"之称，但此处应该只能按标题意思来理解成秋葵。我们来分析一下这里的秋葵，究竟指的是哪一种秋葵，是咖啡黄葵还是黄蜀葵呢？咖啡黄葵——菜市场和饭馆里如今大都直接叫成秋葵了——也叫黄秋葵、羊角豆、毛茄，这种秋葵据说原产非洲，是由印度引入中国的，有人说是在 20 世纪初时引进的，还有人则认为在明朝其实已有少量引进了——我们当然不能为了让纳兰这个生活在 17 世纪中后期的清初之人能够栽种秋葵并为秋葵写诗，就一定得同意"明朝引进说"——我第一次吃秋葵时已经是 21 世纪了，我到了三十多岁才第一次吃到秋葵，过去闻所未闻，这种蔬菜似乎从天而降，一下子占领了大江南北的蔬菜种植基地以及蔬菜市场，一般是将它那比手指略长的筒状尖塔形的蒴果或者说果荚拿来当作蔬菜来吃，口感是黏黏的爽滑，据说营养丰富以至于可以补肾……种种迹象表明，这种后来从天而降的拿果荚当菜来吃的秋葵，大概率不会是纳兰在这首诗中所写的秋葵，那么纳兰诗中的秋葵所指只能是第二种情况了，就是别名也叫秋葵的黄蜀葵。跟可以提炼芳香油的黄葵相比，这黄蜀葵也有一个独特本领，可以从其茎秆中提炼出植物胶来，作食品添加剂，比如在制作面包或冰激凌时可以当作增稠剂放入。另外，黄蜀葵的鹅黄色花朵，看上去既饱满又不失清新，构造简洁，线条流畅，色调单纯，黄蜀葵的花朵给我的整体印象就是特别明快，即使在干枯之后进了药铺做了中药材，那黄色花朵依然还是鲜亮的，似乎在追忆着曾经的大好时光。

纳兰还在诗词中写到过茱萸、豆蔻、棠棣、辛夷、合欢、相思树、凤仙花，这几种花的共同特点是，似乎跟中国汉族传统文化风俗有着较为明显的渊源和关联。纳兰虽为满人，重视弓马骑射，但自幼痴迷汉族文化，多与不得志的汉族文人来往，与顾贞观、严绳孙、陈维崧为莫逆之交，并不负重托营救受冤的吴兆骞……他的诗词里面渗透了汉文化的意象和思维。

关于茱萸，纳兰有"相将绿酒浮萸菊"以及"消受尽皓腕红萸"之句，叫茱萸的植物不止一种，且均为中药材，假如果实鲜红或者与菊酒有关联，大概率是山茱萸了，而古代汉人有重阳节登高时在腕臂上佩戴茱萸的习俗，所谓"遍插茱萸少一人"。

纳兰涉及豆蔻的诗词，既有汤泉应制诗中的"地接蓬莱通御气，波翻豆蔻散朝凉"，又有私人生命体验的"肠断月明红豆蔻，月似当时，人似当时否"。豆蔻是姜科山姜属，其中又可分为不同种的草豆蔻、白豆蔻、红豆蔻等，大多是亚洲热带区域的多年生草本，能长两米或者三米高，果实种子均可以入药，同时也都可作辛辣味香料——作食用调味也作芳香兴奋剂。我们常说"豆蔻年华"，豆蔻花因粉嫩剔透或者红艳晶莹而用来形容少女，应肇始于杜牧的诗"娉娉袅袅十三余，豆蔻梢头二月初"，纳兰在这两句诗里，对于豆蔻，既涉及植物客观用途又用了植物引申出来的风俗含义与人文含义。

纳兰很喜欢写海棠，而他在一首咏垂丝海棠的诗里则涉及棠棣，"棠棣相窥妒艳姿"，借贬棠棣花来进一步写海棠花之美。棠棣比较早的出现是在《诗经》和《论语》之中，这种植物因花朵繁密而常被用指代兄弟之情，传递出汉文化对于重要人伦之一的强调，棠棣大概率上是指分布广泛而常见的郁李，蔷薇科樱属落叶灌木，开白粉色的花，与此同时，还有一种常常与棠棣混为一谈的同样分布广泛的植物叫棣棠，其实就是黄榆叶梅，则是蔷薇科棣棠属落叶灌木，开的是黄色花。

纳兰还写过辛夷，"辛夷开罢絮纷纷，青粉墙头日未曛"，辛夷二字听上去也许有些生僻，其实它是以花蕾嫩芽来命名的，"辛"表示有香气，而"夷"与"荑"通假，柔嫩青草之意，表示其苞初生如荑，若将它说成是中药名称似乎就显得不太陌生了，其实这种植物本身不仅不陌生而且还非常熟悉，无非就是木兰，属于小乔木，木兰花以外红内白的紫色或深红的居多，或者由绿而渐变为暗紫色，木兰因此也常常被叫成紫玉兰——当它被叫成紫玉兰时，其实它仍然还是木兰而不是玉兰。在此，必须将这种叫辛夷的木兰区别于另外一种与木兰同目同科同族而不同属不同种的玉兰，那属于很高大的乔木，一年之中可以分别于早春和夏秋各开两次基部略红的清丽的大白花，故也被称为白玉兰。好在我所在的校园里图书馆侧面窗前恰好种了可以形成对比的这样两棵树，我一直纳闷，为什么两棵树看上去开的花朵模样似乎区别不大，左边那棵开紫色大花的，花叶几乎同时生长，春天时开，一年只开那么一回，而右边开大白花的那棵总是先花后叶，而且在寒凉早春性情急切地就开花了，然后在秋天还要再开上一次花呢……年深日久，我才渐渐得以将二者分清了，原来它们一棵是木兰一棵是玉兰啊，区分这两个没出五服的表亲戚其实也不太难，一言以蔽之，紫曰木兰（辛夷），白曰玉兰。花木兰替父从军的故事家喻户晓，《木兰辞》里只称她木兰，没说姓什么，美国据此所拍摄的电影名字也只是叫作 Mulan，关于她的姓氏说法不一，只有名字木兰确凿无疑——不知这个名字与植物木兰是否有关，却又很难说没有关联，无论如何，这个名字总是让人不由自主地想起木兰花，也就是辛夷花。

纳兰还在同一首词中同时写过合欢和相思树，"惆怅彩云飞，碧落知何许。不见合欢花，空倚相思树"，这两种树在此并列，全都拿来表达思念之情。合欢属于蔷薇目豆科，落叶乔木，花序圆锥形，是柔软的粉红色的披针绒绒，颇有盈盈之感——所以也叫马樱花或绒花树，当然还有"合昏""夜合""鸟绒"等别称……据说合欢树是山东威海的市树，山东这边这种树确实很常见，上小学时我的校园里种满了合欢树，为了能得到高高枝头上的绒花，我拿起半块砖头来朝空中投掷并酿成过一桩血案，砸了同班男同学的脑袋，如今每当我路过合欢树下，遂忆及遥远往事，只是仰望那绒花，再不敢有任何非分之想。再说到相思树，原本来自《搜神记》中一个有着夫妻殉情的传说，两冢之间生出高大树木，枝交错根相盘，鸳鸯栖树，交颈悲鸣，因被称为相思树，以相思树来象征爱情坚贞，已经进入汉民族文化风俗和文化心理……古人诗词中常写到的具体的相思树，应该涉及不止一种植物，第一种可能，指涉的就是名叫"相思树"的这个树种——生在热带地区的豆科金合欢属乔木，是重要的防护林树种，木质坚硬可制作车轮，树皮可用于制皮革工序，金黄色夹着淡绿的花可以制作香料，还会生出荚果，有肥大而肉质的红色种托；第二种可能是指涉相思子——生长于热带地区的豆科相思子属藤本，荚果成熟时开裂，椭圆种子平滑有光泽，鲜红色豆粒的最基底部分忽然变为黑色，也叫鸡母珠，据说有大毒；第三种也可能指涉海红豆——生长于热带地区的豆科海红豆属小乔木，也能长出荚果并成熟分裂出鲜亮的圆形或椭圆形红豆，据说有小毒；第四种可能，指涉红豆杉——中国特有树种，红豆杉科红豆杉属，也算是第四季冰川遗留下来的活化石植物，生于我国亚热带部分区域以及西南部，卵圆形种子包裹在杯子形状的红色肉质假种皮里面，像一颗颗红豆果挂在枝上；第五种可能是指红豆树——这种树也为中国所特有，生于我国亚热带部分区域以及西南部，是豆科红豆属乔木，能结出红皮的扁圆形状的种子……如此之多的各种各样的能够结出红豆或者结出模样疑似红豆的植物们，在民族文化风俗里，都可以拿来祝福爱情坚贞、婚姻美满并表达思念之情，都可以被看成是相思之树，甚而至于，梧桐树都可以被当成是有相思之意的树种，在这样的情形之下，那么，王维的"红豆生南国，春来发几枝。愿君多采撷，此物最相思"究竟写的哪一种能长出红豆的表达相思之情的植物，以及纳兰空倚的究竟是哪一种相思之树，读者只能带着个人经验进入作者写作时可能的生存背景以及生活体验，两者相互比照，最终自行判断了。

接着再继续来说说纳兰写过的凤仙花吧，"忆得染将红爪甲，夜深偷捣凤仙花"，此诗以生活细节取胜，似写自己发现妻子卢氏十指纤纤而指甲红艳，猜测她可能半夜里偷偷地捣碎凤仙花来做美甲了。凤仙花也叫指甲花，有红有白，而以红色为主调的又有着深深浅浅的好几种色系，体内含有天然红棕色素，民间常用它的花瓣和叶来染指甲，深受女孩子喜爱。凤仙花很常见，庭院多有栽培，包含了很多品种，同时在某些地区还与民俗有一定关联，所谓"七月七日为乞巧节，童稚以凤仙花染指甲"，由此可见拿凤仙花来染指甲对于成年女子是美甲，对于小孩子则纯属玩闹和图新鲜，我幼年时就用它来染过指甲，每次都涂抹得乱七八糟。

还有几种名字听上去较为生僻，而所指草木本身其实可能并不算罕见的植物，也出现在纳兰的笔下。像"荔墙叶暗""傍荔墙，牵惹游丝"的句子指示着一种叫作"薜荔"的植物，或攀缘或匍匐于墙壁、墙角、屋垣的藤蔓性质的常绿灌木，结出的果实富含胶汁，可用来制作凉粉。"消息谁传到拒霜"中的拒霜，名字来源于不怕冷霜而开花晚至中秋，其实就是木芙蓉。"梦冷蘅芜，却望姗姗，是耶非耶？"中的蘅芜，一说是指菊科下属的一些植物，一说是借杜蘅与芜菁的并称，泛指匍匐在地且有香气的草本植物，此处大概是借汉武帝夜梦去世宠妃李夫人赠送蘅芜香草之典故，来写纳兰对亡妻卢氏的思念，另外，《红楼梦》中宝钗住的地方叫蘅芜苑，如此起名，是否含有"冷香"之意呢？纳兰诗中写过一棵生长于险绝之地的老松树，说它不同于一般松树被其他次要植物缠绕，而是"其上无女萝，其下远荆棘"，其中的女萝，指的是经常附在松树上呈丝状下垂的地衣植物松萝，当然，由于松萝与菟丝子常常缠绕着不分你我地生长，故古人也常常混淆着用女萝来代指菟丝子。纳兰在一首以闺人口吻写的伤春伤别之词里有"梦里蘼芜青一剪"之句，其中的蘼芜，指的就是可作香草香料的川芎苗。纳兰还专咏过一幅画中的风兰，说它"别样清幽"，风兰原本生于深山幽谷，因喜湿喜通风而得名，植株很矮，白色花瓣的形状很怪异，类似钥匙。纳兰因妻子去世无法从悲伤中走出来，于是把自己长久地关闭在房内，在一首词中写了"凄凉满地红心草，此恨谁知道？"的句子，这里的红心草有人认为是红心灰藋，其实这里是借唐代王炎的典故来抒发个人情绪，王炎梦中穿越到春秋吴国，并在西施葬仪上应吴王之命为其写了挽歌，中有"满地红心草，三层碧玉阶"之句，纳兰在这个借此红心草的典故来悼念亡妻，表达的是美人遗恨。

康熙二十四年，即1685年五月下旬的一天，纳兰性德在自家府上的渌水亭做东，与文朋诗友雅集，并为应眼前之景而写下了一首叫《夜合花》的五律，这次宴饮，竟引发了纳兰一直潜伏并年年易发的寒疾——大概率为上呼吸道感染或合并肺炎——这次相当严重，高烧不退而且不发汗，七天后的农历五月三十日纳兰突然去世,那天恰是爱妻卢氏的忌日。纳兰生命中先后出现过四位至五位女子,然而令其痴情以至于身死的只有相伴不足四年就因产后疾病而逝的卢氏,那些最动人的诗词基本上都是写给她的,纳兰因怀念她而抑郁,终在八年后之同一日追随爱妻魂魄而去了,享年三十周岁。

于是这首《夜合花》竟成了纳兰的绝笔诗,竟也是一首咏植物的诗,"阶前双夜合,枝叶敷华荣。疏密共晴雨,卷舒因晦明……"在传统花卉中,合欢、夜香木兰和卫矛都有"夜合花"的别称,于是纳兰家这两棵夜合花到底是什么植物,便成了悬案。后来京城什刹海后海的纳兰府变成了醇王府,再到后来,其中一部分成为宋庆龄故居,曾经被纳兰以临终绝笔来写过的那两棵树不知什么时候消失了,又不知什么时候后人在那里栽了两棵夜香木兰,冒充纳兰曾经写过的夜合花。专家已经通过测定树龄来证明过栽树年代在纳兰时代之后,但仍挡不住不少纳兰迷为了追念这位情深不寿慧极必伤之人,宁愿继续将错就错地相信那就是纳兰亲手种下并在生命最后写过的两棵夜合花。

从父系血统来讲,纳兰性德的曾姑奶奶,即爷爷的姑姑,是清太祖努尔哈赤的妻子,清代第一位皇后,也是皇太极的生母,当然也就是顺治皇帝的亲奶奶,康熙皇帝的曾祖母。从母系血统来讲，纳兰性德的外祖父与多尔衮都是努尔哈赤的儿子并且同父同母，纳兰性德的母亲当然就是努尔哈赤的亲孙女了，同时也是顺治皇帝的堂妹，那么，纳兰性德与康熙皇帝就成了表兄弟关系。纳兰性德与清代皇室的关系实在是太密切了，既直接又弯绕，说起来和听起来都会头晕。总之，荣华富贵，才华横溢，风流倜傥，仕途大好……然而，何惆怅之有？也许，纳兰文人气太重，并不怎么在意自己已有的，而偏偏向往自己所没有的，或难以拥有的吧，其早逝，有说死于用情太深相思过度，有说死于墨守成规的仕途经济现实与落拓不羁的文人雅士理想之间难以平衡的关系，有说死于家族基因造成的身体孱弱……无论如何，有一点是读者从其作品中读到了并且也愿意认定的，那就是，这个多愁多病身一直在隔着时空怀念着某位逝去的倾国倾城貌，早逝则恰恰是多情的明证，令人唏嘘，令人怜惜，同时这样有情有义的男子当然会令女性心向往之，不得不说，在读者心目中，这成了一个加分项。

　　我在阅读纳兰词和纳兰诗的时候，明显感到这是一个抑郁质的人，"惆怅"确实成为他短短一生的关键词。他笔下出现了众多植物，他的词集诗集同时也是一部植物志。当然，这些诗词中的植物跟随着作者的情感和经验而摇曳着，是的，百草也在替纳兰惆怅。

苔之静绿弥漫

在中国文化中，有非常明显的阴阳两面之分。而在植物当中，如果松柏和牡丹之类属于正大洪亮的阳面，那么蕨类和苔藓类，无疑附设在了回转曲折的阴面。

日本作家谷崎润一郎在《阴翳礼赞》这本书中，赞美了东方文化中的微暗幽寂之美，认为美并不产生于物体之中，而存在于物与物之间的明暗和波纹之中。那么，给这种认知趣味找一个最佳意象表达，就是植物中的青苔。汉字文化圈，或多或少地都受到了一些来自中国的青苔美学的影响吧，据说日式庭院比较注重青苔渲染，还有一个把青苔当文物的著名的苔寺，最严重的事情是，日本人还让青苔上了国歌，"我皇御统传千代，一直传到八千代，直到小石变巨岩，直到巨岩长青苔"，看吧，用青苔表示久远。

青苔，生长在少阳光的地方，至少是半阳半暗的地方，同时需要一定的湿度。青苔没有真实的根，只好以自己全部身心吸收着周围空气中的水分。青苔出现的地方，无论是岩石、水池、台阶、荒园、古庙、屋瓦、颓墙、石雕、树干、花下、溪涧、井边、背阴地面、堤岸、雨檐、船底、室中、窗台、榻上、衣衫、碑碣、铜镜、剑刃，甚至白骨，都可以生苔，往往均是静寂和人迹罕至的位置，以及久不触碰的物体。青苔所在之地，暗示着久远，暗示着古今一体，以及一个有着超越意味的尽头，那覆盖并幽闭在青苔之下的,究竟是什么呢?是往事,是记忆,是寂寞,是无可奈何,是繁华之后的荒寒,当然也可以是定力,是卑微的倔强,还可以是野趣,包含着君子独处时静悄悄的喜悦,最后,还可能是湮没,是退隐,是消逝,是遗存之痕,是亘古。青苔可以看作是时间的符号,但这里的时间既不是线型递进式的,也不是瞬间性的,总之不是动态的,而是一个持续不断的累积和沉淀,是时间在同一平面上的铺展,是时间在同一平面上的色调的浅淡幽深。

青苔,被作为苔藓类植物的泛称,品类众多,包括许多个目、许多个科、许多个属,科学划分它们是植物学家的使命,而诗人在写作时从来不想承担将它们细细区分的烦琐任务。而仅从颜色上看,以绿为主调,有翠绿、碧绿、嫩绿、墨绿、苍绿,甚至还有带着灰黄、棕色和金色的那么一种绿……无论何种绿色调,青苔似乎只是自给自足地待在这个世界的那些寂寂角落里,靠着自身蔓延,在四周营造出了一个封闭空间,弥漫出与世隔绝的氛围,有着处于时空之外的冥想。就这样,苔没有枝叶的婆娑和摇曳,风吹过来时,它看上去也一动不动,似全无动静,只是像某种造型,摆放并固定在那里了,光线斜斜地照过来,仿佛映照在了空想之上。青苔之绿,是一种颇具古意的绿,有人说它"渐青成晕,斑斑点点",或许会让人莫名地联想起青铜器吧，意念在那一抹斑斑绿色之中，似乎也是静止和永存的，我们是否可以称之为"静绿"呢？使我想起"静绿"一词的，是那位喜爱绿化工程的诗人，就是那位"静爱青苔院""静扫青苔院""绿芜墙绕青苔院""闲步青苔院"的白居易——他有可能是中国古代写苔最多的诗人——他大多是在自家园林里观赏青苔的，他有"漠漠斑斑石上苔，幽芳静绿绝纤埃"之句。另外，欧阳修也有"扫径绿苔静"之句。可见，苔的绿，往往与"静"相联，是一种绿绿的静，静静的绿。

《尔雅》《说文》对苔都有解释，但最早正式出现苔的著作当是《庄子》以及《淮南子》，从文学创作上来讲，青苔飞越了《诗经》《楚辞》《古诗十九首》《汉乐府诗》，几乎差一点儿就直接降落并着陆在了魏晋南北朝文坛。之所以用了"几乎差一点儿"这样的字眼，是因为苔最早进入文学创作，从《汉书》的记载来看，是从西汉班婕妤的《自悼赋》开始的："华殿尘兮玉阶苔，中庭萋兮绿草生。"不屑于争宠的汉成帝嫔妃班婕妤，终被赵飞燕替代，她主动退居后宫，独善其身，潜心读写，住所因无人到访而青苔蔓生和青草茂长，同时班婕妤也成了写青苔的开路先锋……然后，就是腐败荒唐透顶的东汉灵帝对青苔很偏爱，建上千间裸泳馆并"采绿苔而被阶"；接着是魏明帝也有这种特别偏好，让人将长满青苔的瓦片从长安运至洛阳，"以覆屋"；再后来，斗富的石崇对青苔的喜爱无以表达了，把青苔雕刻成花，再将金玉饰品砌在了青苔上，这个举止比较疯狂……别看青苔貌似矮小低微，但它从一开始就出身不凡，与帝王或贵族发生着密切关联，接下来才是纯粹的文人墨客也开始喜爱青苔，不知我理解得对否，如果把喜爱青苔当成是一种时尚，这种时尚好像是从上到下、从官方到民间、从贵族到平民渐渐流行开去的——当然，无论怎样流行，从人数的绝对数量和相对数量来看，青苔一直、从来、估计还会继续属于比较小众的植物。

看似微小低矮的青苔，空降到魏晋南北朝文坛，从此，郑重其事地进入了文学创作之中。在那个时代写过苔的诗人里面，或者说在刚刚进入青苔书写领域的那十来位开拓者里面——包括陆机、张协、庾信、谢灵运、鲍照、何逊、谢朓等——有一位特别值得注意，就是后来以主人公身份进入成语"江郎才尽"的那个江淹。对于苔，江淹既有兼及也有专咏，有人做过一个统计，不知是否准确，江淹一个人写苔的次数，竟超过了在他之前上千年历史上所有人写苔次数的总和，这其实也没什么了不起，只能说明过去写苔的人实在是罕有，说到文学上对于某个具体意象的关注，首先总得从某一个人开始写它吧，其次总得从某一个人开始对它越写越多吧。

我读江淹作品时，觉得句子写得颇高古，仿佛文字是刻写在青铜器上的，给人一种字里行间氤氲着青苔的印象。《青苔赋》亦有他那更有名的《别赋》《恨赋》之风，"嗟青苔之依依兮，无色类而可方。必居间而就寂，似幽意之深伤。故其处石，则松栝交阴，泉雨长注，横涧俯视，崩壁仰顾……乃芜阶翠地，绕壁点墙……昼遥遥而不暮，夜永永以空长……寂兮如何！苔积网罗。视青蘪之杳杳，痛百代兮恨多……至哉青苔之无用，吾孰知其多少"。写了青苔的各种可爱之态，赞赏它的无用之用，同时又将青苔与寂寞人的命运相连，极写个人哀伤，大至宇宙，小至青苔之缝隙。

在《红楼梦》里第七十六回，黛玉与湘云论诗时，提及"凹"字用法，举例子时，还特别提及江淹的这篇《青苔赋》，应该是因赋中有"悲凹险兮"之语，足见黛玉对这篇《青苔赋》读得何等仔细！毫无疑问，以黛玉那非大众化的审美趣味及个性，她应该是喜欢青苔的。在第三十五回，写探望完挨打的宝玉，对比关心宝玉的人多，联想到自己无父无母无兄无姊，待回到自己住的潇湘馆，见到满院子的竹影和苔痕，禁不住想起《西厢记》中"幽僻处可有人行，点苍苔白露泠泠"之句，又进一步对比崔莺莺尚有孀母弱弟，于是更自叹命薄……此处与青苔意象相关联的氛围，既"幽僻"又"泠泠"，就跟黛玉的命运和性情联系在了一起。在第四十回里,写到刘姥姥去参观潇湘馆,"一进门,只见两边翠竹夹路,土地下苍苔布满,中间羊肠一条石子漫的路",接下来,刘姥姥不顾"仔细苍苔滑了"的提醒,最终还是"咕咚一跤跌倒"了。青苔满地,这一方面说明林黛玉不喜欢社交,与人交往稀少,另一方面也表明她的审美情趣是何等风雅绝尘,曲高和寡,因喜爱青苔之清幽意境而置行走安全于不顾了。

从统计学角度来看写苔的次数多寡,那么,江淹算是前无古人,但后有来者。到了唐代,青苔在诗中忽然开始高频率地出现了,并且含义呈现出了多元化。唐代以后,在宋元明清,苔意象持续受到喜爱,并在清代出现了一本《苔谱》,至于诗词里的苔真是多得像天空中的星星……各朝各代都有那么多诗歌涉及苔,与其说看看哪些诗人写过青苔,倒不如说,应该看看哪些诗人没有写过青苔吧。

苔,从总体内容上来看,既可以是一个清冷孤僻的意象,也可以是一个生机勃勃的意象,当然,还可以二者兼而有之。

王勃专咏过青苔,他充分写出了青苔的生长特性,并进一步解读成了脱俗孤傲和特立独行:"背阳就阴,违喧处静,不根不蒂,无华无影。耻桃李之暂芳,笑兰桂之非永。故顺时而不竞,每乘幽而自整。"写苔,可以表达冷落寂寥,表达思念,表达荒僻，表达朝代更替与兴亡，表达谦让，表达尘封，表达时间漫长，表达清高，表达生命力，表达自然生机，表达死亡，表达清静虚无，表达脱离尘世，表达悲慨……但无论表达什么，都隐含着一个时间纵坐标上的久远幽深以及空间横坐标上的疏离脱轨，于是，王绩写"古藤曳紫，寒苔布绿"，杨炯写"苔何水而不清，水何苔而不绿"，沈佺期写"玉阶阴阴苔藓色"，韩愈叹"可怜此地无车马，颠倒青苔落绛英"，贾岛写"寒涧泠泠漱古苔"，钱起写"幽溪鹿过苔还静"，李白看"谢公行处苍苔没""门前迟行迹，一一生绿苔"，孟浩然"苔壁饶古意"，杜甫"楚雨石苔滋"，刘长卿"功名满青史，祠庙唯苍苔"，司空图"萧萧落叶，漏雨苍苔""乱山高木，碧苔芳晖"，晏殊"池上碧苔三四点"，梅尧臣"庭下阴苔未教扫，榴花红落点青苍"，苏轼写"斫竹穿花破绿苔"，王安石写"百亩中庭半是苔"，姜夔写"云隔迷楼，苔封很石，人向何处"。周邦彦"吟望久，青苔上，旋看飞坠"，杨万里"削苔读碑，慷慨吊古"，陆游"请看白骨有青苔"，方岳"竹斋眠听雨，梦里长青苔"，张可久"青苔古木萧萧，苍云秋水迢迢"，马致远"日日凌波袜冷，湿透青苔"，倪瓒"归扫松径苔，迟君践幽约"，李东阳"岂不爱佳客，畏人践我苔"，吴鼎芳"苔花满径绿云凉""轻罗绣作苔，花斑苔花斑"，汤显祖"嫩苔生阁""苍苔滑擦"，纳兰性德

"林下荒苔道韫家,生怜玉骨委尘沙"……

涉及苔的诗词太多太多,多到让人头晕,而从传播学角度以及影响力来看,目前最为著名或者说最为耳熟能详的,还是王维、刘禹锡、叶绍翁,以及袁枚的诗词。

王维有《鹿柴》一诗:"空山不见人,但闻人语响。返景入深林,复照青苔上。"这里有山中密林之中的独特经验,声音可以被传送得很远,彼此听见,却看不到彼此人影,于是反而感觉更加空了,"返景"是夕照的比喻,说的是斜阳透过密密匝匝的枝叶漏下来,光线映照在了林中地面的青苔上。青苔的存在很重要,在这里既暗示了人迹之稀少,又暗示了树林之密之深所造成的荫翳,由此进一步呼应了首句提及的那不见人的"空山"之空。末两句如同绘画,有半明半暗的透视效果,一抹斜阳映在青苔上,想必是红黄亮光映在了碧绿上,颜色是明丽的,似乎给诗歌增加了一丝暖色调,但是这短暂和局部的暖色调,其实更进一步地映衬、烘托出了在特定时刻那整体的大片山林的深色、冷色,乃至昏暗。诗人在空山里思索着空,这空是万古之空,仿佛同时抵达了时间和空间的目的地:沉默和静止。

我曾经一口气读过《鹿柴》这首诗的二十多个英文译本,很高兴地看到,这首诗在另外一种语言里被反复折磨之后而依然活着,尤其是那一片青苔,依然活着。其实,王维涉及青苔的最佳诗作应该是那首《书事》吧:"轻阴阁小雨,深院昼慵开。坐看苍苔色,欲上人衣来。"天气是小雨转阴,庭院大门在大白天还关闭着,懒得打开,诗人就坐在自家院子里欣赏那雨后变得更加清新碧绿的青色苔藓,在某一刻竟产生了幻觉,觉得那些青苔就要进一步蔓延,攀爬到自己衣衫上来了。这首诗里的"慵开"和"苍苔"之间发生关联,不管是性情懒散,还是理性上刻意为之,反正诗人是闭门谢客的,把世俗喧嚣彻底挡在了大门外面,正是这样非社会化的生存处境才使得庭院青苔越发生长得茂密了,青苔可以蔓延到衣服上,也可以蔓延到心上,而如此蔓延出来的一大片孤独,正是诗人自我选择的结果,于是静默里有生机,独处成为一种活泼泼的生活,可以更好地感知个体生命的脉搏和大自然的节奏,以至于连苍苔这种静止不动的植物都富有了动感,仿佛在雀跃,真是令人欣喜和陶醉。

刘禹锡《陋室铭》里的名句是写苔的:"苔痕上阶绿,草色入帘青。"这句诗里的情形很有东亚文化情调。诗中出现了"上"和"入"两个动词,表达着空间关系,而苔和草的自身光芒把这空间内外给充溢起来了。诗句首先体现了视觉上的舒服,满眼都是或深或浅的莹莹绿色,充溢着里里外外的物理空间;然后是触觉上的舒服,阴凉清爽,温度和湿度均适宜,令皮肤本身以及皮肤所接碰之物皆舒展又滋润；最后是全身心的舒服，五脏六腑都是清幽的，心灵隽脆，魂魄洁净。这句诗中的青苔，在这里其实还显示着一种格调或者品位，表达着在居住空间上的某种美学理念，居所无论清寒还是奢华，都是可以有青苔相伴随的，青苔是创造意境不可缺少的元素，仿佛是主人清贵精神内涵的一种外化和延伸，而与此相反的，则是那种"树小墙新画不古"的居所，是不会有青苔点染的——那是暴发户的住宅。可是这句名诗，如果从构思上去细究，还真没有什么创意，刘禹锡无非是将中国历史上最早涉苔的班婕妤的诗句"华殿尘兮玉阶苔，中庭萋兮绿草生"原样照搬了来，放在了纸上，点了一下"一键美颜"，同时，又是把色彩的饱和度和对比度进行了调节，调得柔和了很多，最后再使用上一个"清新"效果的滤镜。同理，辛弃疾词中也多次涉苔，其中"笑吾庐，门掩草，径封苔"之句最生动，与刘禹锡这个著名诗句所包含的元素完全相同：门户、青草、绿苔，不相同的是，刘禹锡诗句中的草和苔都是适度的，是恰到好处的点染，诗人情绪是欣悦的，而这句辛词之中的草和苔则是极端的和过度的，是极尽渲染之能事，表达荒凉和寂寞，有不平之气，当更接近班婕妤那句诗的色彩了——当然又将班婕妤那句诗进行了去除雾气处理，用上了"田野"效果滤镜。

叶绍翁《游园不值》里的四个句子全都成了名句:"应怜屐齿印苍苔,小扣柴扉久不开。春色满园关不住,一枝红杏出墙来。"我读此诗,心想,这个花园的主人久久不给这个轻轻敲门的诗人开门,不让他进去,这就对了,从后来的事态发展来看,这个做法相当正确,堪称伟大,这样做,不仅保护了园中青苔不被木屐踩坏,还逼迫着诗人只好站在墙外,望园兴叹,于是只好把注意力和兴奋点转移,不得不去关注那从园子里面穿墙而出的一枝红杏——青苔间接地引发出了红杏花——这枝躁动不安的红杏代表了满园春色,其难得的出墙和偶然的出墙,令想游园没能进门的失望者驻足观看,这个猛然的新发现令他加倍惊喜,比进入花园内部游赏其实更能敏锐地感受到这春意、春色是如何汹涌啊……他就这样获得了灵感,写出了一首流芳千古的好诗。这首诗读起来那么灵动,四句全是神来之笔,胜过一册苦吟,我敢说,诗人写这首诗耗时不会超过五分钟。可以说,正是这个小气的花园主人促成了这首诗的产生,在这首诗的创作上,这个花园的主人应该拥有一半的功劳。这首诗不仅是写青苔的名诗,而且还是写杏花的名诗,同时更是创造出了一个表达不正当男女关系的成语"红杏出墙",丰富了汉语词典……有鉴于《游园不值》一诗在文学和语言学上的双重贡献,现将最佳园丁奖和最佳缪斯奖颁发给花园主人,感谢他没有给诗人开门，让他碰了一鼻子灰，从而引发了一首了不起的诗歌的诞生，载入了中国文学史和中国语言学史。嗯，至于这首诗中的青苔，当然是为了审美而存在的，受到了怜惜和保护，仿佛现代的草坪旁边竖了个牌子"草坪养护中，请勿践踏"，那么，这园中青苔，极有可能是人工培植的吧，就算是自己天然生长出来的，至少也引发了人类的养护之意，可见青苔已经被当成了正规园林植物，受到了郑重对待。

再说袁枚的《苔》："白日不到处，青春恰自来。苔花如米小，也学牡丹开。"在阳光不易照到的地方，青苔也能蔓延出盈盈的绿意，苔花只有米粒般大小，却靠着自身力量，尽力争取像牡丹那样开放。这是一首很简朴同时又很盛大的诗，非常励志。其实，苔藓是靠孢子繁殖的单细胞植物，没有通常意义上的根和茎，更不会开花。袁枚在这里写到的所谓"苔花"，可能是误把苔藓孢体顶端的膨大部分——从那里可以产生出孢子，用于植物自身繁殖——当成了花。这首诗里的青苔，从命运、身价和所处环境来看，虽然低微，但并不卑微，而是有着张扬的生命意识。诗人为了表达这层意思，在诗中不惜让这最不起眼的植物跟百花之王相提并论，让它们平起平坐，细微至极的"苔花"开放得像牡丹那样隆重。这首诗中的青苔之所以富有感染力，在于它被人格化了，这片举着所谓"苔花"的青苔，正